代

评论

建设论稿

胡一峰 著

中国文联出版社

图书在版编目（CIP）数据

新时代文艺评论话语建设论稿 / 胡一峰著. -- 北京：中国文联出版社, 2022.7
　　ISBN 978-7-5190-4882-2

Ⅰ.①新… Ⅱ.①胡… Ⅲ.①文艺评论－中国－文集 Ⅳ.①I206-53

中国版本图书馆 CIP 数据核字(2022)第 099713 号

著　　者	胡一峰
责任编辑	阴奕璇
责任校对	吉雅欣
装帧设计	马庆晓

出版发行	中国文联出版社有限公司		
社　　址	北京市朝阳区农展馆南里 10 号	邮编	100125
电　　话	010-85923025（发行部）	010-85923091（总编室）	
经　　销	全国新华书店等		
印　　刷	中煤（北京）印务有限公司		

开　　本	880 毫米 × 1230 毫米　　1/32
印　　张	10.25
字　　数	150 千字
版　　次	2022 年 7 月第 1 版第 1 次印刷
定　　价	49.00 元

版权所有·侵权必究
如有印装质量问题，请与本社发行部联系调换

本书受中宣部全国宣传思想文化青年英才项目
"新时代文艺评论话语体系研究"资助出版

前言　评论的自觉

　　本书与我的评论集《真话与道理》（杭州出版社2021年版）为姊妹篇，均为"新时代文艺评论话语体系研究"课题的成果，这两本书共同见证了我自2014年以来从事文艺评论的经历。在几年的工作和研究中，我逐渐加深了对文艺评论的认识，也逐步确立起评论的自觉。在完成本书写作的过程中，与文艺理论评论界多位前辈的交往片段反复浮现，让我感受到当代中国文艺评论家共有的精神，给了我前行的动力。

　　2014年11月，我奉命操持第七届当代中国文艺论坛的学术环节。这次论坛与第九届中国文联文艺评论奖的颁奖仪式同期举办，地点在苏州，邀请了著名文学史家、苏州大学教授范伯群先生做学术演讲。"当代中国文艺论坛"如其名所示，立足"中国"，围绕"文艺"，聚焦"当代"，力求话题直面现实，思想追踪时代潮流。我当时心里盘算，范先生已 80 多岁高龄，在与会学者中年龄最长，如他提出希望讲一个不那么"当下"的话题，也便由他。但是，让我吃惊的是，范先生选择的题目是网络文学。

于是，那个阳光很好的上午，在苏州市会议中心的报告厅里，一位须发俱白的老人，认认真真地谈了他对这最年轻的文艺类别的见解。范先生把网络文学纳入通俗文学的发展脉络中来理解。他认为，清末民初以来中国类型小说一直在发展。到了信息时代，便发展为网络类型小说。民国时期优秀的文艺作家跟现代的网络类型小说，他们之间是有血缘关系的，从鸳鸯蝴蝶派的大众文学到现在的网络类型小说存在一个链条。小说是有根的，要有生活，凭空想很危险，不容易写出好的作品，即使是玄幻小说也要关注生活。网络类型小说作家要学习前辈的好经验。范先生也谈到网络文学的数据使用，但他的视角不是时人津津乐道的"大数据"，而更靠近传统学者的文献功夫。二者之间区别很多，非三言两语可以讲清，至少一点，"大数据"里的数据多半是冰冷的纯数据，而文献，对于学者而言，则是充满体温的生命的一部分。

网络文学研究无疑是一门新学问。新学问当然需要新方法、新理念。但任何新事物在被"学问化"的历程中,又少不了与旧学问的接榫。旧有的学问框架与新事物磨合的过程,也正是人们逐渐认识新事物的过程。德高望重的大学者对新事物的关注和研究,无疑又将推进这个过程。

1930年,陈寅恪在《陈垣〈敦煌劫余录〉序》中说:"一时代之学术,必有其新材料与新问题。取用此材料,以研求问题,则为此时代学术之新潮流。治学之士,得预于此潮流者,谓之预流。其未得预者,谓之未入流。此古今学术史之通义。非彼闭门造车之徒,所能同喻者也。"这段话很多人都知道,但要真正做到,却需要学术胸怀与胆魄。范先生在80多岁高龄、"江湖地位"早已稳固的情况下,对学术仍葆有赤子情怀。这多么令人敬佩!古人说,学如积薪,后来居上。意思大概是,治学好比垒柴垛,越晚搬来的,越搭在上面。从这句话中我们可以体会学人代替、各领风骚的潮流,也可以品味一个学者在求索真理的路上,孜孜不倦、不愿停息的脚步。

在学术史上,范先生被称为"填平了雅俗文学鸿沟"的人。他对网络文学的研究，或许是填平传统文学与网络文学鸿沟的一种努力。有的人还很年轻，心态却已老朽，心术也趋腐旧。有的人肉体早已年迈，心灵却充满活力。于范先生而言，想必每一天都是新鲜的。因为他的身上洋溢并传递着学者对于时代的自觉：在时光的流逝中，不断建立起个体与时代的关系，从自身的学术立场出发，持续关注时代变化下的文艺前沿并努力提供一种具有学理性的解释。

转过年来，我开始参与筹办一本新刊物——《中国文艺评论》。刊物定为月刊，出刊前，照例要备两个月的稿子。我便向著名文艺理论评论家童庆炳先生约稿。童先生应允撰文重估郭沫若的《蔡文姬》。他认为，《蔡文姬》这部作品最深刻的动机，还是郭沫若的夫子自道，表达的是抗战时期郭沫若离日归国抗战时的价值取舍和复杂心态，体现了中国知识分子的家国情怀和民族责任感。先生说，这个问题他已经考虑了很久，核心的观点已经完成，还差一些史料未找全，待找到后就可完成全稿。

他还说，通过解读郭沫若和《蔡文姬》，他将提出"隐显动机论"。"隐显"是我国古代文艺理论中的概念,《文心雕龙》中就有"故知繁略殊形,隐显异术"的提法。童先生移用于此,是指作家文艺家创作作品时,其动机往往有"显"有"隐",多样复合,研究者把这一点揭示出来,有助于更全面深刻地理解一部文艺作品。先生进而指出,当代的文艺理论评论应认真研究我们自己历史上的文案、学案,从中归纳出具有一般性的、普遍性的理论来,既用以解释我们自己的文艺现象,也用以解释世界各国的文艺现象。童先生这些话,如一道理论自觉的光,指示我们从具体文艺作品、现象和单个的问题出发,追求一种具有普遍解释力的理论建构,并在这个过程中对既有的理论进行验正、补正和修正。

《中国文艺评论》自创刊始,就设立了"名家专访"栏目。2015年下半年,我与同事前往著名摄影家、摄影理论评论家袁毅平先生家中,为他做学术专访。在聊天的过程中,袁先生忽然问了一句:"你们说,为什么现在缺少纪念碑式的照片?"这突如其来的问题,把我们都问住了,不知该如何作答。袁先生用手拍了一下椅子的扶手,说出了他的答案:"因为没有纪念碑式的评论。"一句话,把大家都说笑了。同行的朋友打趣道："袁老，按您这么说，好照片是说出来的喽？！"袁先生笑着，却斩钉截铁地说："一定意义上，是的！"转眼六年过去了，这个片段我记忆犹新。袁先生幽默的话语说出了一个严肃的道理。评论是文艺作品经典化过程中的必要环节。做评论的人，应有角色或行业的自觉，重视和坚信批评具有的独立价值，并通过反复的批评实践来确认和弘扬这种价值。

如今，三位先生都已经故去了，但他们教诲中体现的理论的自觉、时代的自觉、行业的自觉，一直指引我在评论道路跋涉。我想，这三个自觉融会贯通在一起，还应转化为现场的自觉，也就是扎根在艺术创作和艺术研究的现场之中，及时捕捉现场给人的瞬间的感动、突然的激动，记录属于自己的现场，并把它们表现在批评实践之中。这四个"自觉"，可算我从事文艺评论以来最深切的体会，也是本书努力贯彻的理念。

本书建立在我最近七八年来对于文艺评论的观察、思考以及写作的基础之上，由于个人兴趣和工作的关系，我对文艺评论的观察和思考，多采取了"行业"的视角，也就是首先把文艺评论当作一个行业来对待，由此确立"问题意识"，进而从历史的、学理的角度寻找答案。为此，本书的五章在布局上均采取了概述与个案相结合的方法，每章均分为两节，第一节陈述关于某个论题的总体看法，第二节则从个案角度作出具体分析和补充。值得格外一提的是，本书用将近一半的篇幅讨论了互联网时代的文艺评论，这是因为在我看来，互联网及其对文艺的影响虽不始于新时代，但新时代文艺评论话语的建构不但无法离开互联网，而且将越来越深地受其影响。也是出于类似的考虑，书中专设一章讨论网络游戏。如今，网络游戏虽在产业的意义上获得了巨大成功，但在艺术的、文化的意义上却依然是个有些棘手又没有真正破题的话题。而我认为，文艺评论介入网络游戏发展，既是网游健康发展的需要，也是文艺评论自身发展逻辑使然。因此，用文艺评论的视角观察和研究网络游戏，实为当务之急。

目　录

第一章　当代中国文艺评论的历史文化资源………001
　　第一节　文化思潮演变视野下文艺评论的
　　　　　　历史变迁……………………………002
　　第二节　文艺评论话语的建设资源：
　　　　　　以李长之为例………………………040

第二章　新时代文艺评论的发展条件与趋势………067
　　第一节　新时代文艺评论的增量变革和
　　　　　　功能拓展……………………………068
　　第二节　新文艺现象之评论：
　　　　　　以广场舞为例………………………085

第三章　文艺评论、理论与创作关系再思考……110
  第一节　文艺评论"反哺"文学艺术理论

      建构及其达成路径……111

  第二节　界碑式概念的诞生：

      以龚和德评尚长荣为例……135

第四章　互联网时代文艺评论之新变……191
  第一节　网络语境下文艺评论的生态与语态……193

  第二节　网络文艺评论概念辨析：

      以"爽感"为例……215

第五章　网络游戏与文艺评论话语扩容……237
  第一节　网络游戏艺术学研究范式初探……238

  第二节　评论介入网游行业的尝试：

      以网游从业者素养建设为例……285

主要参考文献……306

后　　记……313

第一章　当代中国文艺评论的历史文化资源

今天从昨天走来,当代中国社会的母体是近现代中国。人们总是从离自己最近的那群人手中接过社会发展的接力棒,不可能也没必要跑回跑道的起点。从这个意义上讲,"昨天"对于"今天"的意义,有时比"前天"或"很久以前"更大。因此,研究当代中国文艺评论,应对它的"昨天"略加回顾和梳理。

历史地看,文艺评论百余年来的发展史,大体经历了以启蒙救亡、娱乐消费、尚艺求美为主要特征的三股历史文化思潮,带动着文艺评论在不断变化中前行。在这个过程中,一位位杰出的文艺评论家如闪亮的群星,印迹于历史发展的天幕之上,他们的文艺评论实践和思想,连同文艺评论走过的历史本身,是建构新时代文艺评论话语体系不可离弃的宝贵资源。本章从文化思潮嬗变的角度切入，回望中国文艺评论百余年来的宏观历史变迁，并以著名文艺评论家李长之建构中国文艺评论学的探索为例，讨论当代中国文艺评论话语的历史脉络和思想资源。

第一节　文化思潮演变视野下文艺评论的历史变迁

何为文艺评论，言者多歧。作为思想文化领域的一种重要现象，它与一定历史时期的文化思潮密切相关。文艺评论不但本身是文化思潮的内容，常以"思潮"的形态存在，而且也受到更大范围内历史文化思潮的影响和制约。正因为如此，从宏观上考察文艺评论的趋向与变化，需在长时段的文化思潮演变的视野下方可勾勒其脉络。

1934年朱自清《评郭绍虞〈中国文学批评史〉》时就指出"'文学批评'一语不用说是舶来的"，同时也指出关于文学批评的零星的、片段的材料，在中国却很早就有。①确实，文艺评论的实践在我国自古有之。只不过，古代的文艺评论多采取"诗文评"的形态。一般认为，"评点"始于唐，兴于宋，成于明。金圣叹评点《水浒传》、李卓吾评点《西游记》、张竹坡评点《金瓶梅》、脂砚斋评点《红楼梦》等，都是"评点体"文艺评论的代表作品。诗话、词话、曲话等传统批评形态一直延续到近代仍有生机。②综合、直观、凝练，是"评点体"的主要特征。无论是金圣叹评《水浒传》，还是脂砚斋评《红楼梦》，时而把目光聚焦于作品本身，剖析其艺术特色，时而论及作者及其所处的时代，揭示作品背后的社会文化环境，所使用的语言自成特色，三言两语、简短犀利、睿智幽默，常令人掩卷深思或会心一笑。而且，"评点体"紧贴文本展开，既是对原作的再创造又和原作融为一体，对作品经典化起到了重要作用。这些"评点"既提升阅读快感，又引导和促进读者对作品的理解，具有独特的价值。随着西方传入的哲学、美学和文学思想等在中国

---

① 朱自清：《评郭绍虞〈中国文学批评史〉》上卷，《诗言志辨》，上海：华东师范大学出版社，1996年，第221—222页。
② 黄霖：《应当重视民国话体文学批评的研究》，《复旦学报（社会科学版）》2017年第3期，第76—81页。

知识界文化界影响日渐变大，新派文艺评论家开始崛起，"评点"式的文艺评论式微，用论文的形式系统地评论文艺作品逐渐成为更多人的选择，王国维的《红楼梦评论》就是个中代表。当然，评点体和论文体，只是文艺评论的两种样态，二者各有所长，就好比在《红楼梦》的评论史上王国维和脂砚斋无法互相取代一样。

值得一提的是，随着互联网的兴起，评点体的文艺评论似又找到了回归的新可能。作为网络环境下评论形态之一的"弹幕"与评点体具有某种相似性。仅从外在形态而言，传统意义上的"评点"是用笔写下的语句，必须依存于以文字为载体的原作。随着历史进入近现代，视听艺术蓬勃发展，"评点"似乎失去了用武之地。但历史总是呈螺旋式上升，互联网技术的发展，增强了文艺的互动性，使文艺作品在线观看和即时评论成为可能。"弹幕"的出现，使评论者对作品的评点可以借助网络工具，如子弹般密集、快速地呈现在屏幕上，这也是"弹幕"得名的由来。于是，评论的互动性和即时性进一步增强，评论和作品文本的融合度也进一步提高。对此，舆论反应喜忧参半。喜的是"弹幕"的出现,提高了欣赏者和消费者在艺术中的主体性;忧的是不受控制以及低水平的"吐槽",破坏了作品本身的美感以及艺术欣赏的完整性。新事物总是让人欢喜让人愁,因为它的出现打乱了现有的秩序,难免给人造成心理不适。面对新事物,人们也总是会习惯性地和旧事物做比较,但新事物和旧事物的孰优孰劣其实不是最重要的,因为很多所谓"优"不过是"看顺了眼",或说成自然了的"习惯",更重要的是捕捉新事物预示的变革方向。在我看来,"弹幕"使传统的"评点体"文艺评论有可能在视听化、网络化条件下"满血"复活。或许,当下我们对眼前飞来飞去的"评论"还不太习惯甚至有点头晕目眩,但请不要急于闭上双眼,因为那会让你错过美丽的风景。时代变革及其对人们文化生活的影响呈加速度向前推进,不妨让"弹幕"继续飞一会儿吧。既然问题不在文艺欣赏的习惯,面对"弹幕"的袭来,真正应该思考的是如何寻找或培养现时代的"金圣叹",也就是适应文艺视听化、网络化和评论互动化、即时化这一新格局的评论家。

"弹幕"是从互联网的母体中诞生的,弹幕时代的"金圣叹"同样也将在互联网中孕育。事实上，在微博、微信等新媒体工具织成的网络文艺世界中，已经活跃着不少网络文艺评论家了，作为互联网时代的"金圣叹"，他们目光锐利、思路敏捷，对艺术有着良好的感知力和鉴赏力，使用的语言短小精悍、活泼清新，适合互联网传播特性。有的时候，他们的一条微博，寥寥几十字，却能对文艺创作者和欣赏者产生巨大的影响，这样的例子举不胜举。此外，不少弹幕时代的"金圣叹"们还承担着"文化搬运工"的使命，把学院派、理论化的文艺评论转化为大众愿意听、听得懂的"金句"，让评论者与创作者的对话更加直接，评论者对欣赏者的引导更加有效，进而使评论以前所未有的深度介入到文艺创作生产、欣赏消费、传播反馈的全链条之中。随着互联网技术的发达及其与艺术的进一步融合，"弹幕"或许还会得到更深刻的发展，而其发展路径大体上有两大走向。一是"弹幕"介入的领域进一步拓展，也就是说，"弹幕"的使用或许会逐渐从影视扩展到戏剧、曲艺等艺术门类，尤其是相声、二人转这些本身就具有强烈互动性的艺术门类，可能会较早地与"弹幕"结缘。二是"弹幕"向"平台"的回归。"弹幕"说到底是一种技术,真正有价值的是技术承载的内容。随着互联网自我"提纯"机制作用的发挥,弹幕技术的发展,以及相关行业管理部门的介入,精彩的评论将凸显出来,无意义的"吐槽"将失去市场,而随着评论整体质量不断提高,人们会把焦点从这个新平台本身转移到平台上高水平的评论。最后,弹幕也许就会成为文艺作品经典化的重要台阶。经过时间的积淀,那些耐人品味的评论将沉淀下来,与原作一起成就网络时代的艺术新经典。到那时,人们可以选择欣赏作品的"原版"或"弹幕版",如果你选择了后者,那么就可以借助特殊的视听设备,一边欣赏作品,一边咀嚼评论家的点评,并与其他的欣赏者互相交流,而文艺评论对作品、作者、欣赏者乃至社会的意义也将达到一个崭新的高度。

当然,我在这里谈论"弹幕"只是试图说明在评论的意义上,传统的与当下的、过往的与未来的具有某种勾连的可能性,至于文艺评论在互联网语境下的整体发展趋向,只能留待实践去回答。

回到文艺评论近代以来的变迁,可以发现,"诗文评"等传统形态的文艺评论转变为今天意义上的文艺评论，是在近代中国社会和学术转型的过程中展开的，而这一演变，又是在救亡与启蒙的双重变奏下完成的，如李泽厚所言，"启蒙性的新文化运动开展不久，就碰上了救亡性的反帝政治运动，二者很快合流在一起了"①。作为引导或推动文艺发展的力量的文艺评论，不论是致力于让文艺更犀利地解剖国民性、更有力地冲决旧文化旧制度、更全面地张扬人的自由个性，还是着眼于发挥文艺在鼓动革命、凝聚共识、统一步调上的作用，都无法脱离救亡启蒙这一主题。特别是随着民族危机逐渐加重及其激发的民族主义高涨，救亡压倒了启蒙，成为最大的诉求。以启蒙为鹄的的文艺运动虽不绝如缕，但服从、服务于救亡的文艺更成为一种压倒性的话语。

这也是近代历史舞台上的主要政治力量对文艺以及文艺评论的共同期盼。早在中国共产党成立初期，瞿秋白等人就已经十分重视并努力发挥包括文艺评论在内的文艺战线在救国救民的作用。瞿秋白1924年在上海大学授课期间所编的《社会科学概论》中就提

---

① 李泽厚：《中国思想史论三部曲：古代、近代、现代》，天津：天津社会科学院出版社，2007年，第335页。

第一章 当代中国文艺评论的历史文化资源

出,"艺术能舒畅无产阶级刻苦斗争的精神,增长群众的协作习惯及能力,振作创造的情绪,以达改造目的"①。到了土地革命时期,党领导的革命军队中就有了各级政治部艺术股组织开展演剧、打花鼓、出壁报、收集和编写革命歌谣活动,"文艺工作确实成了部队重要的战斗力"②。红军时期,"中央革命根据地的话剧工作……一开始就不是单纯地为了娱乐……它完全是由于部队政治工作与当地群众工作的需要,在部队中自然而然地生长起来的"③。20世纪40年代,一大批艺术家、文化人怀揣理想,向往光明,从全国各地奔赴延安,在祖国的西北角参与到拯救民族危亡的行动之中,书写了至今仍感奋人心的壮丽史诗。音乐家冼星海在鲁迅艺术学院的邀请下,于1938年秋启程北行,前往延安。美术家王式廓、吴咸,以及评论家黎辛经武汉

---

① 瞿秋白:《社会科学概论·艺术》,《瞿秋白文集》(政治理论篇)第2卷,北京:人民出版社,1988年,第584—585页。
② 傅钟:《红军的文艺工作——在第四次中华全国文学艺术工作者代表大会上的讲话》,载中国人民解放军文艺史料编辑部《中国人民解放军文艺史料选编·红军时期(上)》,北京:解放军出版社,1986年,第34页。
③ 赵品三:《关于中央革命根据地话剧工作的回忆》,载中国人民解放军文艺史料编辑部《中国人民解放军文艺史料选编·红军时期(上)》,北京:解放军出版社,1986年,第39页。

"八办"介绍先前往西安,又在西安"八办"统一安排下抵达延安。王式廓和吴咸这一队共走了十二天。黄土高原上沟壑纵横,到处是山,一行人"过了一山又一山,不知爬过了多少山梁,蹚过了多少条河,荒山僻岭,有时一天要走一百多里路程,才有客店住宿","在途中,我们是一天也不停留的,每天从天蒙蒙亮走到傍晚或天黑,恨不得一步跨到陕甘宁边区"。[1]黎辛他们"一行一百四五十人,集体行动,一天走六七十里,住在县城或大集镇,约十个人编一组,没有路费的人,同组有钱的主动照顾,大家扛着行李,一路唱歌,一路前进,走了十天到达延安"[2]。这些艺术家成为了党领导的"文化军队"的中坚。1942年延安文艺座谈会之后,文艺服务革命和救亡的意义更加凸显。

运用文艺改变社会,不是中国共产党的"专利"。国民党也不乏以文艺鼓动政治的努力,只是效果不佳。1929年国民党的全国宣传会议上提出建设"三民主义文艺",事实上也是用文艺宣传政治。即便是反对"文

---

[1] 吴咸:《忆式廓同志参加延安文艺座谈会》,《美苑》1987年第5期,第37页。
[2] 黎辛:《亲历延安岁月》,西安:陕西人民出版社,2016年,第3页。

艺为阶级所拘囚"的"中国文艺社",也主张"文艺最高的使命,是发抒它所属的民族精神和意识"。

于是,各个艺术门类都被赋予了救亡的使命。话剧、电影因为"战斗性"强而尤其受到重视。话剧史家田本相认为,中国人最初接触话剧以及引进话剧的愿望,就有着强烈的救国冲动和功利期待。① 天缪生说得直截了当:"吾以今日欲救吾国,当以输入国家思想为第一义。欲输入国家思想……舍戏剧末由。"② 李柏晋在1927年提出,电影是综合的艺术,应发挥"发扬民族精神,巩固国家基础"的作用。③ 中国固有的艺术也被认为应经过救亡大潮之冲刷以获得新生。美术家高剑父提出,"我们艺人应该抱定艺术救国的宗旨,在艺术革命的旗帜下努力迈进,为我国艺术争一口气,向世界艺术迎头赶上,增高我艺术的国际地位。常存救国之心,做那样就那样。故本位救国,艺术当然不能

---

① 田本相:《论中国现代话剧的现实主义及其流变》,《文学评论》1993年第2期,第1—16页。
② 天缪生:《剧场之教育》,《月月小说》第2卷第1册,转引自田本相《论中国现代话剧的现实主义及其流变》,《文学评论》1993年第2期,第1—16页。
③ 李柏晋:《论电影与教育》,《银星》1927年第12期,引自李道新《中国电影批评史》,北京:北京大学出版社,2007年,第44页。

例外。"① 在文艺肩负救亡使命的历史背景下，文艺评论作为战斗武器的意义自然格外重要。

新中国成立后，"救亡"的任务在客观上已经完成，但革命和救亡的逻辑惯性依然强大。特别是在"政治挂帅"等意识形态主张的支配下，文艺评论作为文化治理手段的意义受到重视乃至过分夸大，在很长一段时间甚至成为政治的附庸甚或工具。以电影批评为例，新中国成立初期，最高领导人亲自为《人民日报》撰写社论《应当重视电影〈武训传〉的讨论》，这实际上可视为一篇文艺评论。文章的内容以及这一事件本身都典型地反映了国家权力以文艺评论为用的情况。正如有的电影评论史家所概括的，1949年至1966年，"政治索隐式批评"即以明确的政治功利为目的的批评贯穿了整个"十七年"，这些评论都把电影本身的特性置之不顾。到了"文化大革命"时期，电影评论更是沦为"大批判"的工具。② 吊诡之处在于，作为这场浩劫导火索的《评新编历史剧〈海瑞罢官〉》，其实

---

① 陈枫:《浅谈高剑父的"艺为救国"美术教育思想》，《大众文艺》2011年第14期，第190页。

② 李道新:《中国电影批评史》，北京：北京大学出版社，2007年，第39页。

第一章　当代中国文艺评论的历史文化资源

也正是一篇"文艺评论"。

进入改革开放新时期，文艺评论为中国社会摆脱过度政治化的状态而勇敢呐喊。① 在新中国成立70周年之际，著名文艺评论家也是那段历史的亲历者仲呈祥回顾指出：

> 想当年，刘心武的《班主任》问世，有人要批，认为"谢惠敏形象"歪曲了教育界的现实，是恩师朱寨先生仗义执言，旗帜鲜明地以一篇四两拨千斤的文艺评论《从生活出发》，驳斥了这种把文艺简单地从属于政治的责难，充分肯定了这篇小说坚持从生活出发的现实主义品格，吹响了现实主义文艺复苏和繁荣的进军号。蒋子龙的《乔厂长上任记》为改革开放呐喊，也有人要批，说是丑化了党和现实，又是陈荒煤、冯牧在当时文联、作协的极简陋的沙滩的会议室里，召开作品研讨会，给予了有力的支持，发出了文艺评论

---

① 著名民间文艺家刘锡诚先生在其回忆录《在文坛边缘上》中，对此多有记述。2018年末，刘先生在与笔者谈到这段往事时还专门指出，对于文艺评论在推动思想解放、开启改革开放新时期中的作用，目前还缺乏充分研究。

的科学声音。之后，从"伤痕文艺"到"反思文艺"再到"寻根文艺"，文艺评论都紧随时代的脉搏，为反映人民的心声发挥着开路先锋、保驾护航的重要作用。①

当文艺评论逐渐把自己从政治的战车上松绑下来，又在市场大潮的冲击下，面临着被资本绑架的困境，出现了一些新的迷失，"被商品化"与"自我商品化"的倾向也由此而生。娱乐消费之潮于此兴焉。正如有的学者所言，"伴随着改革开放的历史进程，尤其是在建立和逐步健全社会主义市场经济体系的历史进程中，确实出现了有悖'二为'方向的倾向：或张扬'文艺表现自我''为艺术而艺术'思潮，或鼓噪唯票房、唯收视、唯码洋、唯点击率的唯经济效益主张"②。"消费市场通过一系列操作，将批评家'捆绑'式嵌入文学生产过程，让批评家成为作家和出版社、网络图书运

---

① 仲呈祥:《道艺统一　褒优贬劣——新中国70年文艺评论断想》,《中国文艺评论》2019年第7期,第11页。
② 仲呈祥:《道艺统一　褒优贬劣——新中国70年文艺评论断想》,《中国文艺评论》2019年第7期,第14页。

营机构等文学生产者俯首帖耳的'合伙人'。"[①]一般认为，消费主义是一种把消费当作唯一目的的价值观念和生活方式的社会文化现象。在消费主义影响下，人与物的关系发生了变化，人被物以及对物的消费欲望所支配。随之而来的是人的自我认同的变化，人们似乎只有在消费中才能实现自我价值。相应地，事物是否有价值，也在于它是否可被消费。或许与文艺天然地具有娱乐性有关，文艺领域往往成为消费主义大展拳脚的场所，文艺批评也由此受到了消费主义的深重影响。西方思想家洛文塔尔曾提出过"消费偶像"的概念。根据他对20世纪美国流行杂志中传记的比较研究，在20世纪的头20年，传记的焦点集中在"生产偶像"，他们来源于生产性的工业、商业、自然科学；而到了20世纪40年代，以前在传记中不被人重视的娱乐界人士却成了主角。与"生产偶像"阐述的奋斗、励志故事不同，"消费偶像"们提供的主要是消费行为和方式。这些连篇累牍地曝光"消费偶像"私生活、消费、人际关系、娱乐习惯等的人物传记，用洛

[①] 房伟：《消费市场影响下的当下文学批评》，《长江文艺评论》2016年第1期，第34页。

文塔尔的话说，是"一种媚悦于消费者的商品"。[①] 在消费主义的魔咒驱动下，传统社会中"高台教化"的文艺悄然变成供人玩赏的"文娱"。评论的"润格"也应运而生。书法家陈振濂在一次访谈中说，"记得几年前，当时中国有名的一批活跃的评论家联名在一份主流报纸上刊登了一则关于评论需要计件计酬的'启事'。'启事'中还公然列明了开价标准，包括多少字数多少酬金等等。这就是评论的润格费用。""在一些书画展上，展览人一定会邀请甚至付重金让评论家写一些对其作品赞美的艺术评论文章，或者画展前言等等。"[②] 实际上，这一现象并非书画领域独有。近年来，广受批评的"红包评论"就是最典型的表现。在市场经济条件下，一件无法被消费的商品，理所当然地被视为"废品"。只有卖得出高价的商品，才会被人视为"珍品"。由此来看，"红包批评"的实质是评论变成了文艺消费链条中的一环，其主要价值就在于被消费。此时，评论者所提供的"批评"实质上是一种巧妙伪

[①] 李彬、曹书乐等：《欧洲传播思想史》，上海：复旦大学出版社，2016年，第68页。
[②] 陈振濂：《当代文艺评论需要正确的导向》，《杭州日报》2014年6月10日第B04版。

装的广告，塞给评论者的"红包"，实际上是社会文艺消费的一部分，只不过在形式上，这部分消费不表现为一张电影票、戏票或一件艺术品的定价，也不由艺术消费者直接向文艺评论家购买，而是由文艺创作生产方"转移支付"。但真正为"红包批评"买单的还是文艺市场中的消费者。人们在"红包批评"的指引下掏腰包走进电影院时，已默默为红包厚度做出了贡献。于是，文艺创作生产者以评论家为消费对象；评论家以自己的专业技能甚至名誉尊严为消费对象；创作者和评论家又携起手来消费着已经成为娱乐化了的文艺。当然，这一切论说还是以比较纯粹的市场环境为前提的。如果文艺生产消费链条中杂入权力因素，当戴着乌纱帽的"文艺家"变公帑为"红包"，慷公家之慨扬私名、获私利，问题就更复杂了。

应该说，近年来，在"不做市场奴隶"的号召与自省下，文艺界正气上扬，文艺批评对消费主义的抗拒比以往更有力也更自觉。但是，只要文化产业化进程仍在深化，资本就会以其自身的逻辑将文艺评论驱动进产业链之中。《北京晨报》2016年5月27日报道：2016年5月，合一影业、百度糯米影业等联合发布"振翅2016'啄影'影评人大赛"启动计划，除了奖金之外，还将提供年薪30万元的工作机会。"啄影"签约50名影评人，定期约稿、支付稿费，还会提供主办方出品的电影探班、提前观影等机会。同年7月，王健林提出要把对电影行业的操控力扩展到整个链条，买下电影院线、制作公司之后，他的下一个猎物是电影点评网站。7月27日，王名下的万达院线发布公告，拟收购时光网全部运营实体100%股权。如此一来，从创意到评论，资本进入到电影产业的全链条之中。而理论评论界其实也不乏从产业视角看待评论的观点。比如有学者就提出，就市场社会来说，批评家也是产业大军中的一员，艺术家、批评家、画家、记者、律师只有社会分工的不同，没有高低贵贱之分，每个角色在社会中付出了劳动，他的劳动成果（无论是一个猪肉罐头，还是一幅画或者一篇文章），如果放入市场，都是商品。① 应该说，文艺天然具有娱乐功能。文艺之所以存在，恐怕首先是为了满足人们文化娱乐的需要。承认这一点，并不是什么离经叛道。在现代

---

① 吕澎：《中国当代艺术的历史进程与市场化趋势》，北京：北京大学出版社，2010年，第426页。

社会，想把文艺捆绑在政治的躯体之上，使之与商品市场完全绝缘的想法是荒谬而不现实的，即便在某些不正常的历史条件下暂时做到了，长远来看，也不过是把文艺推向死胡同罢了。文艺要生存，就要走进市场，但却不能被消费主义俘获。文艺评论固然不能等同于一般商品，不能丧失应有的格调和尊严，但也无法自外于文艺产业格局，与其大唱安于清贫的道德高调，不如构建评论介入产业的健康路径。换言之，红包厚度不应等于评论高度，但评论高度应等于红包厚度。当然，此处的"红包"应当打上引号，指的不是放弃了道义和标准的私相授受，而是评论在文化市场中应得的份额。

新世纪以来，文艺评论正在进入尚艺求美的新阶段，为此提供了可能。这个新阶段的兴起与中国经济发展及其带来的"后物质主义"趋向密切相关。政治学家罗纳德·英格尔哈特通过对四十余个西方国家工业化、现代化进程长达几十年的研究发现，后工业社会的到来会带来大众文化和社会价值观的深刻变革，在后工业社会，"后物质主义"将取代"物质主义"，也就是说人们在衡量生活时，不像工业社会那样把经济成就奉为圭臬，而更看重自我表达、自我实现以及心灵归属等精神因素。① 所谓"后工业社会"是社会学家丹尼尔·贝尔的概念。一般认为，后工业社会以服务性经济为主要的经济形态，以第三产业增加值占GDP的比重超过70%为典型特征。经过四十多年的市场化改革，现在的中国积累了大量物质财富，正在向后工业社会迈进。当然，我国幅员辽阔，地区之间经济发展水平很不平衡。第四次全国经济普查结果显示，自2004年首次开展全国经济普查的十五年间，我国第三产业市场主体大量涌现，规模不断扩大，比重持续上升，结构明显优化，成为带动经济增长、吸纳就业人员的主要力量。2018年末，全国从事第三产业活动的法人单位1716.1万个，比2013年末增加905.1万个，增长111.6%，比全部法人单位增速高10.9个百分点。其中，文化、体育和娱乐业企业法人单位50.7万个，比2013年末增长192.5%，在第三产业中的占比为

---

① ［美］罗纳德·英格尔哈特著，张秀琴译：《发达工业社会的文化转型》，北京：社会科学文献出版社，2013年，第68—70页。

3.5%。①改革开放40年来，我国三大产业结构也不断优化，其中第三产业比重呈上升的趋势。国家统计局的数据表明，2020年我国第一产业增加值占国内生产总值比重为7.7%，第二产业增加值比重为37.8%，第三产业增加值比重为54.5%。②尤其在一些经济发达地区和大城市，已显露出后工业社会的典型特征。这些地区又是文化艺术比较发达的区域。当一个区域内的人们不再以物质主义为首选的价值目标时，他们会更加靠拢文艺，会从文艺中寻求自我的心灵安宁和精神满足。这实际上也是人类社会发展的普遍趋势，在发达国家早有例证。比如，日本设计家原研哉指出，当日本经济进入成熟期后，日本民众的审美观念也发生变化，认识到"人类的幸福并不是只能在持续增长的经济中找到"③。近年来，我们也可从国人生活状态中观察到，中国人的文化生活方式在发生深刻改变，精神

---

① 经济社会发展统计图表：市场主体大幅增加（第四次全国经济普查结果），求是网（http://www.qstheory.cn/dukan/qs/2020-03/01/c_1125641908.htm）。

② 国家统计局：2020年我国第三产业增加值比重为54.5%，https://baijiahao.baidu.com/s?id=1692908542984048016&wfr=spider&for=pc。

③〔日〕原研哉著，朱鄂译：《设计中的设计》，济南：山东人民出版社，2015年，第154页。

文化、个人幸福、自我实现等带有"后物质主义"意味的问题摆上人们心头,个体自主自觉的文艺消费越来越"升温"。中国人民大学发布的数据显示,北京居民2015年的文化消费中个人消费首次超过了团体。[①]这从一个侧面说明看剧、赏戏等活动正从以往的"单位福利""节庆活动"变为个体选择、生活日常。当代文艺领域的不少热点现象如"小镇青年看电影"[②]"小镇孩子学艺术"[③]等实际上都与尚艺求美的浪潮相表里。质言之,"仓廪实"不仅为"知礼节"奠定了基础,让人们渴望一种道德生活,而且增强了国人对美的渴望,让人们希望过一种美的生活、艺术的生活。

需要说明的是,上文所说的启蒙救亡、娱乐消费、尚艺求美等三个特征固然具有历史性,也与历史时序有关,但更是一种文艺评论内在发展逻辑意义上的划分。它们并非线性替代关系,而是你中有我、我中有你,只是在不同时期某一阶段更占主流而已。在"启

---

① 北京文化发展研究院:《2014—2015年北京文化发展报告》,北京:文化艺术出版社,2015年,第6页。
② 参见孙佳山《"镀金时代"的中国影像》,北京:文化艺术出版社,2017年,第103—116页。
③ 胡一峰:《"小镇孩子学艺术"的喜与忧》,《中国艺术报》2017年3月20日第3版。

蒙救亡"的阶段,也有学者呼吁美的生活。朱光潜说,"人可以分为两种:一种是情趣丰富的,对于许多事物都觉得有趣味,而且到处追求这种趣味;一种是情趣枯竭的,对于许多事物都觉得没有趣味,也不去寻求趣味,只终日拼命和蝇蛆在一块争温饱。"①梁启超也说,活在趣味里,生活才有价值。"若哭丧着脸挨过几十年,那么,生命便成沙漠,要来何用?"②对少数人而言,一瓢饮、一箪食或许就足以支撑起在精神世界翱翔并乐在其中,但对绝大多数普通百姓来说,有情趣的生活不是仅用美好愿望就能垒起来的空中楼阁,而要以一定的物质条件为基础。20世纪60年代初制定的《文艺十条》第一条就是"正确地认识政治和文艺的关系",提出"不但需要表现强烈的政治内容的作品,也需要没有什么政治内容,但能给人以生活智慧和美感享受的作品"。在真正被执行的《文艺八条》中,这些内容都被删除了③,但说明即便在政治主导的

---

① 朱光潜:《慢慢走,欣赏啊》,收入金雅主编《中国现代美学名家文丛·朱光潜卷》,北京:中国文联出版社,2017年,第8页。
② 梁启超:《学问之趣味》,收入金雅主编《中国现代美学名家文丛·梁启超卷》,北京:中国文联出版社,2017年,第26页。
③ 薄一波:《若干重大决策与事件的回顾》,北京:中共中央党校出版社,1991年,第705—706页。

年代，党的文艺政策也没有放弃对艺术和美的独立价值的鼓励和探求。只是在当年大多数中国人要获得安全、温饱的生活尚属不易，追求生活的趣味更是奢谈。特定的历史条件也不允许文艺独立价值的自我张扬。而今天，不但美的生活所需的物质条件正在不断坚实，一种更加开放自由的公共空间也在多年改革和发展中逐渐形成。

更值得重视的是，这一经济发展带来的客观趋势被党清醒把握，并作出了准确判断。党的十九大明确提出，中国特色社会主义进入新时代，我国社会主要矛盾已经转化为人民日益增长的美好生活需要和不平衡不充分的发展之间的矛盾。我们步入的这个新时代，是一个面向民族光明前景行进的时代，是一个古老文明努力自我革新并以此为人类做出新贡献的时代，也是一个追求和创造美好生活的时代。而所谓美好生活，不仅是对物质生活的更高的要求，而且是关于精神文化的新诉求，其中自然也包括对更富艺术性的生活，以及生活之美的追寻。这种新变化不仅体现在文化艺术相关部门号召组织的一系列主题实践活动，也表现为广大文艺工作者主动深入基层，在生活中积累创作素材。如果我们把视野再放宽一点，又会发现，文艺与生活的关联不断密切的趋势，还体现为一些更加微妙的变化。比如，"镀金"式演出被叫停，艺术品拍卖市场遭遇低迷，往昔受追捧的所谓"大师瓷"面临滞销，高价乃至"天价"艺术品作为"理财工具"的面具逐渐脱去，与百姓生活结合密切的民间艺术则重新受到关注，非物质文化遗产与大众的距离进一步拉近，"脑洞大开"的文创产品萌动百姓生活，一度陷入"小众"境地的诗歌也借助新媒体等手段温暖着大众的心灵，等等。

尚艺求美的思潮还在改变着文艺创作本身。其中最典型的例子，莫过于红色题材文艺作品艺术性的提升。从电影《智取威虎山》《血战湘江》到《决胜时刻》《我和我的祖国》，从电视剧《历史转折中的邓小平》到《新世界》，从儿童剧《红缨》、话剧《谷文昌》到舞剧《永不消逝的电波》《沂蒙三章》、杂技剧《战上海》，叫好又叫座的红色题材文艺作品不断涌现，焕然一新的创作气象逐渐形成。在这些作品中，红色故事被以富有时代感的方式重新讲述，在人们心中激起感动的涟漪；红色人物形象被以新的艺术手法重新塑造，鲜活地树立在人们面前。红色题材特有的精气神，深刻而广泛地吸引着人们特别是青年群体，以理想之美、信仰之美、人性之美滋养、陶冶和丰盈着人们的内心。具体来说，表现为三个方面：

其一，让观众与英雄进行心灵对话和情感沟通

文艺创作离不开人物塑造，尤其是红色题材。红色题材作品集中反映了党领导人民革命、建设和改革发展的历史进程，其艺术魅力蕴含于题材的思想性、历史性和叙事性之中。人是历史的主体，也是叙事的主体，塑造鲜活、感人的人物形象，是彰显红色题材艺术内涵的必由之路。从红色题材的创作实践来看，小说《红岩》与江姐、《创业史》与梁生宝，电影《闪闪的红星》与潘冬子、《英雄儿女》与王成、《红色娘子军》与吴琼花，几乎所有经典作品都和经典的人物形象联系在一起。而这些人物形象之所以深入人心，恰恰因为他们身上体现着时代特征，凝聚着时代精神。进入新时代以来，社会风貌以及观众的文艺诉求都发生了相应的变化。今天的人们依然仰视红色故事里的英雄，但也更渴望与英雄进行心灵的对话和情感的沟通，这就要求艺术家对人物形象进行时代化的塑造。

第一章　当代中国文艺评论的历史文化资源

近年来成功的红色题材创作,正是坚持与时代同步伐,准确把握时代特征,通过让人物形象走近当代受众,提升了作品的品质。儿童剧《红缨》取材于抗日战争时期放牛郎王二小的英雄事迹。作品以细腻的舞台表演,多层次、立体化地展现出王二小的情感世界,讲述了王二小的成长经历和心路历程,赋予了这个经典的红色人物形象更多的成长性,让观众感同身受地看到了民族大义在王二小内心的萌发和积聚,因此,当王二小壮烈牺牲,《歌唱二小放牛郎》的熟悉旋律再次响起时,观者无不泪目,艺术效果感人至深。话剧《谷文昌》摒弃"高大全"的套路,通过谷文昌在东山植树治沙、发展经济、改善民生等工作和生活片段,在低处叙事,向高处写人,带领观众走入谷文昌的内心深处,在情感共鸣中体会一名党的好干部的使命担当。电影《决胜时刻》讲述中共中央领导人进驻香山,在国共和谈破裂的千钧一发之际,全力筹划成立新中国的故事。影片也是从小处着眼,以平视的视角和温情的叙事,以光影艺术的手法表现开国元勋们质朴淳厚的家国情怀,拉近了历史与现实、领袖与人民的情感距离,受到普遍好评。

其二，饱满的理想主义气质传递深邃精神力量

文艺是铸造灵魂的工程，优秀的文艺作品具有启迪思想、振奋精神、温润心灵、陶冶人生的重要作用。红色题材承载着红色文化，是民族宝贵的精神财富，也是当代文艺创作的一座宝库。近百年来，红色题材文艺创作已经积累了丰富的创作经验，涌现出一大批精品力作，其中不乏中华民族乃至世界文艺史的永恒经典。它们如一道道深刻的年轮，记录着中华民族从苦难中奋起的历史；也如一面面鲜艳的旗帜，标示着人类意志所能达到的精神高度；更像一声声嘹亮的号角，激励着华夏儿女沿着民族复兴大道坚定地走向未来。而经典的红色题材作品之所以打动人心、常演不衰，不仅在于其讲述的故事、宣扬的道理，更在于其蕴含的精神内涵。可以说，充沛的精神内涵是红色题材的独特标识。品读优秀的红色题材文艺作品，我们总会被其中饱满的理想主义气质、浪漫主义精神，以及坚贞不屈、顽强拼搏的意志所感动。这正是红色题材特有的精神力量。近年来，以人文化的手法表现红色题材的精神内涵，正在成为创作者的自觉选择。电影《我和我的祖国》巧妙地让小人物出场讲述大故事，

第一章　当代中国文艺评论的历史文化资源

无论是《前夜》中的林治远，《北京你好》里的的哥，还是《回归》中的华哥夫妇，在组成全片的一系列故事中，主人公都是名不见经传的平凡人。然而，正是他们内心对祖国真挚的爱和依恋，凝聚成了推动这个国家前进的伟大力量。影片中一个个生动的小人物，寓伟大于平凡，把宏大主题融进了人间烟火，使爱国主义从政治道德律令呈现为个体化的内心情感，提升了影片的人文气息。2020年播出的电视剧《新世界》表现的是新中国成立前后的重大历史转折。新中国的成立开辟了历史新纪元，体现了社会发展之必然。而表现中国社会制度变迁和社会形态的演化，也是红色题材的应有之义。《新世界》这部作品没有落入以往宏大叙事的窠臼，而是通过北京城里三个小人物在政权鼎革的历史转折下的人生选择和生活际遇，以小见大地表现"新世界"的来之不易及其强大感召力，生活化地讲述了社会发展规律的真理。这些创作实例表明，如果把红色题材的精神内涵比作一块宝石，艺术创作就需要运用文字、色彩、声音、情感、情节、画面、图像等手段，从不同侧面和角度耐心打磨，使其闪烁出无限绚烂的光彩，从而有质感、有温度地传递深邃的精神力量。

其三，现代化的艺术手法带来全新审美体验

创新是文艺的生命。文艺创作是观念和手段相结合、内容和形式相融合的深度创新，红色题材也不例外。"写什么"和"怎么写"是统一于创作实践的，特别是完成了题材选择之后，"怎么写"的重要性就会愈发凸显出来。红色题材凝结着仁人志士为国为民的丹心碧血，回荡着中华民族复兴奋进的铿锵足音，具有无比深沉的感染力。而这种感染力必须呈现于有创造力的艺术手法之中。文艺反映生活，不仅仅指作品内容反映生活，而且作品形式也反映生活。同样的题材，以不同的艺术手法进行加工和创造，会形成完全不同的审美效应。毋庸讳言，有一段时间，红色题材不受重视，英雄形象遭到冷落，特别是革命历史题材被拍成令人啼笑皆非的"神剧""雷剧"，实际上构成了对红色题材的巨大伤害。究其原因，除了个别创作者的艺术态度不够端正之外，也与创新意识和能力不足有很大关系。可喜的是，这一不良现象已经得到有力扭转，富有创造力的作品不断出现，在刷新着人们对红色题材的认识的同时，也重新点燃了人们对红色题材的热情和信心。芭蕾舞剧《沂蒙三章》坚持历史真实与艺术创造的统一，以激光、投影灯等现代舞美手段，在舞台上呈现"滔滔河水"，逼真地表现"红嫂"李桂芳等32位妇女以肩架桥的历史细节，让观众仿佛身临其境，获得了全新的审美体验，也为"红嫂"这一历久弥新的经典形象增添了新的艺术内涵。舞剧《永不消逝的电波》以唯美的形式诠释李侠与兰芬的英雄故事，特别是发挥舞蹈艺术肢体语言之所长，完成人物内心戏的视觉转化，让人在美的愉悦中得到心灵洗礼。杂技剧《战上海》则以"新难奇美绝"的海派杂技艺术特色，淋漓尽致地展现城市攻坚战的紧张和艰难，以"无声"的方式表现了人民军队解放上海的历史。这些作品以现代化的艺术手法，极大拓展了题材的表现空间，让人看到了红色题材更丰富的面相。可见，立足题材，超越题材，折射出当代中国人的精神结构和价值取向，灌注新的艺术精神和审美要求，是红色题材焕发时代精神、走近当代受众的关键所在。人类对美的追求是永无止境的，一代人有一代人的审美，这是红色题材常写常新的根由所在。只要保持充沛的创造力，从时代的审美需求出发，不断探求并深化红色题材与艺术手法之间的美学关系,红色题材文艺作品必能持续收获人气与掌声。

文艺评论在我国从来就承担着"弘道"的使命,党既把文艺评论作为文艺事业的重要组成部分、推动文艺繁荣发展的重要力量,又将其作为领导文艺工作的有效方法和有力手段。在尚艺求美的新阶段,文艺评论的转向既是一种客观趋势,也将受到来自庙堂和江湖的双重推动,这种推动力将如大水冲刷着文艺评论的整个领域,改变文艺评论的进路和样态。具体而言:

其一,文艺评论在标准上更趋美学化

艺术与美学本就难解难分,但近年来艺术研究和评论也存在或多或少的"去美学化"的倾向。造成这一现象的原因很多,其中之一是美的本质等纯粹理论问题在相当长时期内过于占据美学的中心[1],压抑了美学其他部类的发育,导致沟通美学与艺术的"中层理论"[2]缺位。在艺术与美学打成两橛的状况下,一方面,

---

[1] 王昌忠:《百年中国"审美"概念的历史沿革及其意义》,《文学评论》2017年第1期,第103—110页。

[2] 中层理论亦称中观理论。按照R.K.默顿的说法,"中层理论"是指"介于日常研究中低层次的而又必须的操作假设与无所不包的系统化的统一理论之间的那类理论,而统一性的理论试图解释社会行为、社会组织和社会变迁中的一切观察到的一致性。"参见庞文、孙影娟、奚海燕编著《西方社会学理论概要》,哈尔滨:东北林业大学出版社,2011年,第161页。

文艺评论可能流于封闭艺术语境中的技术分析，评论者以文学或艺术门类的专业知识为能，自得其乐地做一个"剧场批评家""展厅批评家""影院批评家"，将评论实践变为一种局内人的"雅玩"。另一方面，文艺评论又有可能流于书房里的玄思，从事评论的人也就成了"摇椅批评家"，致力于在概念的思辨中追究艺术的"本质"。在他们看来，艺术必须依据并符合某种理论或理念才能获得价值，而文艺评论的任务就在于找到并使用这种理论或理念作出判断和解释。每当我看到此类评论，总会想起悉尼·胡克在《含糊的历史遗产》中说过的一个著名比喻：街上有一酗酒肇事的司机，被一个"深刻"的警察抓住，他不去抓这个司机本身，却听信辩护律师的深刻辩解，去追捕酒店老板，追捕酿酒的厂商，直至追捕一千多年前第一个发明酿酒的人。悉尼·胡克作此比喻是想说明"原因的原因的原因，就不是原因"[①]。这对理解本文的论题具有启发性。当文艺与生活越来越交融在一起，它就从"纯粹的"艺术经验走向民众审美的日常经验，虽然也要求

---

① 朱学勤：《原因的原因的原因，就不是原因》，《南方周末》1997年1月17日第8版。

评论家找到艺术背后的原因，但并不意味着要无休止地追寻，更没必要陷入本质主义无法自拔。相反，美学化的文艺评论不能因为走得太远而忘记了出发的地方，应重点捕捉当代人心中之美。李渔在《闲情偶寄》中说，"有一日之君臣父子，即有一日之忠孝节义"。车尔尼雪夫斯基也说过，一代人有一代人的美。每一代的美都应该为那一代而存在，它毫不破坏和谐，毫不违反那一代的美的要求。当美与那一代一同消逝的时候，再一代人就会有他们自己的美，新的美，所以，我们研究美学的目的，就是为了肯定我们时代的美。也就是说，文艺评论应该遵循"自下而上"的美学路径以及重思辨更重经验的运思逻辑，根据经验性立场、区域性知识、生活化视角，在作为欣赏或消费对象的"这一个"作品的创作生产、传播接受的具体语境中揭示其美学意义，而不要像张天师捉鬼那样妄图用一张"理论"或"主义"之符镇住作品活泼泼的灵魂。实际上，这也是漂洋过海来到中国的"美学"与本土实践接榫的真实可能所在。

其二，文艺评论在功能上更趋公共化

文艺评论本就具有引领社会风尚的职能，不过，以往这一功能更强调自上而下的塑造，今后或转为一种社会内生的审美治理需求。这一点正在为学界所重视。王杰认为，在当代社会，审美经验、艺术和日常生活密切结合起来之后，美学和艺术批评承担着引领公共文化建设，推动文化共同体发育的重要作用，是人民大众审美启蒙并获得文化解放的重要中介。[①] 李艳丰指出，审美是文化治理的一种途径和策略，国家以审美治理来促进社会的物质与精神的良性发展。[②] 尚艺求美的浪潮也意味着艺术将越来越走向公共空间。实际上，近年来，一些艺术家、艺术机构正在舍弃画廊、美术展馆，走向购物中心。目前国内一线城市中，拥有艺术主题业态的购物中心已屡见不鲜。而且，从作为艺术发展趋向的现成品艺术来看，秉持的正是取材于日常的理念，内在地包含着一种生活态度和公共精神。正因为如此，关于美和艺术的问题不再仅是专业问题，而越来越受到公共舆论的关注。2016年，北京的王府井、常营等商圈摆放大尺度雕塑引起舆论争议，

---

① 王杰：《一个构建起来的幻象——就"反映论"问题上与夏中义商榷》，《南方文坛》2017年第4期，第81页。
② 李艳丰：《审美治理——当代审美文化研究的实践转向》，《中国社会科学报》2017年4月18日。

有些人认为将衣着暴露的雕塑放在公共场合不妥当，也有些人认为"这是艺术无所谓"，还有人认为此类雕塑放在798艺术区无妨，在商圈则不合适。2017年，西安地铁大雁塔站出现了一幅玄奘与泰姬陵同框的壁画。玄奘取经的故事发生在公元600多年，泰姬陵则建于公元1600多年，两事跨越千年却同框，被不少网友指责有损西安历史文化名城形象，地铁公司的解释是该壁画是为强调时空观的交错视觉表现。回想多年前，北大光华管理学院门前曾立过一尊裸露性器官的"猛男"塑像，一时引起不小的争议。但当时的争论主要还局限在"象牙塔"内，今天，这类现象却已经成为芸芸众生茶余饭后的话题了。这固然与互联网技术发达带来的信息传播方式变革有关，但也反映出有关美和艺术的问题正在溢出"学术"或"艺术"的范围而迈入公众视野，这是民众审美意识觉醒的表现，也是推动文艺评论转向的力量。因为，类似的争论无法通过科学实验求得真相，也不能靠法院裁决断个是非，单纯的道德评判也显得有些苍白，大棒式的政治判决更是早被时代抛弃，最妥帖的方式是在文艺评论的主动介入下构建一个多元发声的审美空间，使社会的思想空间多一度美学之维。而此时，评论家就会面临如何立足专业又跳出专业的挑战，以一种入世的关怀和公共性的视角，从理论上认真处理艺术品或艺术家"嵌入"公共空间或大众生活之后形成的问题，所要衡量的就不仅仅是题材体裁、内容形式等的优劣，而且要判断并说明艺术品与其"嵌入"的那个空间之间的融洽度，而这又将推动文艺批评学科疆界和概念工具发生革命性的拓展。

其三，文艺评论在形态上更趋行业化

如前所述，在启蒙救亡的浪潮为主导的时期，革命的要求与国家的力量以总体性的姿态弥漫在文艺领域。政治与文艺评论呈现出一种病态的"亲密"关系，某种意义上甚至使文艺批评沦为一种"统治术"，评论家的身后总是拖着政治家的影子，甚或影子直接走到了前台，文艺评论也经常成了纯粹的"判决书"。在这种不正常的状态下，文艺评论要么成为文人圈内的趣味交流，与公共事务不发生任何关系；要么成为政治意志的应声虫或传声筒，缺乏独立的价值判断；要么以"地下"的姿态与国家形成一种强对抗关系。而在消费娱乐占主导的语境中，文艺评论又与软文眉来眼去甚至"雌雄莫辨",某个评论家或许可以选择受雇于这个或那个广告商,但作为群体意义上的"红包批评家"却很难避免被资本把住笔头的命运。毋庸置疑,这都是文艺评论不健康的行业症状。

随着经济发展以及现代性因素在我们国家的生长,社会、市场等自主性空间成长起来。在文艺领域,在体制内文艺自身调整和变革的同时,体制外文艺不断发展壮大,逐渐形成共存并行之势。这一切都促使文艺批评自我觉醒,要求它从传统社会文人雅士的社交方式中解脱出来,从对"国家"的纯粹附庸中解放出来,从资本的引诱或胁迫中挣脱出来,在以互联网为代表的现代传媒、以自组织为形式的现代社团等构成的公共空间中,找到属于自己的独立存在。实际上,作为公共空间多元主体之一的"行业",其面目正在不断清晰,并发出独立的声音。现象级的电视剧《人民的名义》播出后,中国妇联官方微博@女性之声批评该剧"性别意识太差",并列举剧中汉东省常委会上,有官员提到"稍有姿色的女干部",让犯了男女关系错误的男性官员"去妇联看大门"等。而最高检有关部门也对此认账,并表示立即与编剧团队研究删改事宜。

电影《道士下山》上映后，认证为"丹东市道教协会"的微信公众号"道扬天下"发布了中道协权益保护委员会主任孟崇然道长对该片的谴责。虽然，中国道教协会新闻发言人表示，《道士下山》的制片方之前与中国道协有沟通，并按照要求对于剧情做了修改，因此道协对于影片持有包容心态，但毕竟也是一次带有行业色彩的"喊话"事件。在以前，这些声音是不够和谐或被看作不识大体的，可能也很少有主流传统媒体会作为其发声平台，但在新时代的互联网传播格局中却让人觉得清亮、自然、有力。这些不同行业组织发出的"文艺喊话"其实也可视为一种文艺评论，并从侧面推动着文艺评论的行业化进程。凡此种种，让人有理由相信，文艺评论专业组织在艺术之美的传递中的纽带作用将以更加"组织化"的形式得到发挥，这又将更好地为民众搭建走近美、欣赏美、创造美的思想台阶，进而丰富民众的文艺体验，提高民众扮美日常生活的意识和能力，反过来又推高尚艺求美的第三次浪潮。

梁启超曾说："今之恒言，曰'时代思潮'。此其语最妙于形容。凡文化发展之国，其国民于一时期中，因环境之变迁，与夫心理之感召，不期而思想之进路，同趋于一方向，于是相与呼应汹涌如潮然。始焉其势甚微，几莫之觉；寝假而涨—涨—涨，而达于满度；过时焉则落，以渐至于衰熄。凡'思'非皆能成'潮'，能成'潮'者，则其'思'必有相当之价值，而又适合于其时代之要求者也。凡'时代'非皆有'思潮'；有思潮之时代，必文化昂进之时代也。"①新时代必然是一个"文化昂进"的时代，我们有理由相信，文艺评论将在这尚美求艺的思潮中得到长足发展。

第二节　文艺评论话语的建设资源：
　　　　以李长之为例

李长之是我国现代著名文艺批评家，也是各种"现代中国文学史"中的"常客"。司马长风在《中国新文学史》（1976年）中就把李长之列为30年代中国的"五大批评家"之一。②也有的文学批评史认为："李

---

① 梁启超：《中国历史研究法（外二种）》，北京：中华书局，2000年，第365页。
② 司马长风：《中国新文学史》中卷，台北：昭明出版社，1976年，第248页。其他四位分别是周作人、朱光潜、朱自清和刘西渭。

长之大抵是在一种不明政治,甚至厌憎政治的基调上表达他对思想自由的意见的,表现出鲜明的小资产阶级自由主义者的态度。"① 笔者研读多卷本《李长之文集》,兼及相关研究成果,深感李长之对于我国文艺批评事业之价值,仍未得到充分估定。尤其是在文艺评论广受关注的当下,重读李长之的批评文字,理解其批评思想,具有重要的现实意义。李长之的批评志业博大精深,若一言以蔽之,莫如"建构中国批评学"七字。

李长之几乎思考了一个批评家面临的所有理论问题,并作出了自己的回答。可见,他具有构建批评体系的明确意识。在不同的时期写的文章中,他都反复强调过体系的问题。在《论伟大的批评家和文学批评史》中,他说:"伟大的批评家却是无不自圆其说,他的根据是整套的。"② 在发表于 1935 年的《批评家所凭借的是哪一点》中又说,"批评家是主观的。他有他的观念世界,他在其中而无所矛盾,这就是所谓体系。

---

① 许道明:《中国现代文学批评史新编》,上海:复旦大学出版社,2002年,第 201 页。
② 李长之:《李长之文集》第三卷,石家庄:河北教育出版社,2006年,第 25 页。

他看要从整个的看,他应付要就整个的应付,他援引也是出发自他的整个思想而援引。零零星星不是批评家;批评家当然对事物有印象,然而倘若这些印象没有联系,不配是批评家。"从特殊走向普遍,必须超越个体的经验,运用理性的武器。① 而在《现代美国的文艺批评》中,他指出,美国由于哲学和历史的浅薄,缺乏自己的文艺批评。"中国有与美国相同处,就是同样地现在拿不出代表本国的成为独立面目的体系的文艺批评来"②,而这是文艺批评的根本问题。他感慨中国的文艺批评史"荒芜""破碎","纵然披沙拣金,金子太少了!"。数来数去,我们纯粹艺术批评家,不过是刘勰、钟嵘、张彦远。此外,不是琐碎,就是头巾气,就是油腔滑调,找一个清清爽爽,生气勃勃而严肃的批评家,了不可得。③ 直到1946年底,李长之历数"五四"以来中国新文艺批评的进程和成果之后,仍提

---

① 李长之:《李长之文集》第三卷,石家庄:河北教育出版社,2006年,第441页。
② 李长之:《李长之文集》第三卷,石家庄:河北教育出版社,2006年,第43页。
③ 李长之:《李长之文集》第三卷,石家庄:河北教育出版社,2006年,第43页。

出"体系的批评原理,还有待建造"。①

那么,该如何建造"体系"呢?李长之认为,文艺批评所关涉的问题包括四个方面:第一,看一个作品说的是什么?而此处的"什么"不是指作品的内容,而是指作者在作品中表达的中心思想。第二,看一个作家表现是否成功?第三,看一个作者该不该说,这涉及创作伦理的问题。第四,看一个作者为何表现这样而不表现那样?这是社会学、心理学、人类学的问题,"完全的批评,则必须这四方面的问题同时解答",唯此,才能建立健全的批评体系。具体而言,李长之列出了八组五十四个问题。

  第一组,关系形上问题者:(一)内容与形式之根本关系如何?(二)文艺之最后动力为何等?(三)人类精神活动之根本分野(亚波罗式与地奥尼细式,淳朴与伤感,古典与浪漫,文艺古典与巴洛克,高特式与希腊式,自由与形式,完成与进展不已,进化与文明等);(四)文化姿态何去何从

---

① 李长之:《李长之文集》第三卷,石家庄:河北教育出版社,2006年,第522页。

（壮美抑优美，悲剧的抑史诗的，战斗抑和平，英雄抑圣徒，混沌抑澄清，不安抑谐和，隐藏抑显出）？（五）价值之性质，关系，与成立；（六）生命现象之一般法则；（七）精神界之一般法则。

第二组，关于美的问题者:（一）美之根本性质；（二）美在人生中之地位；（三）美之范畴；（四）美之概念在人类思想艺术中居何地位？（五）审美的心理状态；（六）艺术美与自然美；（七）技巧原理；（八）风格与人类根本性质有何关系；（九）时代精神对风格有何作用？（十）最高艺术为何等？

第三组，关于文艺作品本身者:（一）文艺作品与其他艺术之不同者何在？（二）文艺作品中之真实性与科学上之真实性何以不同？（三）文艺作品中之善与伦理上之善有何关涉？（四）文艺作品之有机的意义;（五）文艺作品之文化的意义;（六）文艺作品之可能的类属;（七）文学史与一般历史不同者何在？（八）文艺体裁之成住坏空观;（九）文艺演变之有关问题;（十）艺术演进之动力学的原则;（十一）文艺作品之材料、内容、形式如何互为影响，而构成风格？（十二）何种文艺最有永久性?

第四组,关于作家者:(一)一般的创作家之特点(与常人有何不同?);(二)某一作家之特点(其先验的人格为何等?其体验能力之特点何在?其人格之关系于遗传、教育、生活者又何等?与其他文人之关系又如何?);(三)就某一作家之某一方面的研究。

第五组,关于作家与其作品之关系者:(一)实生活与创作有何关系?一作家之根本体验有何背景?其作品中之实生活经过如何之化装?(二)作家对其作品之看法;(三)作家之理论与其实践的距离。

第六组,关于产生作品之事项者:(一)作品与社会——个人与社会之关系,如何互相干涉,有何限度?作品之个性,时代性,永久性,民族性,世界性,阶级性;文艺何以成为集体意志之物?文艺形式与道德范畴,美学范畴,社会学范畴,有何相当之点;(二)文艺与心理学——人类心理之幽深处为如何状态?一人人格转变时之作用点究为何等?创作过程与梦,与生育之比较。

第七组,关于批评自身之问题者:(一)批评何以可能？（二）批评为科学抑为艺术？（三）批评靠体验抑知识？（四）批评之法则为先验的抑为经验的？（五）批评之标准何在（在内抑在外？纯文学的观点与文艺以外的观点二者孰优？标准为绝对的抑相对的？）（六）批评中主观成分与客观成分；（七）情感在批评中有益抑有害？（八）批评的方法论；（九）批评家之特点，与普通读者不同处何在？与作家不同处何在？与文学史家不同处何在？何者为批评家之专门领域？（十）批评在文化中之关系、地位与作用；（十一）批评与创作；（十二）批评与文学史；（十三）批评与其他学识之相关涉与其限度。

第八组，关于文艺教育者：（一）文艺教育之可能性的探讨；（二）文艺与大众有何影响？（三）文艺教育应采取何种方式？（四）文艺教育与他种教育应如何相配合？[①]

实际上也是文艺批评学的一份"论纲"，遗憾的

[①] 李长之：《李长之文集》第三卷，石家庄：河北教育出版社，2006年，第317页。

是，李长之来不及按照这一论纲，完成文艺批评体系之建构，但他一生所作百万字著述，实则已就上述问题作了论述和阐发。在他所希望建构的批评学大厦中，有两块极为重要的基石，一为"批评精神"的倡导，另一为"批评文学"的建设。

1933年，李长之发表《我对于文艺批评的要求和主张》，1942年结集《批评精神》一书时，他将此文作为自己认定的"第一篇批评理论文字"，并说"其中大部分意见，现在也还没有变更"。[①] 历十年而心意不改，可见此文集中体现了李长之的批评观。此外，他还写过《论伟大的批评家和文学批评史》《批评家为什么要批评》《文艺批评家要求什么》《论文艺作品之技巧原理》《文艺批评方法上的一个症结》《批评家所凭借的是哪一点》《文艺批评在今天》《为专业的批评家呼吁》《释文艺批评》《杂谈批评》等一系列文章，从中我们可以勾勒出李长之"批评观"的基本样貌。

李长之说过，"我觉得文艺批评最要紧的是在'批

---

① 李长之：《李长之文集》第三卷，石家庄：河北教育出版社，2006年，第151页。

评精神'。"①在他看来，能称之为批评家的，不在于专精于某个艺术门类，而在具有批评精神。可以说，如不理解李长之所说的"批评精神"，无法读懂李长之的批评思想。回顾近代文艺史，写过"文学批评史"或"文艺批评史"者多矣，但如李长之这样对"批评"本体进行深入分析者却不多。在《释文艺批评》中，他对"批评"做了词源学的考证，认为批评二字连用始于明朝茅坤的《唐宋八大家文钞总序》……文艺批评四字连用则是新文学运动以后才出现的。英文的Criticism，德文的Kritik，这两个词都源于希腊文Krinein，是分别、决定的意思。可见，"批评的原意是判断和决定，后来专指指出文学或艺术的优缺点"②。比起李长之的时代，现代数据检索技术，让我们得以更方便地遍索古籍。可以发现，明清时期对"批评"的应用已经较为常见。比如，明代李贽的《寄答留都书》中说，"前与杨太史书亦有批评，倘一一寄去，乃足见兄与彼相处之厚也。"清代孔尚任的《桃花扇》中说：

---

① 李长之:《李长之文集》第三卷，石家庄：河北教育出版社，2006年，第3页。
② 李长之:《李长之文集》第三卷，石家庄：河北教育出版社，2006年，第317页。

"俺小店乃坊间首领，只得聘请几家名手，另选新篇。今日正在里边删改批评，待俺早些贴起封面来。"与批评含义相仿的概念"评论"的使用则更早。比如，《后汉书·党锢传》中说："君为人臣，不惟忠国，而共造部党，自相褒举，评论朝廷。"范晔的《狱中与诸甥侄书》中说，"既造《后汉》，转得统绪。详观古今著述及评论，殆少可意者"。元杂剧《杀狗劝夫》中的"哥哥你自忖量，你自评论，您直恁般爱富嫌贫"。在这些例句中，"评论"或"批评"显然都具有评判、议论的含义。不过，李长之此文的用意在于为批评争一个独立"身份"，其方法论意义和筚路蓝缕之功，超越于具体的词源考证之上。

李长之意义上的"批评精神"，包括三个要点：

其一，正义感

李长之认为，正义感是批评家最重要的性格。"什么是批评精神呢？就是正义感；就是对是非不能模糊，不能放过的判断力和追根究底性；就是对美好的事物，有一种深入的了解要求并欲其普遍与人人的宣扬热诚；反之，对于邪恶，却又不能容忍，必须用万钧之力击毁之；他的表现，是坦白，是直爽，是刚健，是笃实，是勇猛,是决断,是简明,是丰富的生命力;他自己是有进无退地战斗着,也领导人有进无退地战斗着。"① 他前无古人地认定"孟子是中国第一个批评家",也正是看重其正义感。

其二,独立与理性

李长之认为,"批评是从理性来的,理性高于一切。所以真正的批评家,大都无所顾忌,无所屈服,理性之是者是之,理性之非者非之"②。"一部文学批评史是一部代表人类理性的自觉的,而为理性的自由抗战、奋斗的历史。只有在这种意义上,批评是武器,换言之,就是人类理性的尊严之自卫。"③因此,他赞扬刘知几"获罪于时,固其宜也"的态度,感慨德国的莱辛卖稿为生因批评之故不能维持生活的境遇。从这些前贤那里,进一步印证批评精神"是反奴性的,是为理性争自由的",奉命而作、听命而为就不是批评了。"凡是屈服于权威,屈服于时代,屈服于欲望(例

---

① 李长之:《李长之文集》第三卷,石家庄:河北教育出版社,2006年,第200页。
② 李长之:《李长之文集》第三卷,石家庄:河北教育出版社,2006年,第155页。
③ 李长之:《李长之文集》第三卷,石家庄:河北教育出版社,2006年,第24—25页。

如虚荣和金钱），屈服于舆论，屈服于传说，屈服于多数，屈服于偏见成见（不论是得自他人，或自己创造），这都是奴性，这都是反批评的。"[1]千篇一律的文章，应景的文章，都有违于批评精神。"专为书店作出版消息式的书评，这是小伙计；专为朋友捧捧场面，或者为不同派的作家检定一下意识，以证明别人之没落，这是叭儿狗；为读者献一殷勤，专作全书的章次和标题，或者专抄本文，这是录事；怕得罪作者，而专在抑扬上作功夫，弄得啼笑皆非，这是旧剧里令人作呕的小旦；有的倒不客气了，这个字也错，那个字也错，然而这却是止于有了勘误表的用处的校对。——这些不唯不是伟大的批评家，甚而连渺小的批评家也不是。"[2]正因为如此，批评家必然是有观点的。如果只从事于思想体系的建构，那只是思想家，若从事文学的研究，则只是文学理论家，或者只为寻求事实而作考据订正的工作，比如语言学家、传统的小学家，都不能算作批评家，因为他们没有进入价值层面，缺乏

---

[1] 李长之：《李长之文集》第三卷，石家庄：河北教育出版社，2006年，第155页。

[2] 李长之：《李长之文集》第三卷，石家庄：河北教育出版社，2006年，第24—25页。

鲜明的真假善恶美丑的态度。①

其三，追求真善美

李长之曾自我设问"文艺批评家要求什么"，然后回答说："一个字的答案：要求'真'。""详细些，就是对于作品求一个真面目和真价值。"②在《鲁迅批判》的初版序中，李长之说他写作此书的用意很简单，"只在尽力之所能，写出我一点自信的负责的观察，像科学上的研究似的，报告一个求真的结果而已，我信这是批评者的唯一的态度"③。为了求真，批评家必须保持忠实的态度。"碍了面子，说话是不能忠实的；互相标榜，说话是不能忠实的；受了命令，说话是不能忠实的；别有目的，如想登广告，想出风头，想拉拢，想敲竹杠，是不能忠实的。这些都有害于批评。"就求真这一点而言，文艺批评家与自然科学家有共同之处，都是追求事物的真相，他检验一个作品的成分像一位化学家，研究作家的各方面环境，又如一个生物学家。

---

① 李长之：《李长之文集》第三卷，石家庄：河北教育出版社，2006年，第25页。

② 李长之：《李长之文集》第三卷，石家庄：河北教育出版社，2006年，第25页。

③ 李长之：《李长之文集》第三卷，石家庄：河北教育出版社，2006年，第25页。

但是，与自然科学家不同的是，文艺批评家不但要真相，还要"真价"，也就是对作品进行价值判断。①因此，批评兼具科学性与艺术性。从求真的一面而言，批评必须坚持科学精神，以客观的材料为导引，而达到结论；从批评家的感情投入而言，又与科学家不同，"却有一种像作家在创作时所需的天才似的，他在批评时有一种特别锐利的才能，极其灵敏，而极其透到，他能马上看出一个作家所持有的作风的所在，也就是要贯穿于这个作家整个作品的一致性的，并且他之得之，与其说是一种理智的领悟，毋宁说是一种情感的会心"，这是批评的艺术性。②

李长之十分强调批评的独立性，创造性地提出了"批评文学"的概念。"就文学范围之内而谈批评，批评是一门专门之学，它需要各种辅助的知识，它有它特有的课题。如果不承认这种学术性，以为'入门''谈话'的知识已足，再时时刻刻拿文学以外的标语口号来作为尺度硬填硬量的话，文学批评也不会产

---

① 李长之：《李长之文集》第二卷，石家庄：河北教育出版社，2006年，第1页。
② 李长之：《李长之文集》第三卷，石家庄：河北教育出版社，2006年，第442页。

生。"[1]遗憾的是，李长之没有对"批评文学"这一极富创造力的概念进一步展开。这或许是因为在当年的李长之看来，"就过去和现在看，中国很不容易有批评文学的产生"，批评要说真话、要分析、要反奴性，而这些产生批评文学的条件，还没有具备。"一旦这些条件具备了，当然批评文学的产生就容易了。但这只可希望于将来。"[2]在李长之所营构之语境下的"批评文学"显然不同于"文学批评"。"文学批评"指的是对文学的批评，与"文学批评"相并列的是戏剧批评、电影批评等概念，而"批评文学"却是文学内部的一个具有相对独立性的领域，与之相并列的乃是小说、散文、剧本等概念，是对作为文本的批评的类别总称。文学批评史研究者指出，李长之提出的"批评文学"概念，不仅是一种概念的变化，更是一种批评观的变化。[3]

那么，批评文学包含哪些要素呢？对此，李长之也有过比较充分的论述。在他看来，批评包括两方面

---

[1] 李长之：《李长之文集》第三卷，石家庄：河北教育出版社，2006年，第321—322页。
[2] 李长之：《李长之文集》第三卷，石家庄：河北教育出版社，2006年，第153页。
[3] 周海波：《中国现代文学批评史论》，上海：上海人民出版社，2002年，第296页。

内容或两个步骤，第一步是理解，第二步是褒贬。从理解的角度而言，作为批评者，只了解作品表层的内容是不够的。譬如《红楼梦》，只看见男男女女的故事，不能算理解了作品，因为尚未掌握作者的"本意"。"因为在某种意味上说，任何人都是哲学家：这由于任何人对于人生都有他的观感和解答，以及自己一致的人生态度故。尤其在一个作家，他特别有人生的体验，他特别有所感触，他特别又有所追求，当然更有此种倾向。什么是最支配他的生活的呢？什么是在他思想的活动上最根本的作为出发点呢？简化了又简化，必至于有最后的一点余剩、非常结晶的东西，这就是作家的中心观念，批评家的宝贵的钥匙。"[1]李长之所说的批评家要理解的"内容"指的是"表现在作品里的作者之人格的本质"，比如"自由"之于歌德，"虽九死其犹未悔"之于屈原，"任真无所先"之于陶潜，便是内容。[2]掌握了这一点，才算是把握了作者的本意。这就需要三个条件：哲学家的头脑、跳入作

---

[1] 李长之：《李长之文集》第一卷，石家庄：河北教育出版社，2006年，第13页。

[2] 李长之：《李长之文集》第一卷，石家庄：河北教育出版社，2006年，第53页。

者的世界、知道作者的社会环境。所谓哲学家的头脑，并不是说批评家要有多么丰富的哲学或哲学史知识，而是说体系化地表达蕴藏于作品中的作者思想观念。"在一个作家，未必能把自己的思想统一，或能够统一而自己并不曾意识时，这就更其需要有哲学头脑的批评家来帮作者完成。即使是伟大如歌德，在这一点上，恐怕也是要感谢后来的大批评家的。"[①] 由此可见，李长之所谓"批评"在某种意义上具有代作者立言的意味，因此，他提出要掌握作者的"中心观念"，将其作为"批评家的宝贵钥匙"，进而理解作者的思想体系。不过，李长之的意思并不是要将批评对象作为阐发或佐证批评家观念的"材料"，因而他紧接着提出批评家需"跳入作者的世界"，在作批评时"不但把自己的个人偏见、偏好除去，就是他当时的一般人的偏见、偏好，他也要涤除净尽。他用作者的眼看，用作者的耳听，和作者的悲欢同其悲欢，因为不是如此，我们会即使有了钥匙也无所用之"。他现身说法道，"我是喜欢浓烈的情绪和极端的思想的，我最憧憬的，是理性

[①] 李长之：《李长之文集》第三卷，石家庄：河北教育出版社，2006年，第13页。

的自由，假设我只在我这世界里，我是没法了解陶渊明、李商隐的。然而我能了解陶渊明、李商隐者，就只在我能跳入他们的世界故。"① 了解了作者"说的是什么"之后，还需明了其"为什么这样说"，这就要了解作者的社会环境。批评家必须清楚作家的一切，非如此，不能从作者个体扩展到对一个时代整体创作情况的理解，也无法找到作品的时代基础。实际上，李长之评论某个作家时，一直强调要通读该作家的所有作品。"我已经养成一种习惯了，对于一个人的作品倘若没有遇到机会整个的去看的时候，我是宁愿不作片断的浏览的。这理由很简单，就是我怕看不全一个人的作品，容易得到一种不正确的印象，而这不正确的印象久而久之，会成了偏见，便反而妨碍虚心。"② 如果我们换用现代的学术语言来说，李长之所说的"理解"的三个条件，前两个属于"内部批评"，后一个属于"外部批评"。而这个问题正是长期居于文艺批评理论大厦核心位置的论题。

---

① 李长之:《李长之文集》第三卷，石家庄：河北教育出版社，2006年，第13页。
② 李长之:《李长之文集》第二卷，石家庄：河北教育出版社，2006年，第333页。

在理解的基础上，方可论褒贬。仅有理解而无褒贬，不算真正的批评。而褒贬又分内容与技巧两个方面。李长之认为，对作品内容的分析，应和"道义"相联系，认为文艺可以和道义绝缘、可以书写不含道义的内容的观点是错误的。用道义批评文艺，有时可能会错妄，但这不代表道义不能作为批评文艺的标准，而是因为某些批评家所持的"道义"并非真的道义，譬如"忠君"，本不是道义，如果用它来评价文艺，就会出现问题，而且道义具有时代性，如果用过去的道义去限定文艺的未来，自然会发生错误。[①]

而且，批评家对于内容的批评，不在于指出内容本身的优劣，"我们更要切实地指出，如果那优长是在现生活里所常见的，我们当如何的发挥，否则当如何的企求。假如那缺陷是潜伏于现生活的根柢里的，我们也要如何地挑剔出来，加以纠正，否则也当如何的防杜。对于内容的检讨，必如此，才尽了批评的职责"[②]。当然，李长之更重视的，还是作品的技巧。这是

---

① 李长之：《李长之文集》第一卷，石家庄：河北教育出版社，2006年，第53页。
② 李长之：《李长之文集》第三卷，石家庄：河北教育出版社，2006年，第17页。

第一章 当代中国文艺评论的历史文化资源

其职业批评家身份的体现,也是其作为批评家不同于一般的作品阅读者之根本所在。他认为,"在创作一篇文艺作品时,技巧的重要,毋宁说是有过于内容。其所以为艺术者,不在内容,而在技巧。因为技巧是文艺之别于一般别的非文艺品的唯一的特色之故。文艺品不成了法律,不成了广告,不成了传单,其故在此。现在的人,一般的是轻视技巧的,往往顾惜了内容,对技巧有所宽容,这无疑的是否定了文艺——即时对内容的论断不妄"[①]。在技巧方面,批评家先应明白"一般的最高的技巧",也就是艺术技巧的理想状态,这令批评家获得考量现有作品技巧的标准。李长之以高度浓缩的语言指出,艺术技巧的一般要求是"力"和"美",而"力"也是属于"美"的。换言之,美的标准是技巧的最高标准。按照这一标准,方可评价"作家所特有的技巧",而要完成这一点,也必须"跳入作者的世界",假想自己有些思想和情绪需要表达出来,以此印证作品对于情感的表达成功与否,以此来体验作者创作时的甘苦。对文艺作品技巧的重视,可

---

① 李长之:《李长之文集》第三卷,石家庄:河北教育出版社,2006年,第17页。

谓李长之文艺批评的一大特色。"技巧"和"形式"都与内容相对而言，李长之认为，在这个意义上，二者的意思是相同的。只是"形式"更具有定型和抽象化的意思。[1]他认为，当我们全情投入对艺术品的欣赏时，往往只专注于形式，而忘却了材料或内容。他所说的"形式"，也就是艺术家的表现手法和技巧。"形式就是内容经过艺术的观照而具体化了的，形式不但表现当下作家所要表现的内容，而且透露那作家的整个精神"，"当你欣赏那艺术品时，你对于内容的要求，已由形式上被你直觉的锐感所深深感印了……你已慑服于美的形式之下……那内容在形式里已好好地传给你了。"[2]"技巧"包括三个方面，一是风格，二是手法，三是结构。他以造房子为喻，风格是如何排列砖瓦的问题，手法是选择哪一样的砖或瓦的问题，结构则是房子的间架设计问题，"内容"则是建筑师要表现的概念。而如以人体为喻，风格仿佛一个人举止，手法如皮肤肌肉，结构却好比骨骼，"这三者合成，给人一

---

[1] 李长之：《李长之文集》第三卷，石家庄：河北教育出版社，2006年，第53页。
[2] 李长之：《李长之文集》第七卷，石家庄：河北教育出版社，2006年，第143页。

个总的印象,便相当于所谓技巧。只有那个人的真精神,为这举止、皮肤肌肉、骨骼所表现的,才是我所谓'内容'"[1]。

李长之说过,"批评"不是空的理论也不是一种知识,而是一种实践,"批评也决非只是说明某一种作品就完了,却是更要求改良,能够发生实际作用。过去有人说:'哲学不只说明世界,而且在变革世界'。现在我们可以套这句话说,'艺术不只在说明人生,而且在变革人生';'批评不只在说明艺术,而且在变革艺术'!"[2]他曾指出一系列貌似批评的现象,但并非批评。这段话虽然很长,但极有针对性,纵然八十余年后之今日读之,依然凛然有生气:

> 有许多人好像是批评家的,而其实不是的,例如:第一,只作一种体系的思想,而与人无涉的,他只受别人的批评,而不批评别人,他只重在他自己的创获,而不重在别人的褒贬,这便只

---

[1] 李长之:《李长之文集》第三卷,石家庄:河北教育出版社,2006年,第54页。
[2] 李长之:《李长之文集》第三卷,石家庄:河北教育出版社,2006年,第528页。

是纯粹的思想家，而不是批评家，倘若他从事的是文学的研究，则只是文学的理论家，也不是文艺批评家。第二，只为一问题而探求着，而不必关联于整个的作为前提的批评的根据的，他得的是事实，他所为的只是供再有别人作更进一步的解释的，这便是专门家的学者，而不是批评家，倘若在文学的范围以内，这便是考据、订正的工作（如外国的语言学家，如中国的小学家），而不是文艺批评家的批评工作，所以止于如此的，也不是文艺批评家。第三，只为一时代的文艺思潮的反映（如中国从前人在八股时代之讲古文义法，如中国现在之要求非写实不可的文艺）而著书立说的，这也不是批评家，虽然批评家也会染有时代的色彩。批评家之所以为批评家，乃是另外还在他的独特的、不苟同的、不盲从的真知和灼见。第四，从创作家的观点，能够撇却主观的爱好，而道出其他作家的得失的（如李白，杜甫之偶然而论诗是），这也只是证明这位创作家的批评有时可靠了，这是耍赖的办法，因为倘若真指望创作者批评的时候，那自以为高于批评家的创作家却又会说"这不是我的事"了。批评家有批评家主要的精神，所以这四种都不能称为批评家。①

值得注意的是，李长之眼中的"批评"，其意义和价值是超越于文艺之外的，关系到对整个文化乃至全社会的建设。因此，他特别强调对批评家尤其是青年批评家的培养。1934年他在《青年批评家的培养》一文中认为，大众的力量正在觉醒和提高，中国将进入一个建设的时代，而"大建设以前，是需要批评的。大建设的逼近，是令人越感到批评的迫切的"②。1957年，"百花齐放、百家争鸣"一时形成热潮，而中共八大关于第二个五年计划的建议中，也专门提到了开展文艺批评。这让李长之再次燃起了对批评的热爱，他大声疾呼要重视批评："批评本来重要，现在更重要，将来还要重要。在这'百花齐放、百家争鸣'的时候，批评也更该活跃起来了。"他用一贯的充满情感和热望的语气提出，这是批评家"千载难逢的机会"，"大家

---

① 李长之:《李长之文集》第三卷，石家庄：河北教育出版社，2006年，第24—25页。

② 李长之:《李长之文集》第八卷，石家庄：河北教育出版社，2006年，第278页。

都瞪着眼在期待创作，同时也瞪着眼在期待批评"。为此，他还专门列出了培养专业的批评家的"方案"：

一、发现对批评工作有兴趣，有才能的人，就要打他的主意，加以培养。社会要爱护他，党和政府要支持他。

二、让他在正规的大学里系统地学习（不一定要毕业）中外文学史的知识，文艺理论知识，还有其他社会科学和历史知识。

三、让他经常地密切接触文学艺术，给他有掌握全面情况的机会。例如预展、预演之类，让他有首先参加的机会。有的是为批评，有的是为培养他广博的趣味。

四、也给他体验生活的机会，但要求不是在创作，而是在了解其他人的创作。

五、不干扰他的评论工作，给他时间去生产（批评），给他自由去发挥创造性，鼓舞他战斗，支持他勇敢。错了也不要紧，不要浇冷水，不能让他抬不起头来。粗暴的批评是不好的，说明这个批评家本领不到家，但不能用粗暴制止粗暴。

六、可以解除批评家其他职务，因为这个工作就够重了，一定要往纯专业化上走。

七、每个刊物可以有一些经常的固定的批评家，这样就可能产生竞赛的流派，对繁荣创作，对提高文艺理论水平都大有好处。

八、文艺团体（如作协）把组织工作抓起来，例如发现适合搞批评工作的人，对某些人具体的工作安排，创造提高水平的条件等，都要经常化。①

由于众所周知的原因，李长之的"方案"的结局只是"纸上谈兵"。"文化大革命"结束后，李长之复出。有人曾表示愿意重印《鲁迅批判》，但有一个条件，把书名改为《鲁迅分析》，李长之拒绝了。②这个历史细节耐人玩味。《鲁迅批判》是李长之的成名作，也给他带来了不少磨难。而之所以引发磨难，很大程度上并非其内容，而是书名中的"批判"二字。对于彼

---

① 李长之：《李长之文集》第三卷，石家庄：河北教育出版社，2006年，第556—557页。

② 于天池：《忆长之老师》，载李长之《李长之文集》第一卷，石家庄：河北教育出版社，2006年，第66页。

时的李长之而言，重印此书无疑有助于再次开启学术和批评生涯，我想这也是李长之内心渴望的，但他不悔少作的姿态，让我们看到他独立、自尊的人格，而这正是他所孜孜以求的批评精神，也是他希图建构的中国批评学最闪亮的内核。

应该说，在当代中国文艺评论成长的过程中，像李长之这样的评论家还有许多，按其主攻的文艺门类而言，文学方面的李健吾、黄药眠、童庆炳、林默涵，戏剧方面的马少波、陈白尘、董健、田本相，电影方面的夏衍、陈荒煤、钟惦棐，音乐方面的李凌，美术方面的王朝闻，摄影方面的袁毅平，舞蹈方面的资华筠，民间文艺方面的贾芝，等等，这些前贤大师为文艺评论话语建构积攒了宝贵的实践经验和理论财富。水有源树有根，文艺评论作为一种学术活动，固然受社会大环境的影响，但也自有其根脉与源流。上文对李长之的介绍只是窥豹一斑，只有系统研究、充分继承和发扬这些文艺评论前贤的成就，才能为新时代文艺评论话语体系建设奠定扎实基础。

第二章　新时代文艺评论的发展条件与趋势

新时代以来文艺评论得到空前重视，在制度上、学科上获得了发展红利，同时也面临着参与审美治理、提升大众审美风尚的功能拓展。新时代文艺评论理应抓住机遇，从新的文艺实践特别是网络文艺发展中找到新的增长点，实现增量变革，加快理论迭代步伐，发掘网络文艺的美学内涵，凝练新的理论概念，更好地履行"引导创作，多出精品，提高审美，引领风尚"的职责。为此，新时代的文艺评论必须拓宽视野，把伴随时代而生的新文艺现象及时纳入自己的评论对象之中。"广场舞"是当下最受舆论关注的文化现象之一。它的出现反映了艺术生活化的发展趋势，生动地诠释了党的十九大报告关于我国社会主要矛盾转化的论断。作为社会文化变化的产物，广场舞不仅是舞蹈艺术内部逻辑演化的结果，也是中国社会发展总体性特征在舞蹈艺术中的呈现，也是当代中国民众以艺术的方式对中国社会发展的回应，广场舞的确立表明舞蹈或文艺与社会的互动进入到了一个新的阶段。以广场舞为个案，从评论的角度加以分析，可以为理解新时代的文艺评论提供一种微观视角。

第一节　新时代文艺评论的增量变革和功能拓展

2021年，对于文艺评论而言，是极其重要的年份。8月，中央宣传部、文化和旅游部、国家广播电视总局、中国文联、中国作协等五部门联合印发了《关于加强新时代文艺评论工作的指导意见》（以下简称《意见》），这在历史上是第一次。《意见》明确提出加强新时代文艺评论工作的总体要求是：以习近平新时代中国特色社会主义思想为指导，全面贯彻"二为"方向和"双百"方针，坚持创造性转化、创新性发展，弘扬中华美学精神，进行科学的、全面的文艺评论，发挥价值引导、精神引领、审美启迪作用,推动社会主义文艺健康繁荣发展。建立线上线下文艺评论引导协同工作机制,建强文艺评论阵地,营造健康评论生态,推动创作与评论有效互动,增强文艺评论的战斗力、说服力和影响力,促进提高文艺作品的精神高度、文化内涵和艺术价值,为人民提供更好更多精神食粮。《意见》还从正确导向、评论标准、阵地建设和组织保障等方面,对新时代文艺评论作出全面部署。随后,中宣部印发《关于开展文娱领域综合治理工作的通知》,对文艺批评在文娱领域综合治理中的作用提出明确要求。由此回望新时代以来特别是2014年文艺工作座谈会以来文艺评论的新变化新趋向,可以发现新时代文艺评论在制度上、学科上获得了重要发展红利,同时也面临着功能拓展和增量变革的新任务,即从创作引导拓展至审美治理,从传统领域延伸至互联网空间。

建党百年来,文艺评论一直是党领导文艺的重要手段,这也是党的文艺工作的重要经验。[①] 早在延安文

---

① 夏潮:《党领导文艺评论的历史启示》,《中国艺术报》2021年6月4日第2版。

艺座谈会上，毛泽东就讲过，文艺界的主要的斗争方法之一，是文艺批评。中国文艺评论家协会副主席王一川回顾文艺评论的历史后提出，虽然历届国家领导人在表述修辞上略有差异，但精神实质一致，"至于文艺评论作为当代中国公共文化艺术行业之一的职责或任务，也应是大体可以确定的，这就是通过对当代中国文艺现象的及时评论而促进文艺事业发展"[①]。

党的十八大以来，中央高度重视文艺工作，从文艺战略和宏观制度的角度，进一步明确了"文艺评论"的定位，丰富拓展了其职能。2014年，习近平总书记亲自主持召开文艺工作座谈会，并发表长篇讲话，深刻论述文艺与人民、文艺与时代、文艺与市场等重大问题。他在"第五个问题：加强和改进党对文艺工作的领导"这一部分，指出"要高度重视和切实加强文艺评论工作"，并对此进行系统阐发，提出"文艺批评要的就是批评"，首次明确赋予了文艺批评"是引导创作、多出精品、提高审美、引领风尚的重要力量"的职责定位。同时，也提出要"运用历史的、人民的、

---

① 王一川：《当代中国文艺评论的跨性品格》，《中国文艺评论》2020年第5期，第10页。

第二章　新时代文艺评论的发展条件与趋势

艺术的、美学的观点评判和鉴赏作品"等重要论断。①这些都对党关于文艺评论的思想作出了重要丰富和发展。正如中国社会科学院文学研究所研究员丁国旗所指出的,"历史的、人民的、艺术的、美学的观点"是对文艺批评标准的新的定位,也是对恩格斯提出的"美学的、历史的"标准的继承和发展。四个标准的提出,使批评者有了批评的依据,创作者有了创作的理想。②而从文艺战略和制度的角度来看,包括标准新定位等在内的新思想,为文艺评论更充分、更具体地履行自身在新时代的职能提供了遵循和保证。

在党的历史上,迄今共召开过两次文艺座谈会,形成了《毛泽东延安文艺座谈会讲话》和《习近平在文艺工作座谈会上的讲话》这两份重要文本,后者更加清晰坚定地把文艺评论作为党领导文艺的方式,而且在"第五个问题"中,文艺评论相关内容占一半以上的篇幅。这进一步说明,文艺评论在新时代中国文艺制度中定位的凸显。2016年,在中国文联十大、中

---

① 习近平:《论党的宣传思想工作》,北京:中央文献出版社,2020年,第92—119页。
② 钟哲:《我们站在文艺发展的历史新起点上》,《中国社会科学报》2014年10月22日第A1版。

国作协九大开幕式上,习近平总书记在肯定文艺战线的成绩时,"文艺评论"与文学、戏剧、电影等文艺门类并列并提,充分肯定取得的丰硕成果,并提出加强改进的明确要求。①

2015年《中共中央关于繁荣发展社会主义文艺的意见》印发。文件共25条,其中第15条即"高度重视和切实加强文艺理论和评论工作"。文件以标题性段落的文本形态,对文艺评论的理论基础、实践要求、评价标准、队伍人才、传播阵地等作了言简意赅的规范。和《中共中央关于进一步做好文艺工作的若干意见》(1997年1月11日)相比,2015年的《意见》的内容更具制度建设的意义。2017年,《关于实施中华优秀传统文化传承发展工程的意见》印发,明确提出加强文艺评论,建立有中国特色的文艺研究评论体系。制度"红利"还表现为文艺评论体制的变革。文联和协会是党和政府联系文艺界的桥梁纽带,在新中国文艺制度中承担着重要作用。自1949年第一次全国文代会以来,美术、舞蹈、曲艺、文学、音乐、戏剧、电

---

① 习近平:《论党的宣传思想工作》,北京:中央文献出版社,2020年,第257—275页。

影、民间文艺、摄影、书法、杂技、电视等各艺术门类相继成立全国性文艺家协会，并逐步建立了自己的组织体系。2014年，中国文艺评论家协会成立，并不断推动各地文艺评论组织建设。2021年，全国所有省份均已建立了文艺评论家组织。2017年，时任中央宣传部常务副部长、中央文明办主任黄坤明在答记者问时，把"成立中国文艺评论家协会"作为"五年来社会主义文艺繁荣发展"的重要表现之一，充分说明这一制度设置，对于新时代文艺评论的基础和战略意义。[1]

　　文艺评论在新时代文艺制度中凸显的同时，其学科和学理基础也迎来了新的变化。众所周知，文艺评论是兼具理论性和实践性的学术活动。评论话语必须具备扎实的学术基础，除了覆盖文学、艺术学这两大基本学科外，还涵盖多个学科专业。长期以来，位于"文学"门类下的"文艺学"或"文学理论"为文艺评论提供了主要的理论支撑。进入新时代以来，我国哲学社会科学体系不断健全，研究水平和创新能力不断提高，学术成果十分丰硕。国务院学位委员会第

---

[1]《坚定文化自信 建设社会主义文化强国——访中央宣传部常务副部长、中央文明办主任黄坤明》，《人民日报》2017年9月16日。

28次会议审议批准的《学位授予和人才培养学科目录（2011年）》中，将原隶属于"文学门类"的一级学科"艺术学"，升格为新的第13个学科门类"艺术学门类"，下设5个一级学科：艺术学理论、音乐与舞蹈学、戏剧与影视学、美术学、设计学，进一步拓宽了文艺评论的学科基础和学理支撑。艺术学学科建设的思路和方案仍在完善之中，但艺术学学术成果已蓬勃涌现，丰富了文艺评论的观念、范畴和理论。文艺评论的学科保障更加巩固，学术基础更加扎实。在中国知网以"文艺评论"为主题词搜索，可以发现文章数量自2011年以来逐年上升，2014年首次突破1万篇，2020年更达到了1.83万篇。

　　学科建设备推动了艺术领域包括评论在内的专业人才的培养。据有关统计，截至2019年底统计数据显示，艺术学理论学科拥有硕士学位授权点64个、博士学位授权点23个、博士后流动站16个，从业专职师资约1000人。夏燕靖认为，历经十年建设，艺术学理论实现了两个基本转变："一是开辟和扩大了艺术学理论的研究范畴，构建起研究领域的'新范式'；二是艺术学理论学科建设获得重大进展，历时80余年的'潜学科'在不断修正与完善过程中终于成为'显学科',而得到学界认知和认同,具有了自身完备和成系统的评价体系。"王一川、周宪等国内艺术学研究重要学者都认为,培养艺术理论、艺术史、艺术批评兼通的人才,是艺术学的重要任务。[①]事实上,艺术学"升门"之后,专业人才培养进入"快车道"。据笔者从教育部获取的信息,仅2018年艺术学硕、博研究生毕业近2万人,在校7万余人。与此同时,稳步发展的文学学科也培养了大批文艺理论方面专业人才。文化单位组织开展的文艺评论人才培训,则与高校的专业人才培养形成了有效衔接。仅2019年,国家艺术基金就一举支持了舞台艺术、歌剧、话剧、视听艺术、书法等多个艺术门类的评论人才培训项目,为文艺评论增添了生力军。这笔巨大的人才红利在当代中国文艺现场不断释放,不仅为文艺评论事业输送了新鲜血液,促进文艺评论家群体的代际更替,而且整体提升着文艺评论的专业水准,为改变行业生态提供了最深刻的学术基础。

---

① 吴华:《艺术学如何走向下一个十年?——艺术学升格为门类学科十年之思》,《中国艺术报》2020年6月7日。

作为"运动的美学",文艺评论是文艺实践与文艺理论之间的桥梁,也是文艺创作与文艺欣赏之间的纽带。新时代的文艺评论被赋予了十六字功能:引导创作,推出精品,提高审美,引领风尚。这十六个字,实际上包括了两个层面,前八个字主要从文艺评论与文艺创作的关系立论,阐述了评论对创作的引导和推动意义;后八个字则把文艺评论的功能拓展到社会层面,要求其对大众审美素养和社会风尚发挥提升和引领作用,也就是审美治理功能。2021年9月,中央宣传部印发《关于开展文娱领域综合治理工作的通知》,指出随着文娱产业迅速发展,天价片酬、"阴阳合同"、偷逃税等问题有以新方式新手段死灰复燃迹象,流量至上、畸形审美、"饭圈"乱象、"耽改"之风等新情况新问题迭出,一些从业人员政治素养不高、法律意识淡薄、道德观念滑坡,违法失德言行时有发生,对社会特别是青少年产生不良影响,严重污染社会风气,人民群众反应强烈。为此,中央宣传部会同有关部门集中开展文娱领域综合治理工作。《通知》还明确要求,"发挥文艺批评作用,引导正确审美"。应该说,这次方兴未艾的综合治理,进一步彰显了文艺评

第二章 新时代文艺评论的发展条件与趋势

论"提高审美,引领风尚"的功能,也促使我们思考,如何发挥好这一功能。

历史地看,文艺评论功能的拓展是现代社会的必然要求。文艺评论的对象是"文艺"或曰"艺术",而艺术无论作为人的思想和情感的外化,还是对现实生活的精神超越,都是极其复杂的。可以说,人有多复杂、生活有多复杂、大自然有多复杂,艺术就有多复杂。如果说在传统社会,艺术作为文人自娱之举或互娱之交际手段还比较"单纯"。[①]那么,到了现代社会,影响艺术或者说让艺术成为艺术的因素越来越多,艺术在被社会高度"体制"化的同时也深深地嵌入了社会体制之中,随其运转、与之沉浮。书法评论家陈振濂以书画创作为例指出,市场条件下的艺术创作必须"面对观众",不能无视观众的眼光。他说,过去书画作品是文人抒发自己的心境,但现在的作品"是要面对公众的,需要在展厅里接受观众的检验"。[②]其实,

---

[①] 这种"单纯"只是相对而言。白谦慎对傅山交往圈和艺术的关系的论述可说明传统文人的艺术世界并非那么单纯。参见白谦慎《傅山的交往和应酬》,上海:上海书画出版社,2003年。

[②] 李韵、丁晨:《如何把握文艺与市场的平衡——全国文艺评论家学术峰会侧记》,《光明日报》2015年7月31日第9版。

市场只是影响艺术诸多因素中的一个，起类似作用的因素还有许多。施旭升从"体制"视角考察了京剧艺术，指出京剧艺术体制包括文学体制（剧本体制）、音乐体制、表演体制、演出体制（剧场体制）、教育传承体制、管理运营体制等。这些体制构成了京剧艺术的谱系。而且，在不同的时代条件下，这诸种体制又发生着新的变化。① 可见，现时代的艺术已经无法仅从创作者或作品本身加以评价或评论了。而艺术越发展，嵌入社会的程度越深，批评家开展文艺批评时遭遇的盲点就越多，需要依托的理论体系和概念工具也相应地愈加复杂。西方学者贝克在其《艺术界》中对此作了十分精当的理论分析，他提出：艺术镶嵌在艺术界之中。艺术界是"一个人际网络，网络中的人们以他们对行事惯例的共识为基础开展合作，生产出让这个艺术界得以闻名的艺术作品"。艺术界有大有小，艺术界由艺术作品生产的整体体系塑造，而不只是那些我们认为是艺术家的人。用社会学的方式理解艺术，必须将艺术视为一种集体活动。艺术不是一个富有创造

---

① 施旭升：《论京剧的体制》，《戏曲艺术》2015年第3期，第18—21页。

力的天才艺术家独自完成的。如果一个观众也没有，就不是艺术。贝克认为，在这个过程中，产生构思并使之结成果实的过程，是生产（production）。作品传递给观众，是分配（distribution）。观众欣赏这些作品，需要一定美学体系的帮助，可能需要有人对美学体系（aesthetic system）作出详细阐释，才能评判作品。在这个意义上，艺术是一个过程，而不是一件完成的产品（一个课题或一次演出）。艺术创作过程中所有方面都塑造着最终的结果。[①]可见，现时代的艺术已不再以孤立的作品状态存在，而是表现为从生产到分配再到消费和欣赏多个环节互相渗透和纠缠的链状或网状复合体。批评是此复合中的一部分又以这一复合体为言说对象。正因为如此，现代社会中的艺术没有完成时，当我们说"艺术"时，实际上指的是一种待完成状态。恩格斯曾把历史比喻为"平行四边形"的力互相作用之结果，而非哪个意志所决定。借用这个生动的比喻，作为文艺评论对象的"艺术"也不仅是艺术家独自意志的体现，而是艺术复合体各部分之间

---

① ［英］维多利亚·D.亚历山大著，章浩、沈杨译：《艺术社会学》，南京：江苏美术出版社，2013年，第76页。

互相支撑、补充、约束和抵消的"平行四边形"之力的结果。而批评的任务之一，就是要展示的这种动态的复杂性。因此，文艺批评界普遍认为，作为评论家要有广阔的视野与覆盖面，要善于从历史的纵轴和时代的横轴来把握和评价作品；文艺批评应当具有相关的、对应的学科理论和学科知识的支撑，掌握与批评对象相关的、对应的学术专长，等等。

现实地看，如本书第一章所述，随着我国经济社会发展水平的提高，绝大部分地区完成了"仓廪实"的任务，文艺评论将不可避免地进入以尚艺求美为特征的新阶段。从一定意义上说，当前，饭圈文化等文娱乱象的出现，从反面说明当前人们的美好生活需求没有得到正确引导和充分满足，从而也对文艺评论"提高审美、引领风尚"功能的发挥提出了更加迫切的要求。面对的是一项更复杂更有挑战性的工作，文艺评论首先应正视艺术与生活深度交融的现实。正如哲学家张世英先生指出的，"生活艺术化"其实有两个层次：低层次与物质、功用、消费密切相关，指生活用品的艺术化，生活环境的装修，人体的化妆等；高层次则是超越日常生活的、具有内在的心灵之美的"艺术化生活"。他认为,对于低层次的生活艺术化,不必简单否定,但更重要的是提高日常生活的精神境界,让商品的艺术化、生活环境的装修、人体的化妆等都渗透着人生高远的精神境界。①

这就要求文艺评论建立公共性的视角,从传统社会文人雅士的社交方式中解脱出来,又要求它从创作引导功能基础上进行拓展,在现代传媒、社团、市场、网络等构成的公共空间中找到属于自己的存在空间,履行审美治理的职能。当文艺评论在公共空间或大众生活中针对审美话题发声时,虽也可能应以创作或创作者为言说对象,却不能等同于一般的对作品或作家的批评,更重要的是,它要处理好艺术品或艺术家"嵌入"公共空间或大众生活之后形成的问题,它所要衡量的不仅仅是作品在题材体裁、内容形式等方面的优劣,更重要的是判断并说明这件作品与它所"嵌入"的那个空间之间的融洽度,这就要求文艺评论拓宽自身学科疆界,使用多学科的理论视野和概念工具,进行分析说理。其实,理想的文艺评论,从来不是拿一

---

① 张世英:《艺术生活化、生活艺术化》,《中国文艺评论》2015年第2期,第10页。

把单一刻度的卡尺丈量丰富多彩的文艺世界，而是对文艺作品、现象、思潮等开具的"体检套餐"。因此，它所依据的标准应该是集合了美学、艺术学、哲学、文学、史学、社会学、经济学、政治学、传播学、心理学、统计学等多种学科成果的评价体系。比如，当下历史题材电视剧很多，如果一个文艺评论家没有正确的历史观，没有对中国历史特别是近百年来中国史基本脉络、历史主题和重要史实较全面的了解，或许他也能对一部电影、一部电视剧的创作技巧和表演水平发表一些看法，却无法对作品的思想性和艺术性作出准确深刻的把握，在某些重大历史题材的作品评价上，甚至有可能陷入历史虚无主义的泥沼。当我们的眼光拓展到公共审美空间，这一点就更加明显。比如，在当代中国的体制环境下，大量的文艺现象与市场经济有着紧密的关系。这就要求专业文艺批评家在评说文艺与市场的关系时，应该懂一些经济学的基础知识，搞清楚市场经济的基本原理、运作机制以及市场标准的适用范围、程度和效果，以及文艺与市场这对冤家在历史上的恩恩怨怨。这样，才能真正洞悉文艺现象演变的深层逻辑，否则，文艺批评就有可能退化为没

第二章 新时代文艺评论的发展条件与趋势

有建设意义的满腹牢骚或空洞的道德宣示。当然，倡导多学科的文艺批评，不是苛责文艺批评工作者，专业的文艺批评工作者术业有专攻，但也确实需要广涉博览，打好多学科学养基础，正像胡适所说的，"为学有如金字塔，要能广大要能高"。

从趋势来看，互联网迅猛发展对公共空间的扩充，也要求文艺评论实现功能的自我拓展。时至今日，谁都不会否认，任何关于中国文艺的话题，如果离开或回避了互联网对文艺的改变，都是不完整的，也是缺乏远见的。在公共审美的问题上，互联网的意义更值得高度关注，或者说，互联网的时代，一场新的审美范式正在形成。移动互联网的发展和智能手机的普及，进一步让生活空间与审美空间相互渗透融合。打开手机，连上网络，千里之外的博物馆、艺术馆乃至名山大川近在咫尺，百年之前的图像、声响复现于当下；恢宏巨制的艺术杰作细部之精微一览无余；藏于深宫大院的珍品走入寻常百姓"屏"，日常景象之美的内涵得到专业解读；静止的美术、书法、雕塑流动起来，流动的戏剧、舞蹈、影视却可定格细赏。这不但突破传统审美的空间隔阂、技术限制和观念束缚，而且提升人们接受美的陶冶时间、频次和黏性。对于规模庞大的网民群体而言，网络不仅构成表层、世俗意义上生活的一部分，而且与沉浸其中之人的心理状态、趣味爱好、思想情感紧密结合。在这个被网络改变的世界中，网民既是接受者也是传播者。网络强烈的交互特性和参与感，改变着传统的审美关系，拉近乃至消弭审美主体与对象之间的距离，促使最广泛的社会成员主动唤醒自己美的意识并通过丰富多彩的审美活动实现人格的自我完善和心灵解放。

同时，个体的审美偏好也借助于互联网而比以往也得到更多确认和放大。人们借助网络的方式以更加广泛和便捷的方式组织起来后，相同的人生趣味和美学品位也更容易成为人群的纽带，当人以"美"而聚成为现实，新兴的审美聚落在网络空间星罗棋布，从而臻于"独乐乐不如众乐乐"之畅达。而且，互联网的沉浸性特征，特别是随着5G技术取得实质进展，"在线"即"在场"趋于实现，审美场景也在被重构，一种全感官发动、全身心投入的沉浸式审美体验，正在不断变为现实。半个多世纪前，美学家宗白华先生曾说："我们或许接触到美的力量，肯定了她的存在，而她的无限的丰富内容却是不断地待我们去发现。千百年来的诗人艺术家已经发现了不少，保藏在他们的作品里，千百年后的世界仍会有新的表现。每一个造出新节奏来的人，就是拓展了我们的感情并使它更为高明的人！"① 在"造出新节奏"的人的历史实践中，文艺评论发挥着不可替代的作用。向着文化强国的远景目标，社会主义文艺繁荣发展的画卷正徐徐展开，面对新时代文艺评论的发展红利和广阔前景，理应深入新的文艺实践深处，敏锐地捕捉新的生长点，积极拓展文艺评论的职能，在理论创新中推动评论发展，以评论繁荣促进大众审美风尚的提高。

第二节　新文艺现象之评论：
以广场舞为例

"广场舞"可能是当下最受舆论关注的文化现象之一。虽然近几年才被学术地探讨，但"广场舞"这个名词本身并不新鲜。舞蹈史家常任侠在起稿于20世纪

---

① 宗白华：《艺境》，北京：商务印书馆，2017年，第275页。

70年代的《中国舞蹈史话》中把唐代的《剑器舞》称为"广场舞"。"从杜甫的诗中看,《剑器舞》是群众性的广场舞,因为群众在四周围观,所以说'观者如山'。"[1]杜甫诗曰:"昔有佳人公孙氏,一舞《剑器》动四方。观者如山色沮丧,天地为之久低昂。""天地为之久低昂"足见《剑器舞》艺术水准高超,"观者如山"又说明其强烈的民间性。实际上,《剑器舞》确实被舞蹈史家认为起源于民间的百戏杂技之流,可能产生于狩猎禽兽的劳动之中,是一种"民间野生的艺术","它的原始形态仍然生长在民间,由江湖艺人向四方流布,为广大的群众所喜爱"。[2]由此看来,发生在百姓生活空间,是常任侠言下"广场舞"最本质的内涵。这一点,和今天在全国各地流行的"广场舞"是一致的。但和今天以"中国大妈"为主体的集体舞蹈不同,作为表演者的"公孙大娘"或"李十二娘"艺术水准都极高,绝非"尬舞"之流,更重要的是,不论是杜甫幼年时见到的"公孙大娘"还是他老年时见到的"李十二娘",都是一个女艺人在场中舞蹈,如

---

[1] 常任侠:《中国舞蹈史话》,北京:北京出版集团,2016年,第92页。
[2] 常任侠:《中国舞蹈史话》,北京:北京出版集团,2016年,第123页。

山的观者只是观众,包括杜甫在内,并无下场起舞的冲动。可见,从"公孙大娘"到"中国大妈","广场舞"的空间或仍相似,然主体已发生巨大变化,昔日的观者今天走到"公孙大娘"的位置上跳起舞来了。正如论者所言,广场舞的流行标志着舞蹈话语的一种深刻断裂,同时也表征了艺术与生活的重构。①这种"变"与"不变"正展示出今天广场舞"质"的规定性,对它的探讨不但有助于认清广场舞这一现象本身,而且可以把握其在中国舞蹈史中的位置。

2013 年,广场舞的研究明显增多。②因此,这一年也可被视为广场舞研究的"元年"。据报道,这一年全国广场舞参与者超过了 1 亿人,主体人群是 30—65 岁的中老年妇女。③也在这一年,因为广场舞引发了各种冲突,使这一群众自娱自乐的活动作为一个"事

---

① 周宪:《从舞台到街角:舞蹈现代性的思考》,《北京舞蹈学院学报》2015 年第 3 期,第 4 页。
② 王一川主编:《中国艺术学年度报告(2013—2014)》,北京:社会科学文献出版社,2014 年,第 93 页。
③ 黄勇军、米莉等:《喧嚣的个体与静默的大众——广场舞中的当代中国社会生态考察》,北京:中国社会科学出版社,2015 年,第 5 页。

件"进入公众舆论场并形成持续的热点。①除了国内的报道，海外媒体对此也颇为关注。当年的《经济学人》(*Economist*)杂志刊发了《拯救中国跳舞大妈》。②作为一个"事件"的广场舞，其研究范式是社会治理视域下的"冲突—应对"，具体又包括新闻传播学视角下的舆情建构及对策研究③，和政治学或社会学视域下的社会冲突及治理研究。在这一范式下，有的研究者对"广场舞"推动市民社会和公共空间建设抱乐观态度。④有的则视之为"忠字舞"及其所象征的文化的回潮。⑤有的学者试图在广场舞、忠字舞、秧歌舞之间建立关联，似乎流露出一种艺术史的取向。⑥还有的学者对广

---

① 黄勇军、米莉等：《喧嚣的个体与静默的大众——广场舞中的当代中国社会生态考察》，北京：中国社会科学出版社，2015年，第40—41页。

② 鲍勇剑：《经济学家怎样跳广场舞》，《第一财经日报》2013年11月8日。

③ 参见李前进、贾广惠《新闻消费主义倾向下传媒共同体的建构——基于"广场舞冲突"的报道解析》，《新闻界》2014年第22期；镇涛《"妖魔化"的广场舞——广场舞媒介形象建构与反思》，《广角镜》2015年1月，等等。

④ 张天潘：《广场舞：从集体空间到公共空间》，《南风窗》2014年第15期；张兆曙：《个体化时代的群体性兴奋——社会学视野中的广场舞和"中国大妈"》，《人文杂志》2016年第3期。

⑤ 羽戈：《从忠字舞到广场舞》，《中国经营报》2014年6月30日第13版。

⑥ 周星：《秧歌舞／忠字舞／广场舞——现代中国的大众舞蹈》，《内蒙古大学艺术学院学报》2015年第2期。

第二章 新时代文艺评论的发展条件与趋势

场舞女性群体作了细致的研究。①有关机构还从群众文艺角度召开了专题研讨会。但从研究旨趣来看，依然是为了解释广场舞"冲突"而从历史、现实和理论中寻找资源。以笔者所见，目前唯一一本广场舞学术著作也没有脱离这一范式。②

不可否认，广场舞带来的"冲突"是真实的，透过这种真实的冲突背后也可以发现真实的社会及其问题。然而，同样不可否认，广场舞在本质上是一种"舞蹈"。按照吴晓邦的经典定义，"舞蹈，按其本质是人体动作的艺术。从广义上说，凡借着人体有组织有规律的运动来抒发情感的，都可称之为舞蹈。但作为一种舞台表演的舞蹈艺术，则是通过作者对自然或社会的观察、体验和分析，并以精炼的典型动作，构成鲜明的舞蹈艺术形象，反映生活中的人和事、思想和情感。"③据吕艺生等所著《舞蹈学基础》介绍，英美百

---

① 米莉:《认同、归属与愉悦:代群视野下广场舞女性的自我调适与主体建构》，《妇女研究论丛》2016年第2期。

② 黄勇军、米莉等:《喧嚣的个体与静默的大众——广场舞中的当代中国社会生态考察》，北京:中国社会科学出版社，2015年。

③ 吴晓邦:《中国大百科全书·音乐舞蹈卷》，北京:中国大百科全书出版社，1989年，第13页，转引自吕艺生等《舞蹈学基础》，上海:上海音乐出版社，2013年，第27页。

科全书对舞蹈的定义也包括有节奏的动作，表达情感和思想、发泄精力或仅仅为了娱乐。①就此来看，"广场舞"毫无疑问应纳入广义的"舞蹈"范畴。而且，舞蹈审美的世俗性正在被学者重视，"舞蹈作为一种艺术，它必然有超越世俗化的一部分，但是作为一种文化现象，它属于人类、属于生活，首先要满足人类对于艺术与生活的潜层需求"②。广场艺术也被视为舞台艺术的延伸和放大，舞蹈在这方面尤其具有优势。③因此，认识作为"舞蹈"的广场舞是无法回避的课题。设若后人撰写今天的舞蹈史，恐怕也无法回避广场舞这一篇章。即便把它看作一种"事件"，依然要回答为什么这种"舞蹈"成了一个"事件"，同样无法回避对其"舞蹈"本义的探讨。这就要求在"冲突—治理"范式之外，从文艺研究的角度引进"社会—舞蹈"范式。也就是说，从社会发展总体进程角度考察舞蹈现象，探索舞蹈对社会生活和进程的"嵌入"。

---

① 吕艺生等：《舞蹈学基础》，上海：上海音乐出版社，2013年，第38页。
② 全妍：《生活·直觉·艺术——兼论舞蹈审美的世俗性》，《北京舞蹈学院学报》2012年第3期，第50页。
③ 高洁：《浅谈广场文化与群众舞蹈的发展》，《北京舞蹈学院学报》2011年第3期。

第二章 新时代文艺评论的发展条件与趋势

实际上，近两三年来文化艺术领域的科研机构和主管部门在把广场舞纳入视野之中。2016年，北京舞蹈学院召开了首届社区舞蹈研讨会。①2017年，文化部启动编辑第一本广场舞蓝皮书，即《广场舞文化发展报告》。②有学者从舞蹈艺术的角度比较系统地研究了广场舞的定义和特性。③而随着"广场舞"研究的学术化，研究者也在自觉地寻找合用的理论资源和概念工具。比如，有学者援引阿多诺的"异化"理论或巴赫金的"狂欢理论"④、戈夫曼的"污名化"理论⑤，以及波伏娃的女权主义理论⑥等努力搭建广场舞的解释框架。而在一般的理论探讨和宏观分析之外，也有人关

---

① 张延杰：《"人民的舞步"作为公共艺术的广场舞》，《中国青年报》2016年1月4日；梁羽：《开放包容 共建共享——北京舞蹈学院民族舞蹈文化研究基地启动仪式暨首届中国社区舞蹈研讨会综述》，《北京舞蹈学院学报》2016年第1期。

② 李静：《〈广场舞文化发展报告（2017）〉编辑出版工作启动》，《中国文化报》2017年8月2日第6版。

③ 吕行：《回到广场：新世纪以来群众舞蹈发展的空间迁移》，《北京舞蹈学院学报》2017年第2期。

④ 王君超：《广场舞需要文化自觉》，《光明日报》2013年11月2日第9版。

⑤ 王芊霓：《污名与冲突：时代夹缝中的广场舞》，《文化纵横》2015年第2期。

⑥ 许明星、高月：《博弈中话语权的争夺：广场舞文化的解构功能探析》，《新疆艺术学院学报》2015年第4期。

注到广场舞现象、作品和群体的个案研究。比如，有学者比较分析了广场舞与"排舞""民族民间舞"等的异同[1]，广场舞作品个案[2]和参与者群体[3]也受到关注。这些无疑都为进一步研究奠定了基础。

界定核心概念，是一切学术研究的首要前提。对于评论而言，或许不必如学术论文般列出概念的内涵，但评论者心中也应对概念有清晰而一贯的把握。对于新兴的文化文艺现象，尤应如此。否则，就丧失了对话和讨论的基础，也就失去了评论的真义。概念是对研究对象本质的把握，同时又是服务于研究范式。应该说，在已有研究成果中，"广场舞"的定义得到了比较充分的探讨。有论者直截了当地认为，"广场舞是在广场上跳的舞蹈"。[4] 有的界定则更丰富一些："广场舞

---

[1] 吕钰铭:《浅析广场舞中的民族民间舞元素》，《戏剧之家》2014年第14期。

[2] 丁聪辉:《从渊源流变看原生态广场舞的美学特征——以闽南"拍胸舞"为例》，《海南师范大学学报》2015年第2期。

[3] 王梅主编:《创意·激发·活化:"人人舞"公众舞蹈实现途径研究报告》(中国城市出版社，2015年)收入了多篇各地广场舞团队的个案调查分析；前揭《喧嚣的个体与静默的大众——广场舞中的当代中国社会生态考察》也包含了大量个案调查材料。近年来，还出现了多篇建立在广场舞个案调查基础上的硕士研究生学位论文。

[4] 陈丽英:《浅论广场舞的特性、现状与发展》，《民族音乐》2014年第4期，第22页。

第二章　新时代文艺评论的发展条件与趋势

是一种在公共场所以锻炼身体和愉悦身心为目的的多人参与的自娱自乐的舞蹈形式。"① 还有人认为，"大众广场健身舞是以锣鼓、唢呐来伴奏，融跳、跃、扭等动作为一体，集秧歌、民族舞等中国元素于一身的舞蹈形式，是目前我国社区居民比较喜欢的一种健身方式"②。与定义紧密相关的是对广场舞历史的回溯和建构。有学者认为，广场舞源于原始社会的祭祀活动或民众的生产劳动。当代中国的广场舞则兴起于20世纪90年代。③ 有人把近代的舞狮、20世纪50年代的广播操视为"广场舞"。④ 也有人认为，从远古时代的祭祀、近代的秧歌舞、"文革"时期的忠字舞，到80年代广泛流行的交谊舞和90年代以来的广场舞都可以归为"广场舞"的范畴。⑤ 不过，正如本文开头所引述的，

---

① 王锦坤：《广场舞的美学意蕴》，《音乐舞蹈》2014年第11期，第65页。
② 段伟：《排舞与广场舞的比较分析》，《大舞台》2014年第3期，第169页。
③ 参见窦彦丽、窦彦雪《广场舞文化溯源与发展瓶颈》，《四川体育科学》2013年第2期，第92页；牟顶红《广场健身舞研究现状综述与趋势展望》，《科技风》2010年12月（下），第86页，等等。
④ 李蕊：《广场舞的起源与发展》，《体育风采》总第160期，第155页。
⑤ 周丽云：《我国广场舞的发展历史浅析》，《福建体育科技》2015年2月；于晓明：《广场舞演变及文化溯源研究》，《运动》2015年3月。

公孙大娘的《剑器舞》也被常任侠称为"广场舞",但它与当下的中国大妈广场舞显然很不一样。历史上出现过的群众性舞蹈与广场舞固然有共性,但差异也是显而易见的。比如,发源于安徽北部淮河流域的《花鼓灯》允许观众下场参与,但它还有个不成文的规矩,观众不散,表演者不能收场。[1]而中国大妈的广场舞允许也乐于被欣赏,却不会因欣赏者的要求而改变,因为它不具有表演的目的,它最真实的观众其实只有舞者自己,它是"为己"的而非"为人"的。同样,早有学者指出,新秧歌的"民间性"是一种人为的高层政治建构。[2]实际上,不论是秧歌、广播操,还是忠字舞中,都可以找到或多或少、或隐或潜的表演性,而这种表演又意味着对权力的某种服从,不论这种权力来自假想的神灵还是现实的政治。而这些,在广场舞中也不存在。因此,在学术研究的意义上,我们不能简单地把祭祀、秧歌、舞狮、广播操或忠字舞和广场舞画等号,或者建立所谓的历史脉络。相反,应该认

---

[1] 彭松:《花鼓灯之歌》,《舞蹈》1958年第2期。
[2] 唐圣菊:《20世纪40年代延安新秧歌的历史性审视》,《北京舞蹈学院学报》2014年第3期,第114页。

识到中国大妈的广场舞是当代中国社会语境下新生成的一种舞蹈类型,它或许借用了舞蹈史上曾出现过的舞蹈的某些元素,但只是借用而非传承。

值得指出的是,类似的舞蹈生成及进入舞蹈史的方式,并非没有先例。回顾中国舞蹈现实格局的确立,对广场舞的生成就会看得更加清楚。在当下的舞蹈格局中,舞蹈一般被分为五大类,即民族民间舞、芭蕾舞、中国古典舞、现代舞和当代舞。而每一种舞蹈类型在舞蹈格局中的确立都经历了一个建构的过程。最值得作为本文论题参照系的是当代舞。作为中国特有的舞蹈样式,它确立于1998年的首届"荷花奖"大赛,其重要的艺术特征在于表现现实生活。[1]正如有的论者所概括的,"当代舞,主要是对五四新文化舞蹈运动至今发展的总体认定。它既是老一代舞蹈家近代舞蹈创作实践活动,更涵盖新中国成立后巨大的新舞蹈创作运动实践,总体概括为中国'当代舞蹈'。"[2]当代舞兴起于20世纪90年代,在艺术理念上,"鼓励对现

---

[1] 吕艺生等:《舞蹈学基础》,上海:上海音乐出版社,2013年,第126—127页。

[2] 仝妍:《现代性与大众化——中国现当代舞蹈发展研究》,北京:中央民族大学出版社,2014年,第154页。

实人文精神的关照,广泛吸收中国民族的、民间的传统舞蹈风格化动作为素材,但不以舞种风格约束自我,进行当代的舞蹈艺术表现"。当代舞注重表现社会主流意识形态,而不是沉溺于自我的艺术宣泄。① 当代舞是一种"现在时"的舞蹈,在作品选材上指向中国当代生活的情感状态,贴近普通老百姓的生活。它没有特定的动作语汇,对于中国戏曲舞蹈、芭蕾舞、西方现代舞中的舞蹈元素采取了兼收并蓄的方式,运用了各种不同舞蹈种类的综合表现手法和动作语汇。② 质言之,使"当代舞"区别于其他舞蹈样式的是其题材以及表达于题材中的精神追求,其艺术形式是"拿来主义"的,正是这一点构成当代舞"质"的规定性。

与此类似,广场舞也不是狭义的舞蹈种类,而是多舞种融合的艺术形式。③ 竞赛表演性的广场舞是如此。比如,银川曾组织过一次"爱中华大型广场舞展演",

---

① 冯双白:《新中国舞蹈史(1949—2000)》,长沙:湖南美术出版社,2002年,第168页。
② 仝妍:《现代性与大众化——中国现当代舞蹈发展研究》,北京:中央民族大学出版社,2014年,第166、168页。
③ 邵兰燕:《广场舞的类型及其文化功能》,《福建艺术》2011年第5期,第60页。

参演的包括腰鼓、社火、秧歌等。① 而 2000 年第十届"群星奖"的广场舞决赛中,北京代表队的《北京伊妹》则采取了现代舞的形式,在迪斯科舞曲中又融入单弦和京剧的旋律,融合了现代舞、迪克斯舞和劲舞等元素。② 日常生活中的广场舞更是如此。正如有的学者所提出的,"如果我们从简单的'舞'入手,也会遭遇到诸多麻烦:究竟怎样的'舞'才是广场舞?民族舞算不算?交际舞算不算?红歌红舞算不算?海外华人社区的'排舞'算不算?随便放个音乐,随便跳的舞算不算?……换言之,广场舞的'舞'同样是一个很是繁杂的概念,我们无法有效地对其内涵、外延进行清晰明了的界定。……(因此)将学术规范上所要求的对于'舞'的学术定义,放置到中国特色意味上的关于'舞'的生活情境之中,不再纠缠于究竟什么样的'舞'才是广场舞,而是立足于那些只要在一个空地上放上音乐,有一群特定的人群随之起舞的行为,都当作'广场舞'的范围来对待。"③ 实际上,用

---

① 王有才:《聚焦:大型广场舞》,《宁夏画报》1999 年第 3 期。
② 李晓林:《以现代姿态走进新世纪》,《中国文化报》2000 年 12 月 20 日。
③ 黄勇军、米莉等:《喧嚣的个体与静默的大众——广场舞中的当代中国社会生态考察》,北京:中国社会科学出版社,2015 年,第 21 页。

某一种或几种"舞"的定义限定广场舞注定是失败的。就某一个群体的广场舞而言,当然有相对统一的动作特征,非如此,它就无法起"舞"。湖南的广场舞者林女士这样说,"广场舞就是动作简单,节奏偏慢,通常是两个八拍或者四个八拍,重复性高的群众性舞蹈。"① 而且,这种动作特征在不同的广场舞群体间可能具有相似性。据有关调查统计,广场舞中最受欢迎的类型是"交谊舞",其次是拉丁舞和民族舞。另外,相比而言,北方人更喜欢爵士舞、太极和剑舞,南方人更喜欢拉丁舞和民族舞。② 然而,具体到广场舞的现实,其形式又是千变万化、流动不居的。比如,河北唐山的广场舞团队就借鉴了皮影艺术创化为独特的皮影舞蹈。在音乐的运用上,广场舞也是拿来主义的,从经典的民族传统音乐到红歌,再到网络神曲,从《小苹果》到《江南style》,信手拈来,踏歌而舞,毫不违和。因此,广场舞在形式上的相似性虽然具有识别意义但不

---

① 黄勇军、米莉等:《喧嚣的个体与静默的大众——广场舞中的当代中国社会生态考察》,北京:中国社会科学出版社,2015年,第123页。
② 赫丽萍、顾丽、陈鸿格:《各地区广场舞发展现状及差异调研报告》,收入王梅主编《创意·激发·活化:"人人舞"公众舞蹈实现途径研究报告》,北京:中国城市出版社,2015年,第131页。

是"质"的规定性。值得一提的是,"知乎"上曾有过"广场舞"是否有可能发展成类似于"探戈""莎莎"的新舞种的讨论,参与讨论者虽然没有严谨的论证,但基本持否定态度。①实际上,这恰说明了广场舞的独特性,提示我们广场舞最本质的规定性应从总体性的社会文化中寻找,换言之,广场舞是外部社会文化变化的产物,而非舞蹈艺术内部逻辑演化的结果。它的确立表明舞蹈或文艺与社会的互动进入到了一个新的阶段。

如前所述,在广场舞兴起和发展中,我们看到的更多是政治、经济、社会和文化等艺术外部因素的变化和社会成员艺术需求之间的频繁互动,而不是舞蹈艺术内部的逻辑演变。为人们高度关注的"广场舞"冲突,正是这种互动的表现。任何一种艺术样式都会映射出它所处的时代,都会与产生它的社会密切相关,但"广场舞"的出现,刷新了艺术与时代和社会互动

---

① 参见《广场舞会不会发展到成一种类似芭蕾,探戈之类的舞蹈?》,https://www.zhihu.com/question/37474090。

的频度、深度和广度。①因此,"广场舞"实际上是中国社会发展总体性特征在舞蹈艺术中的呈现,是当代中国民众以艺术的方式对中国社会发展的回应。因为如此,我们在广场舞中读到了社会结构,也读到了社会变迁;读到了艺术的本体,也读到了艺术的衍生;读到了欢快,也读到了落寞;读到了和谐,也读到了暴戾;读到了老之将至的哀怨,也读到了夕阳余晖之温馨。也因为如此,广场舞首先以"冲突"的破坏性闯入人们往昔平静的生活,而终将以"舞蹈"的审美

---

① "广场舞"涉及的领域、学科之广可谓前所未有,除了人文社科领域之外,它也成了医学的课题。比如,*Frontiers in Human Neuroscience* 杂志上的一项研究显示,经常参加体育锻炼的老年人可以逆转大脑中的衰老迹象,而跳舞的效果最显著。参见"参考消息网"(https://www.sohu.com/a/167953298_656557)。还有研究表明,跳广场舞者一年之内平均患感冒的次数为2.1次,与以前相比平均减少1.3次。参见《广体院研究生调查:跳广场舞年均感冒少1.3次》,"金羊网"(http://sports.163.com/15/1223/16/BBHL56IL00051CAQ.html)。再如,广场舞引发的效应也是总体性的。比如,广场舞引发了一条巨大的产业链,每一个细分领域都是庞大的市场。据2015年的淘宝数据统计显示,仅服装、音响、唱戏机这3种和广场舞相关的产品,在淘宝上的月销售额就超过2500万元,而线下销售额保守估计至少是线上销售额的10倍,这样算下来,仅这3种产品一年的市场就有20多亿元。而且服装、音响、唱戏机等产品只是广场舞的狭义市场。目前,包括理财、旅游、保健品在内的很多公司,都会通过举办各类广场舞比赛,渗透到这个人群中。而考虑到"中国大妈"在家中掌握财政大权,这个市场的潜力确实是惊人的。参见《90后创客研究报告:广场舞大妈催生1年20亿元的大蛋糕》,"每日经济新闻"网(http://finance.ifeng.com/a/20151102/14051723_0.shtml)。

性融入未来新生的世界。科特·尤斯说,"舞蹈的种种形式应当去表现不断变化的时代生活,艺术的本质是永恒不变的,变的只是时代的精神,而这种精神则会在艺术这面镜子中得到显现。"① 实际上,广场舞不仅是对时代精神的表现,它本身就是时代精神的产物。笔者将此称为广场舞的"伴生性"。在"社会—舞蹈"的范式中研究广场舞,就是要将它放到社会总体进程中加以考察,研究其与社会结构和社会进程的关系。

在形塑广场舞的诸多要素中,最重要的是各级政府主导下的公共文化建设。2005年10月,党的十五届六中全会通过《关于制定国民经济和社会发展第十一个五年规划的建议》,提出"逐步形成覆盖全社会的比较完备的公共文化服务体系"。2007年8月,中办国办下发《关于加强公共文化服务体系建设的若干意见》。2012年,文化部社会文化司改名为公共文化司。对何为美、如何呈现美的规范和引导,本就是现代社会治理体系中不可缺少的一环,对于治理主体而言,审美治理具有促进社会良性发展的途径和策略意义。20世

---

① 吕艺生:《舞蹈美学》,北京:中央民族大学出版社,2013年,第166页。

纪 90 年代以来，各地在城镇化进程下兴建"文化广场"的浪潮为广场舞的兴起提供了最基础也最直接的条件。而文化行政部门的推动，则在规范广场舞的同时又为它的进一步发展提供了合法性背书。在国家层面，《全国文明城市数据指标细则》对业余群众文体活动团队数量和大型广场文化活动次数的规定对广场舞勃兴的刺激作用，已被普遍认可。2015 年 3 月，国家体育总局和文化部发布了 12 套标准动作，作为规范广场舞的标准。同年 9 月，文化部、体育总局、民政部、住建部联合发文《关于引导广场舞活动健康开展的通知》。而早在 1996 年，广场舞已经进入了"群星奖"。[①] 此后，不少舞蹈竞赛中都有"广场舞"。湖南省就举办过"舞味俱全"广场舞大赛。[②] 2015 年，广场舞登上了春晚舞台。2017 年，广场舞"跳进"了第十三届全运会。虽然能进入赛事乃至登上领奖台的"广场舞"和大妈们在生活中的"广场舞"仍有不小的差别，但是国家层面的认定无疑起到了为大妈们撑腰打气的作用。

[①] 吴汉能：《十里长街舞蹁跹——1996 年全国第六届广场舞决赛记实》，《浙江画报》1997 年第 1 期。

[②] 黄勇军、米莉等：《喧嚣的个体与静默的大众——广场舞中的当代中国社会生态考察》，北京：中国社会科学出版社，2015 年，第 95 页。

第二章 新时代文艺评论的发展条件与趋势

另一不可忽视的因素是地方政府借用"广场舞"塑造文化形象,这对"广场舞"样貌的形成可能更加重要。国家有关部委的规定只是解决了广场舞能不能跳的问题,地方政府的作为则影响到广场舞跳成什么样。比如,江苏把发源于清代、本以说唱为主的"海安花鼓"改编为广场舞,在1999年参加了中华人民共和国成立50周年的庆典。[①] 义乌把传统的"货郎担""拨浪鼓"等地方文化元素和婺剧音乐、民歌曲调融合在一起创作了"拨浪鼓"广场舞。[②] 在这两个例子中,我们可以发现地方政府对广场舞的规训和形塑。"海安花鼓"首先是被"北京专家慧眼相中"之后,编创组为了"光荣而艰巨的任务"而请教多位专家,并对"海安花鼓"进行研究和提炼;[③]"拨浪鼓舞"则承载了义乌地方政府塑造文化形象的使命。北京的《北京伊妹》在创作意图上也是为扭转广场舞以中老年人为主、形式老旧,展示北京的现代都市气息,显而

[①] 陈蜜、王爱国:《探索新时期江苏民间舞蹈的继承与创新——对广场舞"海安花鼓"创编成功析》,《艺术百家》2003年第2期,第135—136页。

[②] 吴文科:《拨浪鼓舞:经济文化的审美互动》,《中国文化报》2001年7月24日。

[③] 陈蜜、王爱国:《探索新时期江苏民间舞蹈的继承与创新——对广场舞"海安花鼓"创编成功析》,《艺术百家》2003年第2期,第135—136页。

易见具有地方政府自我文化形象塑造的目的。而在各种"广场舞"个案调查中,也随处可见文化行政部门形塑广场舞的努力。比如,宁夏固原市文化局把市里的领舞者组织起来集中培训,发放本地民族音乐"花儿"的音乐光盘。[1]四川成都温江区建立广场舞团队管理档案制、星级评定制、挂牌上岗制等。[2]同时,广场舞群体也在寻求政府的支持,努力跻身于"公共文化"体系之中。我们在"湖南洞口石江梦之恋舞蹈队"写给石江镇镇政府领导的《关于洞口石江梦之恋舞蹈队申请财政扶持资金的报告》中,可以看到队员希望得到政府经费支持的渴求,"对我们提供赞助使我们石江的业余文化生活更丰富,我想通过政府的支助与扶持,我们石江的文化生活会更上一层楼,会让更多的人加入到追求健康和快乐的队伍之中。"[3]正是在国家、地方政府和广场舞群体的博弈之中,广场舞既植入了国家文化部门对舞蹈的规范性要求,也融入了地方政府的

---

[1] 黄勇军、米莉等:《喧嚣的个体与静默的大众——广场舞中的当代中国社会生态考察》,北京:中国社会科学出版社,2015年,第65页。

[2] 范周:《言之有范:指尖上的文化思考》,北京:知识产权出版社,2015年,第122页。

[3] 黄勇军、米莉等:《喧嚣的个体与静默的大众——广场舞中的当代中国社会生态考察》,北京:中国社会科学出版社,2015年,第167页。

地域文化诉求,当然还有舞者对舞的理解,从而形成了自己的面貌。

此外,还有许多因素也对广场舞的形成起到了重要作用。不少研究都提到健身观念的普及以及国家全民健身体系建设对广场舞兴起的意义。2008年奥运会后全民健身观念的普及;2009年国务院颁行《全民建设条例》,将每年8月8日定为"全民健身日";2011年国务院印发《全民健身计划(2011—2015)》,推动形成比较健全的全民健身公共服务体系等,都为广场舞的兴起提供了条件。对广场舞者的访谈也表明,恰是"健身"而非"跳舞"给了许多"中国大妈"走入广场、扭动腰肢的心理台阶。"跳舞"的命运历来多舛。即便在17世纪至18世纪的美国,跳舞也被认为是"邪恶的消遣",一所"传授腐化和堕落的学校",令"生活变得无所事事、风流放荡",令"心性变得贪图感官享乐"。"跳舞是魔鬼的队列,他进入舞蹈进入队列,领着你从头跳到尾;跳舞跳了多少步,下地狱就要走多少步。"直到20世纪20年代,跳舞在美国才真正流行开来。近代以来,国人对舞蹈的心理经历了一个曲折微妙的变化。王蒙在《活动变人形》中说:

"解放前，跳交谊舞的多半是一些个坏人……至于革命的人也跳舞，这是我读了史沫特莱女士的《中国之战歌》之后才知道的……我当时还有点想不通，怎么能在延安跳舞呢？"1943年以后，群众性的大秧歌取代了交谊舞。新中国成立之初和80年代初期，交谊舞都一度风行。① 但"舞厅""跳舞"也曾在日常生活中被"污名化"。② 而广场舞被认为是"安全"的，不会对家庭带来破坏性冲击。③ 因此，当十多年后广场舞以"健身"的名义在生活中崛起，某种意义上也是大众"文艺心"的一次成功"逆袭"，而其背后则是社会发展带来的审美心理和观念的变化。

当然，在"健身"或"跳舞"的背后，还有更深刻的社会心理原因，比如快速城市化和大规模人口流动造成的陌生人社会及其带来的心理落差，以及社会

---

① 胡一峰：《延安舞步：革命史上的流行风》，《科技日报》2016年8月13日。
② 参见祝东力、李云雷、孙佳山主编《热点与前沿：青年文艺论坛2014》，北京：文化艺术出版社，2015年。
③ 在一则访谈中，从交谊舞改跳广场舞的人提到，交谊舞是很开心，但男女接触的时间久了，身体又是紧挨着，很容易产生感情，之前就因此出现过婚外恋。这件事传开后，大家都改跳广场舞去了。参见黄勇军、米莉等《喧嚣的个体与静默的大众——广场舞中的当代中国社会生态考察》，北京：中国社会科学出版社，2015年，第202页。

老龄化背景下独生子女父母的"情感养老"的缺失,以及"文化养老"需求的满足①等。关于广场舞的个案调查表明,广场舞群体的自组织化程度较高,舞伴一开始可能是陌生人,但通过广场舞聚拢起来,特别是在社区内及周边的广场舞,起到了联结陌生人的纽带功能。②在这里,艺术本就具有的社交功能再一次显示出其威力。最后但绝不可忽视的是网络在广场舞兴起以及"中国大妈"群体塑造中的作用,打开"百度"搜索"广场舞",结果多达二千多万条,而前几十页均为视频网站上的广场舞教学或展示视频,以及电商平台的广场舞用品。据统计,广场舞相关QQ群的QQ号码总数为20+万,手机QQ订阅号"一起来跳广场舞"的关注人数为55万,话题1万,精品帖子浏览量可达6万,一般帖子浏览量在5000左右。广场舞网站排名第一的糖豆网影响力也不可小觑。③毫无疑问,正是近二十年来互联网的发展使广场舞的传播以及舞者

---

① 参见徐玲《传播学视角下的现代公共文化服务体系构建》,北京:国际文化出版公司,2015年。
② 王梅主编:《创意·激发·活化:"人人舞"公众舞蹈实现途径研究报告》,北京:中国城市出版社,2015年,第8页。
③《中国广场舞行业研究报告》,http://ytsports.cn/news-8100.html?cid=49。

间的互相影响变得更加便利。① 而这又从一个侧面体现了广场舞的"伴生性"特征。

概言之,作为一种社会变迁的"伴生艺术","广场舞"是当代中国社会历史进程建构的产物。广场舞直观地展示了当代中国社会变迁对舞蹈乃至文艺的冲击,以及后者对此的回应。在"广场舞"中,可以看到社会老龄化、城市陌生化、舆论网络化、生活休闲化、社会市民化等改革开放以来社会变化最重要的关键词,又可以读到前改革时代的文化、艺术在当下的巨大回响。

党的十九大明确提出,中国特色社会主义进入新时代,我国社会主要矛盾已经转化为人民日益增长的美好生活需要和不平衡不充分的发展之间的矛盾。这个新时代是一个追求和创造美好生活的时代。而所谓美好生活,不仅是对物质生活的更高的要求,而且是关于精神文化的新诉求,其中自然也包括对更富艺术性的生活,以及对生活之美的自觉追寻。"广场舞"的出现,生动地诠释了这一论断。在很长的人类历史上,艺术以及艺术所营造的社会空间是艺术家的专利,

---

① 范周:《言之有范:指尖上的文化思考》,北京:知识产权出版社,2015年,第122页。

公孙大娘的广场舞也是艺术家的独舞,而在"中国大妈"的广场舞中,民众实现了艺术的自我赋权,在这里,没有艺术体制的门槛,没有艺术主管部门"创新"或考核的诉求,更没有艺术产业"票房"的压力,在"中国大妈"欢快扭动的腰肢中,有的是新时代的人民大众对美好生活需要的自我满足。冯双白的《新中国舞蹈史(1949—2000)》的最后一句话:"新中国舞蹈史是新的,因为,它不是面对皇帝,而是面对自己!"①从这个意义上说,广场舞正是中国舞蹈史最新的一个篇章。而新时代的文艺评论必须把目光聚焦在文艺大潮的最前沿,努力追随潮头所向,撷取数朵浪花,作出自己的分析,才能在生动的社会文艺实践中找到评论的立足点和理论的生长点,实现自身的功能拓展。

---

① 冯双白:《新中国舞蹈史(1949—2000)》,长沙:湖南美术出版社,2002年,第204页。

第三章　文艺评论、理论与创作关系再思考

　　新时代文艺评论话语体系建设必在文艺评论、理论和创作三者的互动中完成。实际上，这三者构成思考文艺领域诸现象诸问题的动态分析框架，也构成当代中国文艺评论话语体系建构的逻辑框架。说句实话，我在这里使用"理论"一词，心中并不踏实。如第二章中写到的，长期以来文艺评论接受文艺理论的指导，而"文艺理论"又主要建立在文学的基础之上，近年来，随着艺术学成为学科门类，艺术学理论特别是中国本土的艺术学理论正在快速发展。但是，至今，我们并没有找到一个广为接受的词，来表示文艺理论和艺术学理论的综合体。所以，我在这里使用的"理论"只是宽泛地指与评论相对而言的"理论"，并不特指文

艺理论、文学理论或艺术学理论。长期以来，评论来自实践，接受理论指导，已成共识。但评论也在"反哺"理论。而在"反哺"的道路上，评论家通过对创作实践的观察和思考凝练出的一个个重要概念，既如一块块基石，又像一座座界碑，集中体现着评论、理论和创作三者的关系，也对评论话语建构起着重要的作用。比如，改革开放新时期以来，戏剧评论界对京剧表演艺术家尚长荣展开了长达四十多年的评论，形成了完整的评论文献，而戏剧评论家龚和德在20世纪90年代提出的"全能型性格化演员"概念，为尚长荣的评论史奠定了最重要界碑。对这样的"界碑式概念"进行细致梳理和分析，可以为在艺术史的语境中理解创作、理论和评论的关系提供一些帮助。

第一节　文艺评论"反哺"文学艺术理论建构及其达成路径

当前，许多学者都注意到了文艺理论与文艺现实脱节的严重危机。"20世纪90年代以来中国文论存在着虽属局部却严重的问题和危机，它主要不在话语系统内部，不在于有的学者所说的'失语'，而在于同文艺发展的现实语境的疏离或脱节，即在某种程度上与文艺发展现实不相适应。"[1]造成这一现象的原因固然很多，但评论未能"反哺"理论，是一个十分重要的原因，因为这直接导致了理论与创作之间的隔阂甚至断裂。实际上，理论之所以能与文艺创作契合，理论体系的观点、判断之所以能从文艺创作中得到映证，往往是借助于文艺评论所搭建的对话空间与思想桥梁。反过来说，理论构建固然要以文艺创作为基础，但只有那些能被评论实践把握的文艺创作，才是理论建构真实的现实的基础。从这个意义上说，任何有生命力的理论都应有两重源头，最根本的源头当然是文艺创作实践，但最直接的源头却是文艺评论实践。毋庸置疑，理论为评论提供了理论养分，缺乏这一理论指导，评论就容易流于直观感受的表达甚至情绪倾泻，对于创作的引导力也会降低许多。文艺评论也只有在理论的滋养下才能健康发展。优秀的评论家大都有自己明确的理论主张，在他们的评论实践的背后，也一定有

---

[1] 熊元义：《当代文论建设与文艺批评发展——文艺理论家朱立元访谈》，《文艺报》2014 年 8 月 1 日。

理论的指导。如果把理论对批评的滋养称为"哺育",那么,评论对文论的回馈不妨称之为"反哺"。对此,一些学者已有提及。比如,金春平指出,文艺评论负有建构文艺理论的任务,"一些文艺批评……个人化的解读往往自说自话……放弃了其丰富理论、检验理论、构建理论的使命。""文艺批评还肩负着构建和检验文艺理论的职责。……文艺批评不仅应该成为'过去'理论的现场检验,还应该以文艺现场的文艺事实,对现有的理论进行不断修复、调整和更新。"① 冯宪光提出,"当代文论家应正视中国当下文学活动以创作为中心的实际,理论探索和研究密切联系文学创作实际,全面涉及文学阅读、文学批评以及文学生产的各个环节来建构文论话语"。② 尤西林指出:文学理论危机"根源于一个更深层的结构性危机,即文学理论与其研究对象及基础的文学经验的脱离",而化解这种解释力缺失的策略在于通过"文学批评"去重建"文学理论—文学批评—文学经验"之间的逻辑关联,这样既能恢

---

① 金春平:《文艺批评的三个问题》,《人民日报》2015 年 12 月 11 日。
② 冯宪光:《中国当代文论话语体系建构的主导结构》,《中国文学批评》2016 年第 4 期。

复文学理论作为文学活动的本体存在，也能依托以文学批评为枢纽的动态结构关系展示文学理论的开放性，进而化解文学的危机。[①]但是，文艺评论的"反哺"作用究竟如何达成，或者说，什么样的文艺评论才能承担上述学者所期望的"构建和检验""修复、调整和更新"或"枢纽"的功能，还未受到足够的关注，需要进行认真研究。

　　文艺评论与理论的主要区别在于，评论更关注具体作品、现象，理论更关注作品、现象背后反映的普遍问题；评论更关注直观感性的艺术体验，评论更关注对艺术经验的抽象和提升；评论更关注作品的艺术呈现，理论更关注其背后的艺术本质和学理内涵。如果说评论更善于撷取文艺园囿中最夺目的花朵或新绽放的叶片，那么，理论更关注花叶之下庞大而深邃的根系，以及园囿的整体面貌。正因为如此，并非所有的文艺评论都能"反哺"理论建构，具有"反哺"能力的评论具有一定特征，正是依赖这些特征，"反哺"才有了现实的达成途径。具体而言，包括以下三个方面：

　　[①] 尤西林：《以文学批评为枢纽的文学理论建构》，《文艺理论研究》2015年第3期。

其一，"即事求理"的运思路径

理、事二字本为佛家范畴，"理"指本性、本体，"事"则指具体的事物或现象，后来儒家也常使用这对范畴来阐述自己的思想，如何看待理与事之关系，也成为儒学内部分野的标志之一。比如，朱熹主张，理在事上。李塨却认为，理不能脱离事而存在。他说，"天事曰天理，人事曰人理，物事曰物理。《诗》曰：'有物有则。'离事物何所为理乎？"王夫之也认为"即事穷理"，提出"有即事以穷理，无立理以限事"。当代哲学家张岱年先生精研前人之说后提出："理可云事之理，或事中之理，而事不可言理之事，或理中之事。亦即事为表现理者，而理非表现事者，理在于事，而非事在于理。是故以事为研讨之发端，可就事而得理，如一理为发端，则终于理而已矣，而无从达事。……两者未尝相离，并无先后，然事可以统理，理不能统事，如必求一本，当以能统赅之事为说所统赅之理之根本。"① 这一论述从方法论的角度提示人们，如果把"事"作为运思起点，便可"就事而得理"，而

---

① 张岱年：《天人五论》，收入《张岱年全集》第3卷，石家庄：河北人民出版社，1996年，第199—200页。

若从"理"出发，结果往往是在"理"内自我循环，无法对"事"作出解释。

因此，如果我们把"理"释为"艺理"，把"事"理解为文艺创作的现象或作品，那么，类似于朱熹和王夫之的思想倾向，在当下的文艺评论实践中均有体现。比如，有的评论家往往先有一套关于文艺的"理"在手，用以衡量、裁剪生动的文艺创作，不合乎其"理"或无法在其"理"中得到解释的作品、现象，就被排除在艺术之外，此类批评不妨称之为"朱熹式的文艺评论"。作家叶广芩曾说，她看过评论家评自己的文章，看完后就说："这在说谁呢？他们说的话我听不懂。"某些评论家给人的感觉是拿作家的砖头盖自己的房子，把作家的作品细节拉来，填充自己的理论。[1] 朱光潜先生曾对文艺评论家作了分类。有一类以导师自居，"他们对于各种艺术先抱有一种理想而自己却无能力把它实现于创作，于是拿这个理想来期望旁人。"另一类以"法官"自居，"这班人心中预存几条纪律，然后以这些纪律来衡量一切作品，和它们相符合的就是

---

[1] 舒晋瑜：《文学创作与批评，作家、评家各自说》，《中华读书报》2010年6月30日。

美，违背它们的就是丑。"① 这两类不正是上引张岱年先生所揭示的"终于理而已矣""无从达事"的批评吗？换作当下"时髦"的语言，或许也可称为不"及物"的评论。② 另一类评论则可名之曰"王夫之式的批评"。这类批评遵循"即事求理"的运思路径，也就是通过对具体文艺现象、作品等的分析、评价和阐发，获知并扩展关于艺术的理论认识。英国哲学家休谟说："人与人之间敏感的程度无过于在一门特定的艺术领域里不断训练，不断观察和鉴赏一种特定类型的美。任何对象初次出现在眼前或想象当中时，引起的感受总是模糊的、混乱的，因此，在很大程度上，我们无法对它的美或丑做出判断。我们的趣味感觉不到对象的各种优点，更不要说辨别各种优点的特性，确定它的质量和程度了。……但是他在关于这种对象获得一定经验之后，他的感觉就会更精细更深入了。"③ 一般而言，越优秀的文艺批评家，艺术经验的积累也越丰富，艺

---

① 朱光潜：《谈美》，北京：中华书局，2014年，第40—42页。
② 参见吴义勤《文学批评何为？——当前文学批评的两种症候》，《文艺研究》2005年第9期；刘永春《何谓及物的文学批评》，《文艺报》2016年11月25日。
③ ［英］休谟：《论趣味的标准》，《古典文艺理论译丛》第5辑，第9页。

术理论学养也越厚实。这些经由理论学习、学术训练、艺术欣赏的积累而得的经验和学养，经过批评家自我内化之后，方能成为其鉴赏作品时独有的"眼光"或"品味"。又正是这种"眼光"或"品味"，使每一次艺术批评，得以成为文艺批评家之"我"在艺术世界的一次抒发和张扬。这样的评论家不是从抽象的理论出发，而是从文艺作品和现象出发，也就是从评论主体欣赏这些作品、考察这些现象获得和激发的艺术体验出发，并运用评论者思想之"我"、审美之"我"所掌握的多学科知识工具，从艺术内部以及艺术与社会关系等方面，对艺术体验进行理性分析和阐释，进而上升到理性层面，作出理论表达。

历史地看，有解释力和生命力的文论大半也是在"即事求理"的文艺评论实践基础上构建起来的。我国著名美学家王朝闻、文艺理论家林默涵同时也都是老辣的文艺评论家。王朝闻早年从事艺术创作，谙熟绘画、雕塑、工艺美术、民间艺术、戏剧曲艺等诸多门类，他的美学思想和艺术批评都有"发于感悟"的特色，不是从概念到概念的推演，而是从切身感受出发，从一些现实的、具体的、特殊的现象分析入手开

第三章　文艺评论、理论与创作关系再思考

展艺术评论。建构起他的美学思想体系的《新艺术创作论》《新艺术论集》《面向生活》《一以当十》等著作，大多为针对具体艺术创作问题所作的评论。[①]林默涵在阐述他的评论理念时说，他的文艺理论与批评具有两个特征，一是"既没有时髦新调，也没有玄奥高论，更没有什么惊人的宏伟的'新体系'"，二是"虽然芜杂而零碎，却也反映了这个时期文化思想方面的一些问题"。[②]这固然是他的自谦之词，但也道出了他在批评实践中"即事求理"的运思逻辑。在西方，经典的《汉堡剧评》是莱辛根据五十二场演出所撰写的一百零四篇评论，这些评论都是贴近作品的，但又讨论了戏剧艺术的一些根本问题。这些评论不但启发了歌德、席勒，现代德国戏剧大师布莱希特也从中为他的"史诗剧"理论找到了论据。[③]而罗兰·巴特、苏珊·桑塔格等人的理论，也是建立在大量评论实践的基础之上的。

[①] 参见邓福星《重读王朝闻：我们需要怎样的艺术批评》，《人民日报》2015年6月14日；潘旭澜《感觉王朝闻》，《文化月刊》1998年第7期。

[②] 本刊编辑部：《坚守在思想文艺战线上的理论家林默涵》，《传记文学》2016年第9期。

[③] ［德］莱辛著，张黎译：《汉堡剧评》，上海译文出版社，2002年，译本序。

其二,"守变求常"的学术追求

"变"和"常"是中国传统学术常用的一对术语。"变"指流变的现象与过程,"常"则是规律性的认识。正如张岱年先生所说,"一切实有皆在变化之中,然而变中有常,常即变中之不变。变即是事与事先后相异,常即是其异中之同。事逝逝不已,而亦现现不已。今事非昔事,后事非前事。然而今事与昔事,后事与前事之间,亦有其共同之点,即在事事变化相续之流中有重复而屡现者,是谓常,亦曰恒,亦可谓之恒常。"[①]毫无疑问,文艺是常为新的,所谓"诗文随世运,无日不趋新",创新是文艺永恒的追求,文艺的生命也在于创新。推动文艺趋新的原因有很多,最深刻的动因是时代审美需求和趣味的变化。就像李渔所说的那样,"演旧剧如看古董,妙在身生后世,眼对前朝。然而古董之可爱者……非宝其本质如常,宝其能新而善变也。"[②]实践证明,只有那些"能新而善变"的文艺,才能激起当下欣赏者的共鸣,才具有与这个时代共存同

[①] 张岱年:《天人五论》,见《张岱年全集》第3卷,石家庄:河北人民出版社,1996年,第159页。
[②] 李渔:《闲情偶寄》,《李渔全集》第3卷,杭州:浙江古籍出版社,1992年,第72页。

行的合法性。因此,"变"是文艺最突出也最易为人们关注的表征。尤其是当下,互联网技术迅猛发展,彻底改变了文艺的面貌,推动文艺以加速度的状态前行。同时,不同文艺类型在当下的跨界融合,使"变"愈发成为当代文艺极为重要的特征。

正因为这样,作为对文艺创作的赏鉴和评析,文艺评论当然也必须保持"能新而善变"的姿态。这一点,已为不少学者所揭示。比如,陈旭光提出,"艺术变化之快之彻底必然倒逼艺术理论的调整与适应。可以说,新的审美方式、新的艺术生产和消费方式必然会引发艺术研究方法或者说艺术评论方式和艺术评价标准的更新。否则,艺术研究、艺术批评的危机就不可避免"。"因此,在电影内部外部均发生巨变的背景下,批评的方式、形态、观念、价值(传播、意义的再生产)的巨变也是自然而然的,势不可挡的",电影批评应建立多元开放的评价体系。[①]而且,文艺评论之"变"的内涵是极为丰富的,既包括陈旭光所说的方式、形态、观念、价值、标准等,也还包括其文风文

---

① 陈旭光:《电影批评:瞩望多元开放评价体系》,《中国文艺评论》2016年第8期。

体的变革。①

但同时不能忘记的是，文艺评论在本质上是一种学术活动。如陆贵山先生明确提出的，文艺评论实际上是一种学术研究工作。②而学术活动的基本任务就是在复杂多端的世界中，寻找相对恒定的规律性认识，或者说探究变中之"常"。人类需要理论和学术，一个很重要的原因，就在于为变动的现实世界找到相对恒定的内容，从而更踏实地把握外部世界，为心灵找到停泊的港湾，为精神找一把度量的标尺。从这个意义上说，文艺创作越是呈加速度变化，越是像万花筒一样变幻莫测，文艺评论就越需要在增强艺术敏感性的同时自觉增强理论和文化上的定力，越是要在文艺创作的变化以及不同艺术门类的交融中，努力寻找一个时代普遍的审美追求，或者说把握住作品所反映的时代精神。即便是体现"变"的特征最明显的网络文艺，其评论在"求变"的同时也应有"坚守"的一面，把

---

① 关于新媒体批评的文风特征，参见周星、张卫、钟大丰《场域之别与文风之异：新媒体影评与传统影评的对话》，《中国文艺评论》2016年第10期；胡海迪《网络文艺微评论：媒介融合与文体意识的建立》，《中国文艺评论》2016年第8期。

② 陆贵山：《文艺批评的"四大观点"：马克思主义文艺理论新发展》，《中国文艺评论》2015年第1期。

第三章 文艺评论、理论与创作关系再思考

它的科学性应建立在对艺术规律和审美特点的深刻理解上。①

更何况，当下文艺领域有些"变"并不一定具有正向意义。比如，"无脑爽片"在当下影坛颇有市场，这无疑也是我国电影生态的一种"变化"，但如任其沿着自己的轨道"变"下去，或将导致资本向这类影片倾斜，挤压其他类型影片的生存空间，最终是把中国电影市场推向烂片回收站的深渊。②再如，资本进入电影市场，可能暂时提供光鲜亮丽的数据，但追逐短期利益的金融资本如果不择手段，制造虚假票房，则这样的电影市场之"变"显然是不利于中国电影发展的。③又如，受到广泛热议的"小鲜肉""替身演员"等现象，同样是一种"变"，但也不具有正面意义。如果任此等"变象"沿着自己的路子泛滥，艺术的逻辑也将被资本的逻辑所取代。如果文艺评论只顾把自己打扮得很"新潮"，拉着"变化"的手，跟着"流量"

---

① 周由强：《网络文艺评论的坚守与求变》，中国文艺评论网（http://www.zgwypl.com/zt/2016/0822/1014.html）。
② 袁云儿：《中国影市成好莱坞烂片回收站？》，《北京日报》2017年2月22日。
③ 刘嘉：《金融资本进军电影产业的利与害》，《中国文艺评论》2016年第4期。

走，唯新是从，与之偕行，亦步亦趋，就会丧失独立的价值，成为庸俗的"存在即合理"论者，自然也就无法沟通创作与文论了。因此，只有恪守艺术常道，以"求常"为目的的文艺评论，才能发挥激浊扬清的"解毒剂"作用，在匡正创作的基础上，以对创作中正向因素的弘扬和负面因素的批判，为文论的修正和更新提供支撑。

其三，"缘技求道"的言说策略

"技"与"道"是我国文论、画论、书论中常见的概念，其内涵丰富而多维。就一个文艺作品整体而言，可以用"技"指称其艺术性的一面，用"道"指称其思想性一面；而如果把考察的范围缩小到作品的艺术性本身，"道"可指其艺术本体，"技"则指其表现形式和技巧，既包括某种艺术类型内在的技术要求，也包括外部的技术支持。而如果从更宽泛的社会系统来考察，文艺本身也可视为一种"技"，其所承载的社会风尚和价值追求则是"道"。

在文艺实践或文艺作品中，不同层面的"技"与"道"既在各自层面融为一体，又超越各自层面实现交互融合。需要格外指出的是，长期以来，由于历史

第三章 文艺评论、理论与创作关系再思考

和文化传统等原因，我国的文艺评论多关注"思想内涵""主题思想""社会功能"等层面，或是韦勒克和沃伦在《文学理论》中所说的"外部研究"，甚至对此形成了某种路径依赖，对"技术"层面的分析则不受重视，甚至在某种程度上将其边缘化。比如，在主旋律文艺作品的评论中，经常能看到的是评论者对作品主题思想、现实意义、教育价值等层面的反复解读，却很少能读到对作品艺术特色的学理揭示，谈及"题材"已属罕见，论及技巧或更"形而下"的层面则更是凤毛麟角，似乎主旋律作品的价值只在于展现一种"题材""精神"或"主义"，而无须涉及技术层面的"问题"，或者说"技"已被"道"所代言，无须自言了。其结果是导致文论与文艺创作之间形成一个"技术断层"，对文论建构造成梗阻。

实际上，作为一种学术活动的文艺评论与一般意义上的艺术体验的重要区别之一，恰在于前者建立在对"技"的分析基础之上。作为一个艺术欣赏者，可能只需要对艺术作出整体的感知，就能从中获得一种审美体验，合格的文艺评论家却需要如庖丁解牛般对评论对象作出"技术派"的分析。如林克欢所言，"文

艺批评，不论强调文本细读的新批评，在结构分析中引入历史概念的后结构主义，或从经济、政治、伦理道德等角度出发的社会学批评，都不能离开艺术品的客观实际"①。而这个"客观实际"中最重要的，就是艺术之所以成立的"技"的基础。这一点，不同艺术门类的批评家其实也已经有所察觉。比如，有的书法评论家在探讨当下书法批评重构策略时指出，离开了关于笔法、字法、章法等书法艺术本体最根本的规律，就难以把握书法自身的质的规定性，也就难以探究书法艺术的内涵与审美。②"从艺术批评的角度关注艺术作品，首要工作是解读作品的技术含量。这是因为作品本身由技术组成，技术承载着作品的形式，也蕴含着文化的品质。技术作为批评的最基本的解释内容，可以从根本上区分'写字'和'书法'的不同。"③著名美术评论家邵大箴先生认为，艺术家要积极发现社会的问题。但这种艺术批判也要用艺术的手段，要

---

① 林克欢：《戏剧表现论》，北京：中国社会科学出版社，1993年，第141页。
② 李亚杰：《当下书法批评的失语危机及其重构策略》，《书法》2016年第10期。
③ 张函：《当代书法批评的对象、内容与职责》，《书法》2016年第10期。

第三章　文艺评论、理论与创作关系再思考

有艺术性。我们不反对歌人民之功，颂人民之德，但歌功颂德也要讲求艺术性，要用艺术的手段。①美术创作是如此，美术批评就更应加强对其艺术手段的关注。还有的美术评论家也提出，研究艺术不能套用哲学和语言的方法。研究绘画史，得靠视觉形式研究的角度，包括人对视觉的反应，作品创作的技术过程，还有它的功能性，这些都是围绕着作品产生的。视觉形式研究和分析，是哲学和语言学不可取代的。②而对于舞台艺术、影视艺术这样具有强烈综合性的艺术形式而言，文艺评论更有赖于对多种多样的"技"有恰当的把握。陈思和说，"好的影评不能光看剧本，银幕上所有的信息都要捕捉进去。舞台艺术的评论要把包括舞美、音乐、动作设计等作为一个整体放进评论中去。"③还有评论者以豆瓣网上电视剧《北平无战事》的评论为例，指出"褒扬者大多将其与各种雷剧、神剧、肥皂剧做比较，认为该剧堪称国产剧良心之作，批评者则举剧

---

① 邵大箴：《今后是收藏家买单，所以你要画得好！》，画理画外微信公众号。
② 赵婧：《美术史的学科自觉和本土力量——李松老师访谈记录》，载王一川主编《百年艺苑》，北京：中国文联出版社，2017年，第43页。
③ 陈思和：《关于文学批评的几点思考》，《上海戏剧》2016年第12期。

中逻辑、情节等失误，认为它不够大师水平。明眼人不难看出，两方言论其实是自说自话，完全不在一个维度当中，无法形成'对话'。造成这种尴尬局面的关键原因在于，此类评论谈形势、谈情怀、谈创作者和创作过程中的林林总总，但就是不谈专业"。"对主题、意义、社会价值做过度阐释，这不是写评论。评价影视剧如果脱离作品，脱离其结构、节奏、人物角色逻辑、影像元素等，再有个性，也都是不专业的'任性'。"① 戏曲评论家傅谨还提出，"没有艺术感悟，没有对艺术的技术手段的理解，对各门类艺术的研究就永远只能在它外围打转，只能涉及其表面，这里刚好用得上京剧行里的一句口头禅——'说的不是这里面的事儿'"。"没有养成在剧场里欣赏'现在进行时'的艺术表演的习惯，缺乏直接的剧场经验和感受，就不可能对传统戏剧有深入的研究。"② 这一点，在西方的文艺评论家那里也可以得到佐证。比如，美国学者所著《如何写影评》一书指出，撰写影评不仅要关注影

---

① 曹华飞：《影视评论岂能脱离作品本身》，《光明日报》2015年1月6日。

② 舒晋瑜：《很遗憾，今天的人文学者不进剧场了——访戏曲研究所所长傅谨》，《中华读书报》2012年6月27日。

片中的人物和内容,还要关注镜头本身和它的摄影技术,"如何通过摄影角度、灯光、景深和剪辑技巧来表现内容"。同时,还要关注服装、布光等。[1]因此,强调"技"的分析在文艺评论的重要性,在当下无疑是具有特殊重要的意义的。

当然,也不可矫枉过正,如果沉醉于对"技"的欣赏和玩味,而忽视了"道"的探究,同样有失偏颇。早在20世纪80年代初,贺敬之就批评过这样的倾向,他说,"我们的文艺批评必须是讲艺术的艺术批评,但就整个文艺批评来说,不能不同时是社会批评,也是思想性的批评。在文艺批评中不讲文艺本身的规律,这不能算作文艺批评。但是文艺创作的内容,是表现社会生活,其中不少是表现政治生活的,表现得好不好,是否正确和深刻,对人民、对社会主义事业是否有利,对社会主义文艺的发展是否有利,对这些方面就不能放弃从社会和思想的角度来进行批评。"[2]评论

---

[1] [美]蒂莫西·科里根著,宋美凤、刘曦译:《如何写影评(插图修订第8版)》,北京:世界图书出版公司,2015年,第32页。

[2] 贺敬之:《谈谈当前文艺工作的几项任务——在中国文联四届二次全委会党员会上的讲话》,《贺敬之文艺论集》,北京:红旗出版社,1986年,第240页。

虽基于感性，但本身是理性的，和一般的欣赏、介绍不同，它需要欣赏所获得的感觉进行分析、归纳、总结和提升。[①]前文提到过的朱光潜先生的文艺评论家分类中，还有一类便以"舌人"自居，满足于把文艺的语言翻译为欣赏者能懂的语言，又有一类则以"饕餮者"自居，"只贪美味，尝到美味便把它的印象描写出来"。[②]就是满足于对艺术现象或作品的描述，满足于技巧分析和欣赏，而不探究艺术规律，忽视了文艺的社会价值。

因此，文艺评论不能就技论技，而应把对文艺之"技"的把握作为思考台阶，通过对具体文艺作品"技"的分析达到对"道"的把握。实际上，在一部优秀的艺术作品中，"技"都是指向"道"的，"道"都是在"技"中落实的。这一点在技道关系的不同层面都有体现。比如，以"技"为重的杂技艺术，同样也注重审美性的技巧展示，让人的形体、动作在空间化

[①] 邓晓芒：《论文学批评的力量》，《湖北大学学报（哲学社会科学版）》2016年第6期。

[②] 朱光潜：《谈美》，北京：中华书局，2014年，第40—42页。

的展示中，传递力量与美感。①刘峻骧指出，"把戏曲中的战舞当成是纯技术性的技艺来认识是肤浅的……今天一切真正的戏曲表演艺术家都把武打当成表现人物的独特的艺术手段"②。舞台艺术中声光电等技术中的运用，也是服务于其艺术本体的、《禅宗少林·音乐大典》《大宋·东京梦华》等大型演出都是通过现代化的高科技手段，再现时空推移，营造情景，形成看点。③就整个社会系统而言，一方面，文艺和社会、市场的结合越来越密切，它的形态受到整个社会体制的制约，"美感的生产已经完全被吸纳在商品生产的总体过程之中。也就是说，商品社会的规律驱使我们不断生产日新月异的货品（从服装到喷射机产品，一概永无止境地翻新），务求以更快的速度把生产成本赎回，并且把利润不断地翻新下去。在这种资本主义晚期阶段经济规律的统摄之下，美感的创造、实验与翻新也必然受

---

① 董迎春：《论杂技的创作思维及现代转型》，《杂技与魔术》2016年第6期。

② 刘峻骧：《戏曲战舞与中华武术》，《舞蹈艺术》，北京：文化艺术出版社，1984年，转引自于平《中国古典舞学科建设综论》（续编上），《北京舞蹈学院学报》2017年第1期。

③ 潘健华：《对国内大型演出中舞美技术主义倾向的反思》，《戏剧艺术》2017年第1期。

到诸多限制。在社会整体的生产关系中，美的生产也就愈来愈受到经济结构的种种规范而必须改变其社会文化角色与功能"①。同时，文艺对公共空间的介入越来越强，它所表征的价值要素也越来越受到关注，甚至成为大众讨论的热点。第一章提到过的西安地铁大雁塔站壁画的争论，就是一例。率先提出质疑的西安建筑科技大学艺术学院史雷鸣认为，"对于类似大雁塔这样的历史名胜和类似玄奘这样有重大影响力的历史人物的周边公共文化艺术价值，应该被严肃认真对待"。而壁画设计方则认为，画面强调的是时空观的交错视觉表现。②这都提示人们，文艺评论不能把技、道打成两橛，也不能让两者互相代言，相反，应该遵循"缘技求道"的言说策略，并把论述重点放在阐明作品中"技"与"道"的内在逻辑关联上，只有这样，融合于文艺作品的"技"和"道"才有可能被提炼为文论的内容，文艺评论才能发挥对理论建构的反哺作用。

---

① ［美］詹明信著，张旭东编：《晚期资本主义的文化逻辑》，北京：生活·读书·新知三联书店，1997年，第429页。
② 张雅、张帆：《玄奘与泰姬陵同框壁画引争议》，《北京青年报》2017年2月14日。

第三章 文艺评论、理论与创作关系再思考

在所有的文字样式中，文艺评论的形态可能是最丰富也最灵活的，既可以是中国传统的"评点体"的批评，三言两语，直击要害，甚或与被评点的文本融为一体，在互联网的条件下，"评点体"或许还将迎来一次全新的复苏；也可以是近代学术体制下论文式的条分缕析，只要学术体制还存在，此类批评就不会消亡；当然还可以是互联网条件下的"双向娱乐型批评"，挟科技之利，此类批评必将蓬勃发展。[①]但是，笔者以为，评论的形态并不是最重要的，不论哪一种形态，即便是三言两语的点评，即便是在互联网传播，同样需要处理上文所说的理与事、变与常、技与道之间的关系，而且由于此类评论文体或传播渠道的特殊性，其处理这三对关系的难度系数将更大。同样，不论什么评论形态，也只有遵循即事求理、守变求常、缘技求道，方能实现对理论建构的"反哺"。

值得顺便一提的是，在当下的文论建构探索中，西来文论本土化、古代文论当代化是两大课题，也被

[①] "双向娱乐型批评"的概念参见王一川《艺术公赏力》，北京：北京大学出版社，2016年，第675页。

视作两大路径。①而在笔者看来，本土化也好，当代化也罢，都不只是用本土的、当代的语言对外来的、古代的理论作出解释或注解那么简单，而是将其有解释力地运用于对当下文艺现象或作品的评论实践。也就是说，西来文论本土化或古代文论当代化的根本意义并不仅在于这些概念、论断或体系能为当代所"懂"，更在于能为当代评论家所"用"。从这个意义上说，如果不把文艺评论实践引入这场关系中华文论乃至中华文化创造性转化和创新性发展的讨论，或者文艺评论对文论建构的"反哺"作用无法充分发挥，那么，我们可能永远无法跳出翻译、移用西来理论，或注释、套用古代文论的窠臼，永远无法填平打通理论建构与文艺创作之间的鸿沟。因此，理论建构确实需要以本土化的西来文论与当代化的古代文论为"两翼"，但更重要的是还需要一"体"，即被文艺评论掌握的文艺创作，从而解决文论建构中的结构性问题，为其奠定一个现实的基础。

---

① 参见李圣传《在反思与调整中重建当代中国文论——2015年文艺学知识状况回眸及其展望》，《中国文学批评》2016年第2期；李圣传《理论的转场和学术转型——2016年文艺学学科状况及其理论动向》，《中国文学批评》2017年第1期。

第二节　界碑式概念的诞生：
以龚和德评尚长荣为例

　　尚长荣先生是著名的京剧表演艺术家，1940年生于北京，担任中国文联荣誉委员、中国戏剧家协会名誉主席、上海市戏剧家协会名誉主席、上海京剧院艺术指导，首批国家级非物质文化遗产（京剧）项目代表性传承人。他曾三次获得中国戏剧"梅花奖"，是中国戏剧界首位梅花大奖得主。《曹操与杨修》《贞观盛事》《廉吏于成龙》这三部作品被誉为"尚长荣三部曲"。著名画家程十发（1921—2007）曾赞扬"尚长荣的戏吸引人"。[1] 艺术是相通的，尤其是高明的艺术家之间，总会有惺惺相惜的知遇之感，并用简练和直观的语言说出自己的感受。程十发对尚长荣"吸引人"的评价，便是如此。然而，对于戏剧评论家而言，只说"吸引人"并不够。尚长荣的戏到底如何吸引人？又为什么吸引人，需要评论家作出条理化的分析和阐释。笔者曾在"中国知网"以"尚长荣"为主题进行

---

[1] 程十发艺术馆编：《程十发谈画录》，上海：上海人民美术出版社，2011年，第108页。

检索，查到相关文献五百余条。其中有相当一部分文章，可以归为关于尚长荣戏剧艺术的评论。这些文章中的大部分都已收入到上海文化出版社出版的《京剧〈曹操与杨修〉创作评论集》《京剧〈贞观盛事〉创作评论集》《京剧〈廉吏于成龙〉创作评论集》《"尚长荣三部曲"研究评论集》等图书之中。这为系统地分析戏剧评论家眼中的"尚长荣"提供了文献基础。①

尚长荣先生是京剧大师尚小云之子。他从艺较早，5岁登台演"娃娃生"，10岁拜陈富瑞先生学习花脸，不到半年工夫，就正式登台研习，从此开始了舞台生涯。1959年，尚长荣随父亲尚小云来到陕西，在陕西省京剧团担任主演。他一方面跟侯喜瑞学戏，一方面参加了许多新剧目的排练，陆续主演了《山河泪》《延安军民》等。早在1964年，《人民日报》就已经有文章对尚长荣的表演作过评论。这篇名为《革命人民不可征服——京剧现代戏〈延安军民〉观后感》，刊发于

---

① 需要说明的是，尚长荣本人所撰文章尤其是属于创作谈性质的文字广义上亦应归入评论之列。考虑到本文主要关注评论界对尚长荣艺术的评析，以及篇幅所限，暂未将尚长荣本人的文章列入本文考察之范围。另外，进入新世纪以来，网络戏曲评论也逐步发展，百度贴吧以及各种戏曲网站上也有不少对尚长荣的评论，但总的来看，学理性原创性较弱。这些拟留作笔者后续研究之主题。

第三章 文艺评论、理论与创作关系再思考

1964年6月24日《人民日报》。这篇文章中对尚长荣的表演作了简略的点评。两日后的6月26日，尚长荣本人在《人民日报》发表了《抒革命战士之情》。文中说到，此文实际是一篇创作谈形式的评论。后来，也有人评论过改革开放前尚长荣的表演。比如，有评论家认为1956年尚长荣在《秦英征西》中饰演的秦英，"表演自然而适度，他刻画的秦英有思想、有血肉、行动入情入理，因而鲜明可爱"[①]。但是，系统、深入、理论化地对尚长荣的评论是从改革开放新时期才开始的。需要说明的是，尚长荣的艺术创作及其发展是一个连贯的过程，评论界对尚长荣的评论也是连贯的，阶段划分只是出于学术研究和文献梳理的需要，正如史学家所言，"时期有着特殊的含义；对于历史学家来说，无论是在它们之间的承接、暂时的连续性，抑或承接过程中所引起的断裂，总之各个时期构成了思考的本质客体。"[②] 事实上也只有如此才可能对戏剧评论家的尚长荣评说脉络作出清晰的把握，并使之成为思维的对

[①] 王家熙：《尚长荣印象》，《王家熙戏剧论集》，上海：中西书局，2014年，第252页。
[②] ［法］雅克·勒高夫著，杨嘉彦译：《我们必须给历史分期吗？》，上海：华东师范大学出版社，2018年，第3页。

象。按照这一视角，尚长荣真正引起戏剧评论家关注和分析的作品，是新编古装京剧《射虎口》。

新编古装京剧《射虎口》创作于1979年，讲的是明末起义军李自成的故事。崇祯十二年，奉命守卫商洛山义军要塞射虎口的头领王吉元奉总哨将军刘宗敏密命，与暗通明朝廷的宋家寨寨主宋文富周旋。宋文富当时想通过混入义军内部的异己分子马二拴和巫婆马三婆收买王吉元，窃取情报。李自成身处病中，又要一心对付石门"谷杆子"的叛变活动，就安排刘宗敏全权负责打击宋文富的阴谋，守住射虎口。刘宗敏将计就计，命王吉元与马三婆周旋，王吉元假意随马三婆去见宋文富，答应"反正"，宋文富闻讯大喜，称事后当以五千两银子及参将一职相赏。回到射虎口以后，刘宗敏、王吉元擒下马三婆，洞悉全部阴谋，遂设计引诱宋文富及陕西巡抚丁启睿率部进入射虎口，义军伏兵齐击，李自成亦率老营兵马赶到，在刘宗敏、王吉元部配合下，聚歼官军，活捉宋文富，射伤丁启睿，保卫了商洛山根据地的安全。这段故事在姚雪垠的长篇小说《李自成》中有过生动的描写。这部作品是陕西省庆祝建国三十周年献礼演出时获奖的剧目。

第三章 文艺评论、理论与创作关系再思考

"这个戏是尚长荣在粉碎'四人帮'后参演的第一出新编古装戏,是'文革'后他独立塑造舞台艺术形象的一次成功尝试。""意味着尚长荣开始了新的起跑线上的跃进。"①

1979年11月,陕西省京剧团带着《射虎口》等南下赴川演出,一时引起轰动,《四川日报》《成都日报》《重庆日报》都发表了评论文章。其中,厉慧福的《艺苑佳赏,欣欣长荣——谈尚长荣的表演艺术》②和方元的《艺无坦途 贵在登攀——介绍著名京剧演员尚长荣》③比较系统地分析和介绍了尚长荣的艺术生涯和成就。方文对尚长荣的京剧革新探索作了比较深入的分析,并将其总结为三点。其一,要尊重传统,但不能墨守成规,否则将脱离时代,走向僵化。"创新不能脱离京剧的传统。"其二,要表现人物,不要表现自我;要抒发真情,不要卖弄技巧。其三,要切合实际,因

---

① 陈云发:《吟啸菊坛——大写尚长荣》,上海:复旦大学出版社,2001年,第279、300页。
② 厉慧福:《艺苑佳赏,欣欣长荣——谈尚长荣的表演艺术》,《重庆日报》1980年1月8日。
③ 方元:《艺无坦途 贵在登攀——介绍著名京剧演员尚长荣》,《陕西戏剧》1981年第7期。

人而异，形成演员自己的风格。①

　　1983年，陕西京剧团开展全国巡演，在武汉首战告捷，全部戏票三两日预售一空。然后又到九江、南京、无锡、上海等地，亦是盛况空前，《长江日报》《新华日报》《解放日报》《文汇报》《南京日报》《新民晚报》《舞台与观众》媒体等对此发表了数十篇报道和评论。②剧团离开上海前夕，中国戏剧家协会上海分会在上海召开了一次座谈会。京剧革新是与会人员热议的话题，也是此时"评尚"最主要的基点。比如，"左联"时期的著名戏剧家石凌鹤说，从尚长荣的演出中看出了推陈出新，"戏曲要进行改革，尤其古老的京剧艺术更需要改革。任何事物都是发展的，只有改革，才能更快更健康地发展。尚长荣的表演就有出新，很值得总结、研究"。③综合来看，这一时期可以称为尚长荣的"前《曹操与杨修》时期"，此时的戏剧评论家关于尚长荣的述评大都围绕其在京剧艺术上的"创新"

---

① 方元：《艺无坦途 贵在登攀——介绍著名京剧演员尚长荣》，《陕西戏剧》1981年第7期。
② 静波：《陕西省京剧团南下巡回演出载誉归来》，《当代戏剧》1983年第9期。
③ 静波：《京剧事业定长荣——上海戏剧界座谈会小记》，《当代戏剧》1983年第9期。

第三章 文艺评论、理论与创作关系再思考

展开。而这在本质上又是对京剧革新的呼唤，是和当时风起云涌的改革思潮和实践分不开的，可以说，这一时期的戏剧评论家关注的是改革创新年代里的"尚长荣"。不过，尚长荣善于演性格这一特征，在此时已经得到了表露，并被戏剧评论家所捕捉和作出了初步的论述。

1982年，黄宗琪的《尚长荣的表演风格》一文较早地从唱腔、念白、表演等对尚长荣的表演风格作了细致的分析，也认为其长处在于表演的"现代化"，"尤其是他不去单纯追求效果，而是以剧情需要和刻画人物性格为主，唱腔中既有架子花脸的激昂、活泼，又有铜锤花脸的浑厚、庄重"，"在表演上，尚长荣文武皆能，运用程式又不受程式束缚，力图准确、细致地刻画人物性格，努力做到神形兼备。他的表演风格是，潇洒倜傥、儒雅飘逸。又威严耿介。如《将相和》一剧中，当廉颇经过虞卿劝说，开始醒悟之后，尚长荣托着白须念道：'……廉颇啊廉颇，你身为上将军，不以国事为重，只顾个人私心，你问心何安，于心何忍'；既而又背对观众，通过背部的戏和水袖的微微颤抖，把廉颇的悔恨心情感人肺腑地表现了出来"，并

说"这种从人物出发、从生活出发,敢于创新的精神,正是应该加以提倡的"。①1985年,尚长荣获得第二届"梅花奖"。这可以视为尚长荣艺术生涯的一个阶段性总结。当年,赓续华撰写了《架子铜锤两门抱——记第二届"梅花奖"获得者尚长荣》,综述尚长荣的从艺经历,对他在《射虎口》《平江晨曦》等作品中的艺术创新作了更为系统的评述。在文章中,赓续华着重论述了尚长荣"演性格"的特色。

关于新编历史剧《射虎口》中的刘宗敏,赓续华认为:

> 在这出戏中,尚长荣在念白、唱腔,乃至脸谱化装上,围绕着表现这个既不同于传统戏中粗犷鲁莽的李逵、张飞,又不同于传统戏中稳重老成的包拯及姚期的农民起义军将领的艺术形象,做了刻意的创新。他的念白,京白、韵白相间,风搅雪般地豪爽、粗犷,符合出身于铁匠的义军将领身份、气质;他的唱腔,有传统戏《二进宫》

---

① 黄宗琪:《尚长荣的表演风格》,《人民戏剧》1982年第1期,第51页。

《探阴山》的行腔因素，但不是渲染凄凉、悲切之情，而是抒发刘宗敏对李闯王的深情怀念；在刘宗敏的脸谱设计上，尚长荣反复推敲，力求传神，在七八个方案中产生了准确生动的刘宗敏脸谱。

关于现代戏《平江晨曦》中的彭德怀，赓续华提出：

> 他（指尚长荣——笔者注）在这个戏中，着力表现彭德怀的沉稳气质和博大胸怀，在化装、表演上，又做了新的创造。唱腔中，借用了老生、旦角的行腔因素，又吸收了大鼓、评弹的行腔、吐字特点，使之富有鲜明的时代特色。

关于《李逵探母》中的李逵，赓续华评论道：

> 李逵那纯朴憨厚的气质在尚长荣的表演中得到了完美的体现。最引人动情的是李逵见母那一表演片断。李逵冒着风险，兴高采烈地回到家中，好容易见到了他日思夜想的老母，不料老母却双

目失明，瞎了眼睛的妈妈不敢相信自己的儿子能回来。怎么才能让母亲认出自己来呢？李逵唱起了儿时的歌谣，尚长荣表演这个情节时，对李逵当时的悲切、痛苦而又强作欢笑的复杂情绪有着很深的体会，并用准确的表演手段予以生动的体现。他抑止自己的痛苦，强使自己边舞边唱："大花巴掌哖，正月正，老太太要看莲花灯……"可念着念着，却声音哽咽，最后则泣不成声。这时，母亲确认是自己的儿子，随着撕人心肺的叫声，李逵冲到老母亲面前，他竭力掩盖自己的悲痛，却又难以控制。这里尚长荣是这样表演的：他先是向后撤步，然后蹉步向前，甩动水袖，让整幅黑缎锦绣的衣袖掩在母亲的肩上，抱住母亲的双膝跪倒。宽大的水袖似乎要包容住母子二人的万分悲痛不使观众看到，而观众的眼睛却偏偏透过了水袖的遮掩，与李逵、李母同洒母子久别重逢、悲喜交加的泪花。此时，台下没有掌声，却万分沉寂，继而掌声雷动。这分明就是尚长荣深切体验人物心理、准确表现人物情感的成功标志。

第三章 文艺评论、理论与创作关系再思考

赓续华在文章中还提出，尚长荣饰演的《将相和》中的廉颇在表现廉颇思想转化上，做了不同的艺术处理，使得廉颇知错必改的良好品德深深打动了观众的心。"人们感到，尚长荣运用传统技巧刻画人物性格的功力已经达到了老练、准确、成熟的阶段。"[①]

此后，随着尚长荣艺术上的成熟和不断取得新的成就，特别是《曹操与杨修》《贞观盛事》《廉吏于成龙》等更具代表性的作品的问世。戏剧评论家对于《射虎口》《平江晨曦》等尚长荣早年作品提及得就比较少了。但是，我们以研究者的"后视之明"来看，厉慧福、方元、黄宗琪特别是赓续华的评论文章中提到的时代性、创新性、演人物、演性格等，在后来关于尚长荣的评论中高频出现，为全能化性格演员这一界碑式概念的最终形成作了铺垫。梳理这段概念"前史"，让我们看到戏剧评论史上重要概念的形成，既和被评论对象也就是戏剧家的艺术实践和发展历程有关，也与戏剧评论家提炼、阐释和运用概念的自身脉络相关。这是一个概念在艺术实践中酝酿而至于形成的过

[①] 赓续华：《架子铜锤两门抱——记第二届"梅花奖"获得者尚长荣》，《中国戏剧》1985年第5期。

程，也是戏剧家和戏剧评论家互动的过程。而时代对戏剧的要求、戏剧对时代的反馈，其实都蕴藏在这个过程之中，并以概念的形态表现出来。

20世纪80年代中期至20世纪末，进入戏剧评论界评说尚长荣的第二个重要阶段。在这个阶段，戏剧评论家们以尚长荣的经典之作《曹操与杨修》为中心，从理论上对尚长荣的艺术创新进行总结，作出了"全能化性格演员"的重要评价。

《曹操与杨修》是剧作家陈亚先在1986年创作的作品。该剧描写三国时代的赤壁大战之后，曹操力图东山再起，一统天下。为此，他广泛招罗人才，求贤若渴，发布求贤令。名士杨修为曹操所赏识重用，政绩斐然，但是，两人性格上的冲突终让他们无法携手共事、完成大业。杨修不想得罪曹操，却屡屡得罪曹操；曹操不想杀杨修，却不得不杀杨修。1987年，《曹操与杨修》获得全国优秀剧本奖。1987年第1期的《剧本》杂志刊发了《曹操与杨修》（巴陵戏）剧本。时任陕西省京剧团团长的尚长荣写信给陈亚先，表达了对《曹操与杨修》的赞扬和领衔演出的愿望。陈亚先当时还不知道尚长荣是京剧名家，更没想到他就是饰演曹操的最佳人选,但把他视为《曹操与杨修》的第一个知音。尚长荣对此剧确实倾注了极大心血。在美国访问演出时,他也将剧本带在身边,琢磨这个戏的排演。为此,他提前结束访问回到中国。当年秋,尚长荣携带《曹操与杨修》剧本来到上海京剧院。7月4日,上海京剧院三团的《曹操与杨修》剧组正式成立,马科任总导演,尚长荣饰曹操,言兴朋饰演杨修。陈云发撰写的《吟啸菊坛——大写尚长荣》对此作了文学化的描写:

> 七月的上海,骄阳似火。
>
> 但是,在东平路上海京剧院的一间小会议室内,却挤满了一屋子的人,每个人的脸上都显出一副庄重的表情。
>
> 《曹操与杨修》剧组成立大会正式在这里举行。
>
> 尽管所有的窗子都打开了,但是,窗外依然没有一丝凉风吹进来,相反一屋子弥漫着热空气却不住地往外冒。会场里的人有的摇着扇子,有的用冷毛巾不住地拭着额上、脖子上的汗水。

尚长荣第一次参加上海京剧院召开的这么隆重、严肃的会议,他是"客卿",所以颇注重仪表,上身穿了一件白色的短袖衬衫,纽扣一直扣到脖颈,还扎了一条很漂亮的领带;下身是一条很正规的长西装裤。他坐在最前面的一排。由于热,他也没法儿摆出绅士派头,右手不住地摇着一把纸折扇,就这样,头上的汗珠仍不住地往下滚。

……

在马科导演带领下,剧组又连续花了半个月时间研究戏的历史背景,分析剧本的内涵,对剧中人物形象一个个过堂、定位。包括尚长荣在内,都按照马科的要求先做小品,锻炼塑造人物性格的能力。整个剧组的创作态度到了严苛的地步,演员的举手投足甚至喘口气都要从剧情出发找依据,每句台词甚至每个字都反复斟酌,改到满意为止。为了正确解读陈亚先的剧本,挣脱传统戏中白脸曹操的束缚,尚长荣认真阅读了陈寿的《三国志》中有关曹操、杨修的传记,也读了《三国演义》和《曹操集》,力图从史学、文学和艺术

第三章 文艺评论、理论与创作关系再思考

三个角度为演好曹操找到立足点。①

1988年12月13日,《曹操与杨修》在天津参加文化部组织的全国京剧新剧目汇演,大获成功,媒体对此作了热烈报道。12月20日的《解放日报》报道其为"近十年京剧艺术探索的一个划时代开端",同日《文汇报》报道说"一出标志着十年来京剧探索达到一个新高度的新编历史剧",12月25日的《人民日报》称之为"新时期京剧艺术革新探索重大收获"。②戏曲理论评论界对此进行了更具深度的探讨。1989年1月22日,中国戏曲学会、上海市文化局、《人民日报》文艺部联合召开了《曹操与杨修》艺术座谈会。也有不少评论家撰写了文章。在戏剧评论家围绕这一标志性作品对尚长荣展开的评论中,最值得注意的是不少评论家指出,尚长荣的曹操演的是"性格"而不是"行当",对人物内心世界的展现,是京剧艺术的一大突破。比如,刘厚生的评论文章开篇即提出"两个性格

---

① 陈云发:《吟啸菊坛——大写尚长荣》,上海:复旦大学出版社,2001年,第334页。
② 陈云发:《吟啸菊坛——大写尚长荣》,上海:复旦大学出版社,2001年,第370页。

在这里碰撞"。他认为,尚长荣塑造的曹操形象不仅是这个中年大净创造历程中的一座高峰,也是多年来京剧舞台上难得一见的杰作。刘厚生还对尚长荣的表演作了细致的分析,指出"尚长荣的表演,最令人兴奋的是体现在角色身上的那种创造激情"。正是这种创造激情为戏剧史结出了一个"宏大硕果"。"尚长荣整个创造过程的核心是曹操的性格而非行当。因此这个曹操才显得丰富、饱满、有厚度,才活了起来,是个立体的人物。"他还指出,传统京剧除了极少数例外,人物都是平面或接近平面的。传统京剧中的曹操,离不开"奸雄"的框子,而新的京剧古代戏和现代戏,则多是公式化概念作品。"这样的作品立意要教育观众,其主人公或是历史上人民英雄、民族豪杰,或是现代革命中的领袖、烈士,观众只能正襟危坐,虚心受教。他们的行为单纯,性格简单,虽然在历史上曾经是活人,在现在"活"的舞台上却往往活不起来。京剧革新数十年来,特别是文学上的进展不大,缺少生动深刻高度性格化的人物形象是重要原因。有些新戏,结构、语言等都很漂亮,但人物性格的塑造不丰满,终难获得较长的艺术生命。……《曹操与杨修》中对两

第三章　文艺评论、理论与创作关系再思考

个主角的塑造,其复杂性、深刻性与真实性,在以往京剧中是极少见的。这是对京剧革新的一大贡献。"①李希凡说,尚长荣扮演的曹操和言兴朋扮演的杨修"在剧情规定的性格里,也都表演很成功,很细腻,特别是在京剧艺术中,能如此丰富地展现人物的内心世界——用当代评论家的术语,这大概叫做'对角色深层心理的分析和真实的体验',从唱、念、做全面入戏,确实是极少见的功力,也确实是显示了导、表演通力合作,适应时代要求的创新和突破"②。廖奔指出,此剧成功的关键在于找对了处理剧中人物的基点。"曹操在剧中首先是一种人类性格的审美对象,有其丰富的个性和心理世界,把握住他心灵历程的变化轨迹,找出这种内在性格力量与历史事件的有机联系,才能使观众进入最佳审美状态。"③黄裳认为,"新编的历史京剧《曹操与杨修》的出现,打破了沉寂的局面,给

---

① 刘厚生:《京剧大作出现——评〈曹操与杨修〉》,《上海戏剧》1989年第3期。

② 李希凡:《关于〈曹操与杨修〉及其评价——一次座谈会上的发言》,《中国文化报》1989年11月15日,转引自陈云发《吟啸菊坛——大写尚长荣》,上海:复旦大学出版社,2001年,第375页。

③ 廖奔:《沟通历史与现实的审美场——京剧〈曹操与杨修〉观后》,《戏剧评论》1989年第5期。

萧瑟的剧坛带来了一股新风,是值得高兴的事。作者根据极为简单的历史记录,别出心裁地构筑了新的完整故事,力求展现曹操与杨修这两个个性独异人物的性格冲突,借以反映汉魏时代复杂的社会思想的剧烈斗争,取得了可喜的成就"①。翁思再认为,尚长荣塑造曹操的方法,是以角色的性格为经,以"铜锤""架子"的各派技法为纬,编织出一个"活曹操",构架起自己的艺术殿堂。②《曹操与杨修》让评论界看到了京剧发展史上的又一个里程碑,用刘厚生在《京剧大作出现——评〈曹操与杨修〉》一文的跋语中的话说,这个碑"不是一里二里的小碑,是五十里一百里的大碑"。也正是通过对《曹操与杨修》的这部剧被认为确立了尚长荣的艺术风格的作品的评论,评论界把尚长荣对京剧的革新聚焦为一个理论问题,即如何通过性格化人物形象的塑造和生活客观实在性的表达,以满足当代观众的审美需要。

此后,随着首届京剧艺术节、"上海京剧万里行"等活动顺利开展,《曹操与杨修》在不同人群和地域接

---

① 黄裳:《看〈曹操与杨修〉》,《解放日报》1989年1月26日。
② 翁思再:《别开生面的"活曹操"——评尚长荣在〈曹操与杨修〉中的表演》,《人民日报》1989年11月18日。

第三章 文艺评论、理论与创作关系再思考

受了更广泛而深刻的检验,特别是"京剧万里行"活动"沿西安、成都、重庆、武汉、岳阳、长沙、广州、深圳一线,演出 38 场,观众达 61000 多人次"。① 与此相应,戏剧评论家对尚长荣的关注更多,评论活动也在理论的轨道上继续开拓前行。一方面,评论家认真总结尚长荣表演艺术的独到之处特别是细致分析其与前人的差异。比如,黄在敏指出"尚长荣的表演,程式与生活融合在一起。他演戏,是世俗化的,平易近人,在表演上注重真实感。以一个普通人的角度去理解人物,去与观众平等对话。这与五六十年代的京剧表演有很大的差别"②。

另一方面,也是更重要的,评论家把尚长荣的艺术特色概括提升为理论概念。20 世纪 90 年代中期开始,龚和德陆续发表《全能化性格演员:谈尚长荣》等文,提出"尚长荣是划时代的花脸艺术家"。后来,在《难得尚长荣》一文中,龚和德又对"当代意识"作了进一步申发,并强调了尚长荣经验的普遍意义。③ 他还

---

① 高义龙:《播种——"上海京剧万里行"活动述评》,《上海戏剧》1997 年第 2 期。
② 《呼唤大家——尚长荣表演艺术座谈会》,《中国戏剧》1996 年第 1 期。
③ 龚和德:《难得尚长荣》,载龚和德、黎中城主编《京剧〈曹操与杨修〉创作评论集》,上海:上海文化出版社,2005 年,第 272—274 页。

认为,尚长荣的创新与成功蕴含着"当代意识",而这种"当代意识"又包括探索人性、激活传统和文化支撑。笔者以为,龚和德之评论文章是改革开放新时期尚长荣评说中最重要的文章,也是最具有学术史意义的文章。因为它不但是对这一阶段"评尚"的理论总结,也开启了此后"评尚"的基本范式。龚和德提出的"全能化性格演员"这一概念,对于尚长荣来说是具有标识性的,而对于评论史而言,则是"界碑式"的。更重要的是,龚和德还对此作了明晰的阐发,我们把相关文字摘录如下:

> 在京剧史上有过不少"两门抱"的花脸,既能唱铜锤,又能演架子花,因而戏路子比较宽。尚长荣是侯喜瑞的学生,本工架子花,自幼受过严格训练,又有一条好嗓子,运用自如,出入金、裘,他是从"两门抱"走过来的。然而他今天的成就,已不是一般的"两门抱"或一般的戏路宽;他是真正能把京剧净行的艺术积累,综合融化为新角色的创造型的艺术家。其艺术作品——新曹操,传统标准,当代审视,都得折服。这是

第三章　文艺评论、理论与创作关系再思考

花脸艺术的新境界啊！从某种意义上说，尚长荣正在做当年谭鑫培在生行做的工作。谭大王没有领导过京剧的近代化改革，但他的表演艺术又是富于近代精神的。生行有唱工、靠把、衰派之分，这三门的艺术积累谭氏都有，而这三门的界限（各自的局限性）他给打破了。所以陈彦衡说谭是"融会贯通，不拘一格的""剧中圣手，伶界奇才"。谭鑫培称得上是京剧有史以来生行第一个全能化性格演员。净行中有没有过这样的革新家呢？我不清楚。裘、袁都有过类似的追求，很了不起，但也各有一些主客观的限制。尚长荣可谓庶几近之。他不但有比较优越的先天条件和传统功底，更在于他的创作思路是新的，面临的挑战也是新的，经过不懈的艰苦砥砺，终于跃进为当今净行首屈一指的全能化性格演员。

"全能化性格演员"与传统的"两门抱""三门抱"有同有异，掌握传统技艺的全面性，这是相同的；不同处是在能否"化"。深入传统又不为传统所拘束，掌握技术又不为技术所牵累，立志高远，这才能把技艺"化"到有新意的性格创造

155

之中。性格化是个历史概念。古人有古人的要求，今人有今人的要求。恩格斯致斐·拉萨尔的信中说过，"古代人的性格描绘在今天是不再够用了"。这就是今人对古人在文艺的性格化要求上的一种进步，这种进步是无有底止的。有好几个花脸前辈演《群英会》《战宛城》等获得过"活曹操"的美誉。现在尚长荣演的新曹操也是"活"的。但比较一下，其性格化的程度及其内涵已大大超过了传统。所以，在今天，要当一个全能化性格演员，实在要比历史上的演员困难得多。尚长荣意识到了这一点，所以有了创作的新思路。他的新思路，用他自己的话来说，就是寻求"当代意识与传统表演艺术深层契合"。而《曹操与杨修》的创排，正好为他提供了难得的实验性机遇。①

如果说，探索人性是塑造新曹操的"内功"，那么，把京剧表演本体的传统激活，则是演好这

---

① 龚和德的《全能化性格演员——谈尚长荣》一文收入孙洁主编《中国戏剧奖·理论评论奖获奖论文集》，北京：中国戏剧出版社，2009年。此文荣获1994年第一届中国曹禺戏剧文学奖·评论奖提名奖。文章内容和《京剧之幸 观众之幸》基本一样。后文载龚和德、黎中城主编《京剧〈曹操与杨修〉创作评论集》，上海：上海文化出版社，2005年，第220页。

第三章　文艺评论、理论与创作关系再思考

个人物的必备的"外功"。传统技巧靠什么来激活？一靠生活体验，二靠现代艺术经验的借鉴。激活的标准是什么？尚长荣规定为"以最灵活的方式，力求准确地拨动观众的心弦"。我们欣赏他的表演，不时会发现这类"灵活的方式"。他在唱念的音量、音色上，其高低收放粗细刚柔的对比度，较之传统规范大得多：高处可以倾喉一啸，声震屋宇；低处则极尽细微、曲折之致。在做工身段上，注重功架的洗练、凝重、边式的同时，又透着浓厚的生活气息。如"守灵"一场，曹操靠在椅子上假寐，发现倩娘送衣来，只伸出右手的两个指头向她点点。动作很小，很生活化，却把曹操与倩娘的情感深度"点"出来了。及至听倩娘说是杨修让她送衣的，正背对观众的曹操，浑身一颤，肩膀一耸，似乎倒吸一口冷气。这个明显取之于传统的动作，把两个人物的性格撞击在瞬间闪出了火花。倩娘临死前，曹操不是虚拟而是逼真地把她拥抱了，然又猛一回头，似乎脑后也要长出一双眼睛来，看看即将制造的"夜梦

杀人"的假现场是否有人发现——这是多么夸张。这些动作设计所保持的灵活性，同他唱腔中的豪放与低回一样，所以能够取得反差中的和谐，就是因为紧紧围绕着刻画人物的需要和"准确地拨动观众的心弦"的需要。深入传统又不为传统所拘束，掌握技术又不为技术所牵累，立意高远，才能在体验与表现、生活与程式等的对立统一上，富于弹性，趋于融通，才能使京剧表演艺术充满活力，焕发出新的光彩。[①]

笔者之所以完整地大段引述这些文字，是因为在这段文字中，龚和德对"全能化性格演员"作了清晰的具有学术意义的界定。首先，他对"性格化"作了一个界定，并将之与马列主义经典作家的论述相联系，这就为这个概念找到了文艺理论依据。其次，他把"全能化性格演员"与传统戏曲中的"两门抱""三门抱"等行业术语作了比较，指出了其异同，这就给这个概念找到了和传统文论相联系的"端口"。最后，

[①] 龚和德：《难得尚长荣》，载龚和德、黎中城主编《京剧〈曹操与杨修〉创作评论集》，上海：上海文化出版社，2005年，第272—274页。

第三章 文艺评论、理论与创作关系再思考

他还作了京剧史的考察，提出谭鑫培"是京剧有史以来生行第一个全能化性格演员"，从而说明"全能化性格演员"是一个可以在艺术史上找到实践依据的概念。应该说，有此三个支点，这个概念不但具有了理论的延展性和历史厚度，同时也表现出了对艺术实践的充分解释力。

此后的不少评论家或受龚和德之启发，或殊途归同、英雄所见略同，在评说尚长荣时，学术理路上大都取径于此，即以性格化表演为基点，这不仅运用于对《曹操与杨修》中尚长荣的表演的评说，而且适用于尚长荣在其他剧目中的表演。戏剧评论家们由此而考察尚长荣对京剧技艺的融会贯通使用，或评价其在京剧革新上的突破和意义。下文试举例说明。

1998年，罗怀臻认为，《曹操与杨修》以及"曹操"是尚长荣表演艺术的"一个高峰"，也是京剧改革的"一个成果"，在国内或国外的舞台上都将成为"一种标志"。他提出，"评价尚长荣对于当代京剧表演艺术的贡献，恐怕仅仅局限于净角行当的概念是不够的；所谓'铜锤架子两门抱'也还只是评价他在花脸行内的通融。事实上，尚长荣在《曹操与杨修》中的表演

已经逾越了净角行当的规则。在这个角色的身上，传统意义上的行当乃至传统戏里的曹操形象，依然是他创造的基础和底色，但他却能在这个基础和底色上自由挥洒。他吸收并且运用着许多行当表演方法乃至京剧表现形式之外的技巧或方式，来完成对于这一个崭新形象的塑造。"①

1999年，毛时安在评论《贞观盛事》时认为，"在表演上，演魏征的尚长荣更是全身心投入，将他心理现实主义的表演发挥得淋漓尽致。"②

2000年，戴平提出《曹操与杨修》的"最成功之处，在于将戏曲的程式化、写意原则与话剧的长于内心体验完美地结合起来，用话剧对人物的心理分析，通过戏曲的程式表演再现在舞台上。"③

2002年，安志强认为，尚长荣的台词不仅符合京剧的程式特点，而且边"想"边"说"，"这种'想

---

① 罗怀臻:《评说尚长荣》，载龚和德、单跃进主编《"尚长荣三部曲"研究评论集》，上海：上海文化出版社，2018年，第127页。
② 毛时安:《历史况味：盛世演盛事》，载毛时安、单跃进主编《京剧〈贞观盛事〉创作评论集》，上海：上海文化出版社，2005年，第158页。
③ 戴平:《界碑式的作品从何而来？——京剧〈曹操与杨修〉现象探究》，《聆听戏剧行进的足音：戴平戏剧评论选》，上海：上海远东出版社，2013年，第63页。

着说',能够紧密地结合表情、动作以及大段唱腔的演唱,在舞台上创造了一个真实的艺术化了的生活场景",把程式化和性格化很好地结合了起来。①康式昭认为尚长荣的曹操是"调动了多种艺术手段,依托于深层的内心体验,生动而形象地展示出来的"。②李默然也认为,尚长荣是一种"有生活内容的程式表演"。③曲六乙说,尚长荣在演曹操时自觉意识到突破旧表演程式体系,"寻求到符合当代艺术观念的创作思路,即从人性出发追溯曹操的心理历程,确定角色的历史与审美定位"。④

2008年,廖奔在《中国文化报》发表《尚长荣的意义——兼及新时期京剧艺术的继承与创新》。文中提出:

---

① 安志强:《尚长荣的念白》,载毛时安、单跃进主编《京剧〈贞观盛事〉创作评论集》,上海:上海文化出版社,2005年,第197页。
② 康式昭:《不懈追求 不断超越》,载毛时安、单跃进主编《京剧〈贞观盛事〉创作评论集》,上海:上海文化出版社,2005年,第199页。
③ 李默然:《艺技结合 情理相通》,载毛时安、单跃进主编《京剧〈贞观盛事〉创作评论集》,上海:上海文化出版社,2005年,第206页。
④ 曲六乙:《尚长荣的"双子星座"》,载毛时安、单跃进主编《京剧〈贞观盛事〉创作评论集》,上海:上海文化出版社,2005年,第208页。

古典戏曲里的白脸曹操，解放后翻案舞台上的红脸曹操，一从道德评判、一从历史评判出发，皆忽视或者毋宁说是有意省略了人物性格的真实心理依据，摒除了其内心世界的复杂性，抽干了其人性的丰富性，依据各自的需求，或处之为嘲讽对象，或待之如讴歌圣明，皆偏离了对其形象进行审美观照的美学基点。尚长荣从曹操出发，力图使走入现代的京剧艺术，在价值观念上拨乱反正，在审美观念上回归艺术本体，在创造途中不脱离传统又大胆突破窠臼，获得了一个典型的成功案例。前人的曹操着重塑造他形象的奸雄一面，以道德审判的姿态来处理其形象，将历史人物丑化、渺小化、卑微化；翻案的曹操极力强调他崇高的一面，落入为之歌功颂德的覆巢，使人物形象光环化、虚假化、矫情化。尚长荣要通过自己的艺术创造，在京剧舞台上塑造一个不同于前人的曹操，深刻揭示出其真实心理状态与性格复杂性，不但还原一个血肉丰满的历史人物的鲜活形象，而且将其体现本质的人物特征精确细腻地呈现在舞台上，塑造出"这一个"的独特气质，

第三章　文艺评论、理论与创作关系再思考

用尚长荣自己的话说，就是塑造出"为人性的卑微所深深束缚、缠绕着的历史伟人形象"，其难度是大大超过以往的。

他还指出，对于这样一个没有在传统舞台上出现过的曹操，很难用某一种花脸行当来框定其性格特征，也很难按照某一花脸流派的表演特色来塑造。尚长荣抓住曹操的心理特征，突破了传统的行当界限，"在形象展现人物外部特征的同时合理诠释其心路历程，一个丰满饱绽的人物形象就跃然而出了。"廖奔还把从尚长荣饰演曹操的艺术成就中总结出的理论观点，用于评说尚长荣的其他表演。"选择曹操只是尚长荣用京剧手法饰演性格人物的一个突破口，曹操形象只是尚长荣选择的一个恰当对象。例如他还扮演了改编自莎士比亚戏剧《李尔王》的京剧《歧王梦》里的歧王，把以展示性格见长的西方戏剧里一个由于遭遇特殊环境而性格发生极大转变的典型人物，在京剧舞台上一样演得鲜活生动而富有血肉。"最后，廖奔总结道："尚长荣的实践证明，通常人们所理解的程式化、行当化、脸谱化的京剧，照样可以在舞台上展现出人的多面的

性格，它使我们破除了旧有认识，懂得了京剧不是与个性化无缘，它只是需要用特定的方式和形式——通过程式、行当和脸谱去表现和展示性格。在天才手里，程式、行当、脸谱都成为塑造性格的适用工具，被利用得得心应手、无所不能。只有在庸才手里，它们才成为一成不变的死框框，扮饰出一成不变的死人物。"①

2009年，马也提出尚长荣的表演给危机中的京剧带来了两个证明，一是京剧能塑造新的高难度的人物，二是京剧传统程式和艺术语汇可以被激活。"尚长荣超越了程式激活了程式，使传统程式获得了现代的新的感性形式！使传统语汇获得了当代生活的质感！于是尚长荣的表演对于当代大众来说就变得易于接受了。台上虽然演的是古代人的生活，但当代观众对那些程式和语汇，分明有了一种现实感、亲近感、熟悉感；他们的艺术体验似乎更接近'日常体验'和'当下体验'，京剧拨动了他们的心弦，京剧离他们不再

---

① 廖奔：《尚长荣的意义——兼及新时期京剧艺术的继承与创新》，《中国文化报》2008年12月24日。

遥远。"①

2010年，曹树钧在《尚长荣和他塑造的李尔王形象》一文中，对尚长荣塑造的李尔王形象作了分析，和前引廖奔之文一样，着眼点依然是在尚长荣对李尔王性格的塑造。

> 尚长荣扮演的李尔王向观众展示了一个性格在戏剧冲突中有发展的艺术形象。起初，他给人们的印象是一个暴戾无常、任性专横的暴君形象，遭两个女儿遗弃后，经受了内、外暴风雨的洗礼，精神发生了裂变，方始正确评价自己，痛悔以往过失、坦诚地请求三公主的宽恕。后见三公主惨死，悲恸逝世。尚长荣通过这个人物命运的大起大落，批判了忘恩负义的极端利己主义行为，揭示了封建极权对人性的腐蚀作用。尚长荣的表演在第四场"孤愤"一幕中给人印象尤为深刻，充分发挥了戏曲载歌载舞揭示人物内心的特色。此

---

① 马也：《〈曹操与杨修〉再认识》，《门外乱弹》，北京：北京时代华文书局，2016年，第254页。2015年5月26日，马也在"上海京剧院未来之路论坛"的发言中对此又有论述，并整理发表于《中国戏剧》2015年第7期，亦收入前引书。

处安排了成套唱腔,加上布景、灯光、效果的渲染,将李尔王癫狂的精神状态和悔恨交加的痛苦心情淋漓酣畅地表现了出来。每每演到这里,观众席便爆发出阵阵雷鸣般的掌声。在京剧《歧王梦》中,尚长荣的表演,节奏流畅明快,紧紧抓住了与京剧艺术相通的重点场面尽情发挥,将莎翁剧作人物内心的细腻刻画同京剧艺术的特长充分结合了起来。《孤愤》一场没有花哨的布景和过多的道具,主要靠演员的表演,正是充分发挥京剧表演艺术的极好机会。①

总之,这一阶段关于尚长荣的评论进入成熟期,评论家努力从理论上对尚长荣的艺术作出阐释和总结,最重要的成果则是提出了"全能化性格演员"的概念。

进入 21 世纪,特别是随着《廉吏于成龙》的完成,"尚长荣三部曲"最终问世。所谓"三部曲"是指上海京剧院创作演出的三部新编历史剧,分别为 1988 年首演的《曹操与杨修》、1999 年首演的《贞观盛事》

---

① 曹树钧:《尚长荣和他塑造的李尔王形象》,《艺海》2010 年第 6 期。

第三章 文艺评论、理论与创作关系再思考

和 2002 年首演的《廉吏于成龙》。三部剧诞生的时间相隔较远，且跨越了世纪之交，但完整地呈现了尚长荣的艺术成就。2008 年 11 月 23 日至 24 日，中国剧协、中国戏曲学会、上海市文联、中国艺术研究院等联合对这三部作品开展学术研讨，举办了"纪念改革开放 30 周年暨'尚长荣三部曲'观摩研讨系列活动"，此后，"尚长荣三部曲"之名不胫而走，媒体也掀起了对"尚长荣三部曲"报道评论的高潮。

在这一阶段，评论家不但肯定"三部曲"是一个内在统一的整体，而且力图从美学的高度对此进行解析。刘厚生认为，"《曹》剧初演于 1988 年，《贞》剧初演于 1999 年，《于》剧首演于 2002 年，前后十六年，三部戏所写时代不同，情节、主题、人物都各不相同，艺术上各有成就也各有局限"，然而，"这三部剧虽诞生相距多年，却都从不同角度又不同程度地形象地反映和弘扬了当前的时代精神。我以为这是这三部优秀大作之所以优秀的出发点或主要标志，亦即它们的共同成就。"① 龚和德认为，"对'尚长荣三部曲'

---

① 刘厚生：《尚长荣"三部曲"·新史剧·时代精神》，《戏曲研究》2009 年第 2 期。

就不必称之为'海派京剧'或'新海派京剧'了，这就是现代京剧"①。2005年，即上海京剧院建院50年之际，龚和德曾提出"尚长荣阶段"的概念，指的是从1988年推出《曹操与杨修》至2005年的17年，目的是"为了把有'尚长荣三部曲'之称的《曹操与杨修》《贞观盛事》和《廉吏于成龙》所取得的剧院的阶段性辉煌给以生命化、人格化"。他说，1985年姜椿芳在周信芳诞辰九十周年纪念会上说"中国戏曲史上存在着一个突破形式主义束缚而与现实生活相结合的'周信芳阶段'"，这是对周信芳一生的艺术实践成果的理论概括。受此启发，他认为，"上海京剧院从1955年一路走来，大体可分三个阶段。周信芳领导阶段，以麒派艺术的提纯、整合为核心，全面展开推陈出新工作。这个阶段时间不长。1963年初，柯庆施提出'大写十三年'，很快回到了1958年'以现代戏为纲'的那种状态，并在江青插手下，拆院建组，搞'革命样板戏'。直到'文革'结束以后才又重新凝聚起来，探索新的途径。1988年，剧院推出《曹操与杨修》，这是一

---

① 龚和德：《海派京剧终于修成正果》，《中国戏剧》2010年第7期。

第三章　文艺评论、理论与创作关系再思考

个新阶段的开始,至今已有十七年",之所以以《曹操与杨修》为阶段的起点,是因为这个戏支持了上海京剧院的重新崛起;支持了海派京剧的破旧立新;支持了京剧的现代化,"是京剧能够代表现代文化精神的有力例证"。①而在前述 2008 年的戏剧评论和研讨中,罗怀臻提出了"尚长荣时代"的概念,他说"上海京剧院这二十年来,可以说是一个'尚长荣时代'。这个时代可以和'周信芳时代'相媲美。在这两个时代之间,有一个'样板戏'时期,除此以外,在上海京剧院的历史上,我们就很难用一个艺术家的个人影响和创造来涵盖上海京剧院的某一个时期了"。②

在 21 世纪之前,戏剧评论家对尚长荣的评论其实是以"时代中的尚长荣"为中心展开的,致力于讨论的是尚长荣作为一个杰出的艺术家对时代变革潮汐的反应、反映和反馈,用毛时安的话来说,尚长荣是

---

① 龚和德:《"尚长荣阶段"与理想建设》,《中国戏剧》2005 年第 8 期。
②《纪念改革开放 30 周年暨"尚长荣三部曲"学术研讨会纪要》,载龚和德、单跃进主编《"尚长荣三部曲"研究评论集》,上海:上海文化出版社,2018 年,第 19 页。

"时代瞬间的镜像"。① 进入21世纪之后,"尚长荣阶段"或"尚长荣时代"的提出②似乎实现了某种历史的回环,完成了戏剧评论内在的逻辑诉求,开始探寻艺术家如何与时代相处的课题。而从概念演变的历史视角来看,"全能化性格演员"在艺术家与时代的互动中处于重要地位,作为概念工具,它提供了戏剧评论家思考、概括和言说这一课题最重要的"把手"。前文所引龚和德和罗怀臻的文章中,都不约而同地提到了周信芳,并认为尚长荣是接续周信芳精神之人,也正因为如此,"尚长荣时代"才具有成立的历史基础。那么,周信芳和尚长荣二人的质的相似性何在呢?龚和德对此有明确的阐释:

> 周信芳是京剧史上最重视性格化的动作的大师。他受历史条件的限制,所编演的新戏,虽然

---

① 《纪念改革开放30周年暨"尚长荣三部曲"学术研讨会纪要》,载龚和德、单跃进主编《"尚长荣三部曲"研究评论集》,上海:上海文化出版社,2018年,第27页。

② 其实,早在2003年,吴为忠就在《解放日报》撰文提出"尚长荣现象"。当然,此文所谈的"尚长荣现象"主要是从文艺人才培养和队伍建设立论的,对尚长荣艺术成就本身涉及不多。吴为忠《尚长荣现象》,载《艺论短文:吴为忠"随便说说"专栏短文选》,上海:上海人民出版社,2007年,第213页。

发挥过重大历史作用，尤其抗战期间的"歌台深处筑心防"，但从今天的要求来说，从内容与形式的统一来说，大概还不能同"尚长荣三部曲"相比。……"尚长荣阶段"把"周信芳阶段"的演剧精神，在新的时代、新的文化环境，运用新的艺术资源，发扬到了新的艺术境界。①

上海京剧院第一位领军人物是周信芳。到了这个十七年，就是尚长荣了。周信芳是上海文化精神与谭鑫培演剧精神相结合的杰出代表。尚长荣是周信芳演剧精神的继承者、发扬光大者。②

由此可见，"尚长荣时代"或"尚长荣阶段"之所以成立，要义就在于"性格化"表演精神的延续。刘厚生对"尚长荣三部曲"中贯穿的性格化表演作过精彩的论述：

"三部曲"的作者不同，但三个戏却有一个相近的剧情结构：三部戏中的主要英雄，曹操与杨

---

① 龚和德：《海派京剧终于修成正果》，《中国戏剧》2010年第7期。
② 龚和德：《"尚长荣阶段"与理想建设》，《中国戏剧》2005年第8期。

修，魏征与唐太宗李世民，于成龙与康亲王，三组六个人的性格不同，戏剧纠葛不同，艺术趣味也不同，却都写了一个强有力的领导者与一个同样强有力的股肱人物之间又团结又斗争或又斗争又团结的故事。看一部戏很好看，连看三部相比较更好看。……曹操是爱才又忌才，杨修是恃才又傲才；李世民是从愤怒到宽容，魏征是从刚直到妩媚；康亲王是从成见到理解，于成龙是朴实而又机巧。三个古代的故事让人觉得亲切，感到充实，相信其历史真实性并且沉酣于浓郁的舞台氛围之中。六个人物中，曹操、魏征、李世民虽是舞台上的熟客……杨修、于成龙、康亲王一样都是舞台新人。但作者们都安排了精妙的推动剧情进展的合理细节。如曹操的梦中杀人、为杨修牵马；魏征和李世民充满敌意地分开后的各自反省又遥望怀想；于成龙和康亲王的两场斗酒等等，都是表现了人物性格，显示了性格的发展，从而使人物活了起来。这六个人可以说是当代京剧文学中具有独创性的新鲜形象，是现今京剧文学的重大收获，为舞台演出的深刻性和多样化提供了深厚基础。①

正是从"全能化性格演员"这一概念的提出，揭示了尚长荣与京剧史上如周信芳这样的大师之间的精神渊源。周信芳曾经说过，"我们既反对形式主义，也反对噱头主义，我们追求的是鲜明的倾向性和人物形象的典型化"。邹元江认为，由此可以看出以周信芳为代表的海派注重人物性格的刻画与故事情节的展现。②从戏剧话语生成来看，"尚长荣阶段"或"尚长荣时代"的提出，实质上是戏剧评论家把尚长荣历史化和经典化的过程，而"全能化性格演员"作为界碑式的评论概念，为此铺设了理论轨道。

与此同时，戏剧评论家在这一时期还深入开掘了尚长荣艺术的美学内涵。虽然艺术评论永远不可能脱离美学的支撑，揆诸历史，对尚长荣的表演进行美学评析也早已有之。比如，早在1989年，廖奔就已提出《曹操与杨修》对人物作出了"审美化开掘"，"曹操在

---

① 刘厚生：《尚长荣"三部曲"·新史剧·时代精神》，《戏曲研究》第七十八辑，北京：文化艺术出版社，2009年。

② 邹元江：《从周信芳与应云卫的合作看"海派京剧"的本质》，《戏剧艺术》2007年第4期。

剧中首先是一种人类性格的审美对象，有其丰富的个性和心理世界，把握住他心灵历程的变化轨迹，找出这种内在性格力量与历史事件的有机联系，才能使观众进入最佳审美状态"，这样才使观众在文化心理层面与剧中人产生了契合感和胶着感。①荣广润也较早地提出，尚长荣在"增加京剧的现代美方面作出了重要贡献"，"这并不只是指高超的绝招、技巧等东西，而是指他给作品注入了新的生命。相对而言，以往传统京剧比较板滞，缺乏活力，而《张飞敬贤》一开始就很明快。因为京剧的古典美发展到今天，已经登峰造极，但是它光有古典美是不行的，京剧的生命力应在于从古典美的基础上由内到外注入现代人文内容，把京剧表演的艺术手段和人物形象的创造结合起来，使京剧的表现力和美感提升到现代审美心理的层次。我觉得，这恐怕是尚长荣同志真正带给我们研究的课题"②。1996年，谢柏梁的《危机型结构与人格化冲突——〈曹操

---

① 廖奔：《沟通历史与现实的审美场——京剧〈曹操与杨修〉观后》，载龚和德、黎中城主编《京剧〈曹操与杨修〉创作评论集》，上海文化出版社，2005年，第190页。

② 《欢迎你，尚长荣！——尚长荣专场演出座谈会纪要》，《上海戏剧》1992年第2期，第16页。

与杨修〉的审美特征》虽然未专门论及尚长荣的表演，但从危机化结构和人格化冲突的角度分析了该剧的审美特征。①

但 21 世纪之后，随着《廉吏于成龙》等作品的问世以及"三部曲"的完成，对尚长荣作品和表演的美学内涵的探讨，成为评论家们频繁关注的话题，而且对扩宽尚长荣的经典化和历史化，以及拓展"全能化性格演员"等理论概括起到了实质性的推动作用。2003 年，林毓熙明确提出《曹操与杨修》是改革开放之后的"审美文化嬗变期"孕育出的文化精品，找到了传统美与现代美的最佳契合点，"使观众在探究人物悲剧命运的成因并进行理性思考时，获得审美愉悦"。"《曹》以细腻的笔触描绘了人物的心路历程。曹操误杀孔闻岱并由此引出曹操知道自己过错严重，'怕招贤大计流水落花'，在杨修的逼问下编造出'梦中杀人'的谎言，从而导致更加严重的后果；不仅让爱妻倩娘自刎以圆梦中杀人之谎，且最终酿成杨修被杀的悲剧。在

---

① 谢柏梁：《危机型结构与人格化冲突——〈曹操与杨修〉的审美特征》，载龚和德、黎中城主编《京剧〈曹操与杨修〉创作评论集》，上海：上海文化出版社，2005 年，第 239—243 页。

这一贯穿全剧的戏剧动作中，剧作细腻地展现出两个人物的心路历程，包括对曹操性格被扭曲、潜意识的揭示和心理障碍层面的描写，这就不仅停留在思想和道德批判上，而进入对人性和人的本质层面上的思考。"正因为如此，人物性格的发展成为推动剧情的链条。①这一分析揭示了尚长荣对曹操的性格化塑造在人物角色以往的意义。2005年，吕效平提出，"'现代戏曲'超越伦理，从精神的高度审视人性，塑造矛盾的、发展的、辩证的性格是它的美学理想。《曹操与杨修》成功地体现了这种美学理想。"②2006年，龚和德提出，尚长荣"代表剧院的美学追求"，"于成龙"是尚长荣表演艺术的"意境化"。③在2008年11月22日召开的"京剧《廉吏于成龙》学术研讨会"上，美学分析也成为主要视角之一。比如，龚和德指出，于成龙不勾脸谱、不

---

① 林毓熙:《对〈曹操与杨修〉的再认识——写在〈曹〉剧上演十五年之后》，载龚和德、黎中城主编《京剧〈曹操与杨修〉创作评论集》，上海：上海文化出版社，2005年，第283—285页。
② 吕效平:《〈曹操与杨修〉的美学理想》，载龚和德、黎中城主编《京剧〈曹操与杨修〉创作评论集》，上海：上海文化出版社，2005年，第314页。
③ 龚和德:《激活传统 融入时代——京剧〈廉吏于成龙〉赏析》，载龚和德、单跃进主编《京剧〈廉吏于成龙〉创作评论集》，上海：上海文化出版社，2018年，第185页。

挂髯口、不念韵白。"尚长荣想演一个亲民的带乡土气质的布衣高官,省用部分传统程式以消减当代观众对京剧形式的疏离感,有利于观众接受这个题材,贴近这个人物。……在尚长荣身上,京剧传统是活的,是有着明显的时代特征的。他既代表了上海京剧院的美学追求,也是京剧艺术融入时代的鲜明标志。"[1]2009年,汪人元指出,尚长荣在《曹操与杨修》中"以曹操形象的全新重塑,不仅完成了一个精彩的、必将镌刻于当代中国戏曲历史的戏剧人物,同时还构筑了一个超越铜锤、架子两门抱的全能型和性格化的新净行艺术,并将这种追求与实践贯通于自己包括《曹操与杨修》《贞观盛事》《廉吏于成龙》'三部曲'在内的其后所有演出中。这是一种艺术上的重大突破、超越、建设,而其中的普遍意义则在于:当传统面临断裂的危机和困惑之时,它再次揭示着传统持续生长的内在规律"。而且他认为,尚长荣的艺术创造解决的是审美上的传统与现代需求的融通问题,戏曲艺术活用传统、

---

[1] 苏丽萍(整理):《游弋在历史与现实之间——京剧〈廉吏于成龙〉学术研讨会纪要》,载龚和德、单跃进主编《京剧〈廉吏于成龙〉创作评论集》,上海:上海文化出版社,2018年,第207—208页。

不懈创新，是为了形成"新的气息、趣味、语汇及技术"。[①]换言之，也就是追求一种新美学。王蕴明撰文提出，尚长荣树立了戏曲表演美学的当代范式。他在"三部曲"中塑造的三个人物"皆达到或接近于典型化的美学高度"，而且深得"中和"这一中国戏曲美学精神，既重视体验，又重视表现，力求通过精湛的技艺（唱、念、做、舞）开掘并呈现人物独具的性格特征和内在的心态情貌，把戏曲艺术从"古典美"转换为了"现代美"。以曹操为例，尚长荣突破和超越了郝寿臣、侯喜瑞、裘盛戎、袁世海等前辈创演的"活曹操"，在更高的美学层面上，创造了一个新时代艺术承载更为丰富深邃、个性更加鲜明生动的新的艺术典型。这是如何实现的呢？首先是尚长荣确定了曹操的性格是"为人性的卑微所深深束缚、缠绕的历史伟人"，然后进行艺术塑造：

  在外在形象上，他将曹操的脸谱由传统的"冷白"改为"暖白"，又将眉间的印堂红加大，

[①] 汪人元：《成大器者，常为第一——从〈曹操与杨修〉看尚长荣艺术价值》，《艺术百家》2009 年第 4 期。

第三章　文艺评论、理论与创作关系再思考

把原来丑化的"媒婆痣",由下方移到眉上成为"主贵痣",营造出"白里透红、痣在眉上"的新脸谱。在表演上,他突破以"架子花"应工的传统模式,将架子花的做、念、舞和铜锤的唱糅合起来,形成一种架子、铜锤两门抱的新生面。舞台上手、眼、身、步,"趟马""水袖"转身在传统功架的基调上融入了话剧的某些手法。念白以普通话为基调化入尖团、湖广传统发音的韵致。为准确表达曹操在不同情境下的情感状态,他将传统的"奸笑"丰富为冷笑、阴笑、怒笑、喷笑、哭笑等七八种笑,做到了形神兼备,程式化与生活化的水乳交融。①

仲呈祥、张金尧更进一步指出,"尚长荣三部曲"是对时代的审美化表达,对构建戏剧的美学理论大厦具有意义。②廖奔则在《尚长荣的意义》中提出:

---

① 王蕴明:《由京剧生命历程的坐标看尚长荣的表演艺术》,载龚和德、单跃进主编《"尚长荣三部曲"研究评论集》,上海:上海文化出版社,2018年,第199—205页。

② 仲呈祥、张金尧:《国粹长荣——门外说戏》,载龚和德、单跃进主编《"尚长荣三部曲"研究评论集》,上海:上海文化出版社,2018年,第206—214页。值得注意的是,本文还指出"三部曲"中第一部即《曹操与杨修》审美化成就最高,后两部则多少存在一点主题外露的倾向。

新时期京剧艺术面临新一轮的历史抉择。当其时,时代审美主潮发生了深刻变化,人们呼唤文艺作品对于人性、人的心灵的贴近,脸谱式表现受到嘲讽,真实地塑造出性格化的人物形象、准确地揭示出生活的客观实在性,成为时代新的审美渴求。……其时,尚长荣正在酝酿他艺术生命中的重大突破。……他已经具备了传统功底深厚、舞台经验老到、艺术领悟力强、创造精神旺盛的全部前提条件,需要并正在完成从继承传统到舞台创新的伟大转折,即把熟练掌握技艺转化为对人物性格活灵活现的塑造,把从传统学习揣摩和塑造人物转化为凭空依傍地创造全新人物形象。这一年他47岁,尚长荣来到了他艺术的羽化点。①

2011年,常立胜认为,在《曹操与杨修》这出戏中,尚长荣"在艺术上运用唱、念、做、表手法,将

---

① 廖奔:《尚长荣的意义》,《中国戏剧》2010年第7期。

第三章 文艺评论、理论与创作关系再思考

铜锤与架子的不同表演形式融合为一体,确立了自己'架子花脸铜锤唱,铜锤花脸架子演'的符合现代审美需求的艺术风格","尚长荣的表演特点是激情饱满,善于以声腔来塑造人物"。① 朱恒夫认为,尚长荣的三部曲"努力谋求戏曲和当代观众的审美趣味的契合",探索新的戏曲表演方法,积累了十分宝贵的经验。首要的一条就是"不受行当拘束,能准确地表现人物性格的'表演'就是最好的"。尚长荣的表演之成功,源于其正确并由衷认同剧本所要表现的思想意义和准确、深刻地把握人物的心理世界。② 2017年,周丽斌撰文

---

① 常立胜:《谈京剧流派艺术》,《戏曲艺术》(中国戏曲学院学报)2011年第2期。需要指出的是,尚长荣本人不认为自己形成了流派,"只能说我有自己的戏路,有自己的演出风格。"如果要问属于哪一派,还是尚派。(参见郑标《尚长荣:小舞台演绎大人生》,《大舞台》2005年第4期)又如,"我觉得在舞台上,演也好、唱也好,你的风格也好,如果说能够有自己的路子,或者说是尚长荣的路子,能够蹚出一点儿路子来,就已经很不容易了。我永远不称派,永远也不敢称派,也不能称派。"(参见白燕升《尚长荣永远不称派》,《中国戏剧》2008年第11期)关于流派问题,黄宗英在上海国际艺术节闭幕之际曾说,"长荣如此多能,如此精彩,能形成新的流派否?我看不能不必。我以为过去的京剧发展史或可直称为流派发展史,但时至现代,京剧作为综合艺术将更为综合,更为多彩,更为完整完美。表演艺术也大大地突破了以唱为主的流派风格的继承,而以各种手段塑造人物为表演的中心目的。"(参见黄宗英《说说尚长荣》,载《剧人集》,上海:上海人民出版社,1999年,又见《读人笔记》,中国青年出版社,2004年)。

② 朱恒夫:《城市化进程中戏曲传承与发展研究》,上海:上海辞书出版社,2013年,第276页。

专题论述了"尚长荣表演艺术之美学特征",从唱做念舞四个层面作了细致分析。[①] 顾春芳也曾专门对《曹操与杨修》的美学意义作过分析,认为该剧反映了对戏剧艺术最根本的美学问题的体悟:

> 以新编历史剧《曹操与杨修》为例,该剧在舞台呈现方面最突出的特点是突破了京剧净角行当、流派乃至程式的界限,其程式浸润了人物真实的心理和情感,程式的背后有着坚实的内在情感与真实体验为基础,这就是龚和德先生提出的"心理现实主义"的内涵。比如,当曹操被告知孔闻岱辗转南北的真相时,他后悔莫及但又不能当下忏悔,杨修畅快的"笑"和曹操的假装畅快的"笑"形成了两人在规定情境中不同性格和心理的鲜明对照;当曹操逼死倩娘后伏身抱起她时突然下意识地猛回头,这个动作深刻地揭示出了曹操内心深陷恐惧和黑暗的真实感,可谓"无戏之

[①] 周丽斌:《尚长荣表演艺术之美学特征》,载龚和德、单跃进主编《"尚长荣三部曲"研究评论集》,上海:上海文化出版社,2018年,第358—363页。

处，处处是戏；无言之时，时时有言"。正是基于真实，历史剧与现实的那道鸿沟被人物真实的情、真实的心理和真实的舞台生活所弥合。程式承载起准确的人物感觉和心理节奏，落实在人物形象和心理动作的刻画和塑造上。得鱼而忘筌，观众看到的不是京剧程式技巧的堆砌，而是角色心灵的表达和情感的抒发，是舞台上真实生活着的人物。在这个最高的艺术理想的实现中，程式与真实并不对立。①

这些从美学视角出发的分析，在深化了戏剧评论家对尚长荣艺术特征的认识的基础上，还给"全能化性格演员"这个概念开拓了更加广阔也更具思辨性的领域，使之有希望成为一个具有普遍解释力的戏剧美学观念，并在戏剧史话语的建构中发挥更大的作用。

还值得一提的是，也有学者借鉴西方美学思想资源对尚长荣的艺术进行研究和评析。比如，吕效平认为，《曹操与杨修》是"一部充分实现黑格尔悲剧美学

---

① 顾春芳：《月落重生灯再红——新时代传承和传播经典剧目的美学意义》，《中国文艺评论》2018 年第 3 期。

理想的优秀剧作"。①同时,他又对三部曲的另两部进行了批评,将"于成龙"视为"平庸的散文","只有依赖他的表演艺术才能获得剧场里有限的喘息"。②李伟认为,前两部充满了怀疑主义美学的精神,而后一部则是高台教化,因而"是从经典到平庸的质的变化,是京剧舞台上精神品格出现的巨大落差"。他还从时代和体制变迁的角度进行了分析。③应该说,这些观点具有比较明显的"学院派"批评家特征,从目前的情况看还很难在戏剧评论家形成共识,甚至会引起一些争议。比如,陈云发就认为,被吕效平否定的《廉吏于成龙》具有"极高的审美价值",并提出不应用黑格尔的理论套中国的戏曲创作,进而提出"评判这部戏平庸与否、成功还是不成功,不能看它是不是正剧,而应看它是否遵循了中国戏曲的艺术传统,即思想的积

---

① 吕效平:《依然是一座巅峰——再论现代京剧〈曹操与杨修〉》,载龚和德、单跃进主编《"尚长荣三部曲"研究评论集》,上海:上海文化出版社,2018年,第87页。
② 吕效平:《论戏剧不可或缺的个人性、精神性和悲剧性与喜剧性》,载龚和德、单跃进主编《"尚长荣三部曲"研究评论集》,上海:上海文化出版社,2018年,第196页。
③ 李伟:《从怀疑到教化:怀疑主义美学视野下的"尚长荣三部曲"研究》,《扬子江评论》2009年第2期。

第三章　文艺评论、理论与创作关系再思考

淀、情节的架构、人物的力度、表演的到位、接受的感染力等",以及京剧本身其他特点的体现。[①] 正所谓,有一千个观众就有一千个哈姆雷特。戏剧欣赏是见仁见智的艺术活动,戏剧评论也是如此。评论家自身的学养积淀、思想储备乃至审美偏好、学术趣味、语言风格都会影响到他对戏剧作品和戏剧家的评述。不过,这也说明尚长荣的艺术具有的开放性和理论层面的可发掘性,为其进一步历史化和经典化提供了多样的可能性。

历史叙述必须以具体的史事为依托,否则就成了抽象的历史哲学。因此,戏剧史话语的建构也离不开具体的学案和艺案。人们常用车之两轮、鸟之双翼形象地比喻文艺创作与文艺评论之间的关系。一个时代的文艺最终要通过作品表现出来,而作品又来自艺术家的创造。推动艺术家不断攀登艺术的高峰,创作精品力作,是文艺评论的使命所在。批评家对艺术家的研究和评论也是提升文艺评论的理论性、时代性和有

[①] 陈云发:《平庸研究读不懂〈廉吏于成龙〉——评一种对西方文化臣服的戏剧研究》,载龚和德、单跃进主编《"尚长荣三部曲"研究评论集》,上海:上海文化出版社,2018年,第214、219页。

效性的必然要求。

　　从本章的梳理和分析可以发现，戏剧评论家围绕尚长荣开展的评论是与尚长荣的创作演出紧密联系的，每一次集中性评论的时序节点，都与尚长荣新作品特别是经典作品的问世相伴随。这再一次表明，评论家是在作品中发现艺术家的，对艺术家的评论必须立足作品，离开了具体作品，评论家与艺术家之间就丧失了交流的可能。正是在对《射虎口》到《曹操与杨修》再到"尚长荣三部曲"的评论中，评论界对尚长荣的表演艺术作出了层层递进的分析，肯定尚长荣对京剧的创新，以及尚长荣与时代的紧密联系之后，又从理论上回答了"新"在何处，以及究竟是如何以京剧特有的技艺体现其"新意"并表现时代的，并由此分析了尚长荣的创新所具有的美学意义。

　　在此过程中，"界碑式评论概念"的提出起到了重要作用。文艺评论无疑与评论者面对作品和艺术家形成的审美感受密切相关，因此也可视为评论家情感的抒发。但在本质上，评论是一种学术活动。[①] 而且，

　　[①] 陆贵山：《文艺批评的"四大观点"：马克思主义文艺理论新发展》，《中国文艺评论》2015 年第 1 期。

第三章　文艺评论、理论与创作关系再思考

由于文艺评论直接把握艺术现场，因而在接受理论指导的同时又对理论建构具有反哺作用。然而，文艺评论向文艺理论的转化，有赖于形成具有理论阐释力的"界碑式"概念，其价值在于让评论发展的理论路径更加清晰。前文所着重指出的龚和德提出的"全能化性格演员"就是这样的"界碑式评论概念"。在龚和德之前，一些戏剧评论家在评论《曹操与杨修》时，也表达过类似的意思，比如，刘厚生说过，"尚长荣整个创造过程的核心是曹操的性格而非行当。"[1]安葵说，尚长荣的表演基于对人物的深刻体验，显露了性格冲突的丰富内容。[2]张立提出，"演员通过做小品，把话剧的表演技法糅进京剧的表演程式之中"。[3]叶舫瑞认为，尚长荣"创造出一套独特的而又不脱京剧特色的表演程式"，以唱念做融合剧中人情感起落表达出来。[4]在

---

[1] 刘厚生：《京剧大作出现——评〈曹操与杨修〉》，载龚和德、黎中城主编《京剧〈曹操与杨修〉创作评论集》，上海：上海文化出版社，2005年，第184页。

[2] 安葵：《〈曹操与杨修〉的艺术成就》，载龚和德、黎中城主编《京剧〈曹操与杨修〉创作评论集》，上海：上海文化出版社，2005年，第201页。

[3] 张立：《〈曹〉剧一枝独秀 功在博采创新》，载龚和德、黎中城主编《京剧〈曹操与杨修〉创作评论集》，上海：上海文化出版社，2005年，第156页。

[4] 叶舫瑞：《尚长荣的为我所用》，载龚和德、黎中城主编《京剧〈曹操与杨修〉创作评论集》，上海：上海文化出版社，2005年，第168—169页。

《曹操与杨修》的座谈会上,也多有专家论及于此。①还有评论家对尚长荣的"架子表演铜锤唱",摆脱流派的羁绊,借鉴各派,突破"十净九裘"局面进行过分析。②而与龚和德同时期,钮骠提到尚长荣在程式中自由驰骋,把人物的丰富内心世界展示给观众。③童道明则认为尚长荣的曹操具有"心理的深度"。④但比较而言,"全能化性格演员"概念具有更强的理论概括力、解释力和延展力,不但简洁明了地概括了尚长荣的艺术特征,而且为由此出发的戏曲美学建构提供了概念贮备。王一川认为,"正像鲁迅'伟大也要有人懂'的论断所指出的那样,中外文艺史上文艺高峰的确认,往往都离不开卓越文艺评论家的慧眼识珠。文艺史上伟大评论家与伟大艺术高峰之间联袂建树的经典案例,

---

① 《京剧艺术的新突破——京剧曹操与杨修座谈会纪要》,载龚和德、黎中城主编《京剧〈曹操与杨修〉创作评论集》,上海:上海文化出版社,2005年,第172—181页。

② 翁思再:《尚长荣成功塑造"新"曹操》,《中国戏剧》1989年第5期;翁思再:《别开生面的"活曹操"——评尚长荣在〈曹操与杨修〉中的表演》,《当代戏剧》1990年第4期。

③ 钮骠:《演员的才、慧、致》,载龚和德、黎中城主编《京剧〈曹操与杨修〉创作评论集》,上海:上海文化出版社,2005年,第225页。

④ 童道明:《曹操的悲剧》,载龚和德、黎中城主编《京剧〈曹操与杨修〉创作评论集》,上海:上海文化出版社,2005年,第227页。

第三章　文艺评论、理论与创作关系再思考

例如金圣叹与《水浒传》、傅雷与黄宾虹、别林斯基与普希金及果戈理、罗杰·弗莱与塞尚等"。① 诚如其言，当我们翻开一部戏剧史的论著，总会看到撰述者对于历史上的戏剧作品和戏剧家的点评，而这些点评中，又有相当一部分引述自这些戏剧家和作品同时代人的评论。换言之，戏剧评论家与戏剧史家之间似乎只隔着一道时光的门，推开这道门，此时代的戏剧评论就成了彼时代的戏剧史。而在影像记录手段不发达的年代，绝大多数戏剧表演客观上无法以影像的方式留存下来。在这种情况下，如果我们把戏剧家的创作谈等文献也视为戏剧评论的话，那么，后人能看到的主要的"一手"的戏剧资料，除了剧本，便是戏剧评论了。即便在影像技术发达的环境下，戏剧评论依然以其专业的视角在为后世的史家做着"筛选"的工作。而这种筛选多少会决定戏剧史论述的内容、框架甚至风格。而且，笔者相信，无论时代如何变化，戏剧评论永远是史家撰述戏剧史不可抛开的内容。而戏剧评论家提出的核心概念，或直接成为戏剧史的内容，或暗暗主

---

① 王一川:《以评论引领文艺高峰建设》,《人民日报》2019 年 11 月 19 日。

导戏剧史的写法。如果我们把戏剧艺术的发展比作攀登艺术高峰之路，那么在戏剧史的漫漫山路上，这些核心概念如同一块块界碑，标识着前人所达到的高度，也给后人指出了前进的起点和方向。正因为如此，评论家围绕尚长荣的论说成为中国戏曲史和文艺评论史上一段佳话，也给戏剧理论话语建构提供了一个持续发酵的生长点，当然，也给中国文艺评论话语的建构，以及戏曲评论与艺术家评论关系范式的建构提供了可资借鉴的生动"艺案"。

第四章　互联网时代文艺评论之新变

2021年,中央宣传部、文化和旅游部、国家广播电视总局、中国文联、中国作协等五部门联合印发《关于加强新时代文艺评论工作的指导意见》(以下简称《意见》)。作为一份指导性文件,《意见》在文艺活动和文艺制度的双重视角下,对新时代文艺评论面临的形势任务和发展路径作出了规划,系统阐发了新时代文艺评论工作的指导思想、理论基础、评价标准、话语文风、阵地建设、行业伦理和人才队伍等内容,既对新时代文艺评论工作作出了顶层设计,又回应了当下文艺评论领域的热点焦点问题。笔者认为,《意见》中关于网络文艺评论的关注和规划,是最富有新意、远见和时代感的内容。互联网对文艺评论的改变,最直观地体现在平台"扩容"与队伍"扩编"。在互联网技术的加持下，文艺评论获得了新的传播方式，新的形态也如雨后春笋般不断涌现，而在其背后，则是活跃在网络空间的新兴评论供给者。对此，《意见》要求，"用好网络新媒体评论平台，推出更多文艺微评、短评、快评和全媒体评论产品，推动专业评论和大众评论有效互动"，强调"重视网络文艺评论队伍建设，培养新时代文艺评论新力量"。在网络文艺领域，"网感"受到创作者和评论者普遍关注和重视。"网感"一般指文化产品在网络空间生产、传播和接受时表现出来的特性，是网络文艺与"网生代"心理共振的重要来源。从这个意义上说，只有把握网感，才能对网络文艺作出恰如其分的评判和分析。"网感"的内涵模糊而庞杂，"爽"在其中占有重要位置，"网感"甚至常被等同于"爽感"。"爽感"也由此构成分析网络文艺现象的评论入口。本章以广受网民好评的网络剧《隐秘的角落》为个案，指出该剧通过去符号化的人物刻画、叙事重心的结构性调整、去粗粝化的情节描写，以及开放式意义衍生和确认，对原著的"爽感"叙事模式作了改造和超越，建构起网络文艺的新的美学形式。

第四章　互联网时代文艺评论之新变

第一节　网络语境下文艺评论的生态与语态

据中国互联网信息中心（CNNIC）调查，截至2021年6月，中国网民规模达10.11亿，互联网普及率达71.6%。互联网对中国人生活的各个领域都产生了深刻影响。上网，对于很多人而言，已成为生活刚需。文艺也是这样，触网之后的文艺，其改变既是"全形态"的，又是"全链条"的。"全形态"，是指互联网改变了现时代文艺的每一种形态，文学、戏剧、电影、电视、书画、曲艺等所有文艺形态都在互联网的冲击下发生着重要改变。而且，互联网还催生了一种全新的文艺形态，这就是网络文艺。关于什么是网络文艺，目前还没有普遍共识。但"网络文艺"至少应包括三层含义：第一，传统文艺形态的网络传播和呈现方式。由微博、微信和微电影等新兴传播方式构成的微文化，正在成为全媒体时代最引人关注的艺术及文化方式。各种微电影活动在各地举办，知名门户网站纷纷推出摄影服务活动和平台，传统报道摄影的主阵地已然从平面媒体转移到了互联网平台上。① 第二，借助

---

① 中国文联组织编写：《2013中国艺术发展报告》，北京：中国文联出版社，2014年，第25、107、334页。

于网络这一互动性平台，创作出来的文艺新形态。在网络的平台上，文艺作品的受众通过自己的理解与创作力对作品的表现方式或者表现效果进行掌控，进行着一种具有创造性的解读与干预，从而产生无数体现着每个人独特艺术取向的作品，互动小说、互动音乐、互动电影等都是如此。①第三，电脑作为主体直接参与创作的文艺作品。电脑写小说，已经不是科幻故事。据《解放日报》等媒体报道，早在 2008 年，俄罗斯就已经有了电脑创作的小说《真正的爱情》，这部作品以托尔斯泰经典作品《安娜·卡列尼娜》主人公的经历为情节主线，只是时间变为 21 世纪，地点由荒无人烟的岛屿替代了圣彼得堡。另外，日本作家也正在进行类似的尝试。②"全链条"，是指互联网技术改变了文艺从创意到生产，再到欣赏和消费的全过程。在文艺创作、生产、传播、消费、欣赏等每一个环节，都有互联网的力量参与其中，并且因为这种参与，使这个链条发生

---

① 南歌子：《浮游的蜘蛛：网络空间中的栖居、移动、游戏与美》，南京：江苏人民出版社，2011 年，第 32 页。

② 《日科学家试图让电脑写小说》，http://newspaper.jfdaily.com/jfrb/html/2012-09/11/content_879753.htm；《电脑写的小说，你会喜欢吗？》，http://newspaper.jfdaily.com/gb/jfxww/xj/read/userobject1ai1942463.html。

第四章　互联网时代文艺评论之新变

了前所未有的变化。比如，当下国内许多美术馆推出了网络交互平台，"虚拟观看"越来越流行；2013年国内首家移动艺术交易中心正式上线并投入运营。①

文艺评论和文艺创作向来被视为鸟之双翼、车之两轮。互联网对文艺的冲击，也在这双轮上同时表现出来。在互联网条件下，文艺评论的对象、方式、效果等都在发生着深刻改变。这一点，在朝野各界均受到广泛重视。早在2014年时，黄坤明便已指出，"近年来，互联网、电视等媒体蓬勃发展，带来文艺观念和文艺经验的深刻变化，改变了文艺评论的形态。网上评论、电视评论的重要性日益凸显。同时，传统评论在内容、方式、语言上存在一定不适应。要因势而变，坚持创新创造，大力推进评论载体、传播方式、评论内容形式的创新……网络评论要快捷反应、加强互动，网上来网上去，评论及时到位，增强时效性和亲和力"②。简言之，互联网技术飞速发展，使文艺评

---

① 中国文联组织编写：《2013中国艺术发展报告》，中国文联出版社，2014年，第176页。
② 黄坤明：《高度重视和切实加强文艺评论工作——学习习近平总书记在文艺工作座谈会上的重要讲话》，http://www.wenming.cn/specials/whcc/2014wyzth/talk/leader/201410/t20141031_2265497.shtml。

论的生态面临着"千年未有之变局"。能否应对这场变局，关系到文艺评论今后的命运和走向。那么，如何应对这种变局呢？应变之道在于适应生态、调整心态、改变语态。表面看来，互联网带来的是一场传播方式的变革，是"怎么说"的问题，实际上，"怎么说"并非核心所在，其背后反映的是对"谁在说""对谁说""说什么"三个问题的重新思考和回答。

其一，谁在说：TA 是文艺评论家？

长期以来，文艺评论的话语大体上可以分为三类：一是学理化的话语；二是意识形态化的话语；三是大众传媒化的话语。三类话语各有特色，对应着文艺评论家的三种基本类型。学理化的评论话语的持有者大多为高校和科研院所的学者，他们的话语特征是运用学术概念，在理论或史论的视域中对文艺现象、作品、思潮等作出分析和评论，其发表平台多为学术刊物和学术研讨会、论坛等，其预设的言说对象是同行学者。意识形态化的评论话语的持有者多为具有官方或半官方背景的官员或学者，其话语特征是运用意识形态的概念、主流价值观尺度，从政治的角度对文艺作出评判，其发表平台多为党报党刊、文件、内刊以及各种

第四章 互联网时代文艺评论之新变

工作会议。大众传媒化的批评话语的持有者比较多样，有学者也有职业的评论者，还有创作者、媒体人，他们往往运用比较浅显的语言，从大众文化的角度对文艺作品、现象进行评论，发表平台多为都市类媒体，言说对象是社会大众。当然，在现实生活中，这三类评论话语并非泾渭分明、互相绝缘的。意识形态化的文艺评论需要学理基础，而学理化、大众传媒化的文艺评论也需要符合意识形态正确的基本准则。相应地，具体到某一个文艺评论家，很可能一身三任，既是一个象牙塔中的学者，又作为意识形态部门的咨询对象对文艺发展提出意见，同时又在某份都市报开有个人专栏，经常对流行的电影、戏剧等进行点评。

不过，互联网时代的来临，使这一切都在悄然改变。一言以蔽之，我们正在进入的时代，是一个人人都是文艺评论者的时代。历史地看，随着传播媒介的发展，文艺评论主体范围不断扩大，这是一种无法阻挡的趋势。在互联网条件下，这种趋势上了一个新的台阶。对此，其实已有学者作出了精辟的概括："传统的文艺批评媒介是图书、期刊、报纸，其中图书和期刊承载了深度和专业的文艺批评，报纸则是面向大众的文艺批评,并在纸质媒介中使文艺批评最有时效。电视时代使文艺批评更具有传播时效,形式从抽象走向具象,突出了评论家主体,深度评论走向形象化、大众化。网络时代的到来使文艺批评呈现全民性、即时性、自由性的特点,评论前所未有的快捷,意见前所未有的丰富,形式前所未有的多样。"[1]

或许有人会说,文艺评论是具有专业性的观点表达,即便拥有网络的利器,也并非人人都可以成为文艺评论者,因为网络上的文艺评论水平并不高,以口水仗居多。"相比现在白热化的网络口水战,真正的文艺批评反而不能进入大众视野。"[2]确实,文艺评论不是简单的情绪表达。这个道理朱光潜先生早在几十年前就已说过。他说,"遇见一个作品,我们只说:'我觉得它好'还不够,我们还应说出我何以觉得它好的道理。说出道理就是一般人所谓批评的态度了。"[3]只是在朱先生的时代,审美带来的意见和情绪表达并不能自由地在媒体上随性表达。而今天,由于新媒体技术

---

[1] 路侃:《文艺批评最需要什么》,《光明日报》2014年8月11日。
[2] 《网络骂战闹剧频发 真正的文艺批评淡出大众视野》,《北京晨报》2012年2月8日。
[3] 朱光潜:《谈美》,北京:中华书局,2014年,第43页。

第四章 互联网时代文艺评论之新变

的发达,人人都有麦克风,大家都可以上网拍砖、灌水,对于文艺作品和现象,手指一动,就可以大吐其槽。那么,对于这些如潮水般涌来的"文艺评论",究竟应怎么看待呢?是将其戴上"口水"的帽子划出文艺评论的范围之外,而去寻找所谓"真正的"文艺评论吗?我以为,这不过是一种鸵鸟心态。

我们应该看到,就网络上某一篇文艺评论或某一个文艺评论者而言,其水平或许不高,用语或许不专业,逻辑或许不严谨,事例或许有错漏,观点或许有偏颇,但网络的威力在于自我纠错、自我提纯的能力和机制。每一个上网发言的人,都不是"一个人在战斗"。任何一个文艺评论家,如果想与某个网民一较高下,他就必须做好准备与成千上万个网民的智慧一较高下。以文艺领域颇有影响力的"豆瓣网"为例,其"豆瓣电影"拥有中文领域覆盖面最广的电影资料信息库,众多网络影评人在这里集聚、发声,每天产生的影评数达数千条,上千万的影迷以此来决定是否去看一部电影?为什么影迷们愿意听从豆瓣而不是看看某个"权威"的或"真正的"文艺评论家怎么说呢?其实,批评家们无须哀叹和悲伤。因为,从本质上说,网民们崇拜的并非豆瓣上的某个马甲,而是网络这种汇聚集合无数平民的经验和智慧的机制。

再退一步而言,网络艺评人中,确已产生了专业水准和影响力皆佳的新秀。上海戏剧学院曾为两个网络剧评人举行了一次名为"E时代的戏剧批评"的研讨会,研讨的对象是两个微博账户名——"押沙龙1966"和"北小京看话剧"。虽然研讨会以这两位为对象,但这两位主人公却未现身。"押沙龙"请别人现场代读了自己的一篇文章,而"北小京"却没留下只言片语。虽然,我们连他们的真实姓名都不曾知晓,但相信读过这两个账号的艺评的人都不得不佩服他们独到的眼光和精彩的论述。上戏戏剧评论工作室主任丁罗男说,在上海每当有一出新戏上演的时候,大家都会去看"押沙龙"怎么说,在研讨会上请人代读的文章中,"押沙龙"说促使他写剧评的动机是"网络和平媒上充斥着戏剧圈内人的互相吹捧或是简单的故事简介和阵容介绍,让观众看不到真正的剧评,无法了解剧目的真实情况"[①]。这些,不正是前网络时代,一个杰出文艺

[①]《文艺批评,"批评"去哪儿了?》,《北京日报》2014年7月17日。

评论家所具有的社会影响力和品格操守吗？

与其说，网络的出现是对传统文艺评论格局的重新洗牌，倒不如说是一次深刻的拨乱反正，是对当下被权势、金钱、人情等绑架的某些文艺评论的一次解放。专业的文艺评论家应及时调整心态和语言，以全新的态度看待自己，看待新崛起的网络文艺评论大军，以及往昔抬头聆听自己宏论的芸芸大众。在这个"天地山河一网装"的新时代，那些空洞的政治说教、晦涩的概念堆砌、谄媚的广告软文、圆滑的陈词滥调，才是真正的"口水"，那些真正有学识、有胆识、有见识的人，方为真正的文艺评论家，即便他在公众面前只表现为一个"马甲"。

其二，对谁说：沉默的"听众"还是手持麦克风的"网民"？

任何言说都有预设的听众，即便是最私密的日记也不例外。文艺评论不是写给自己看的日记，而是以影响文艺创作或文艺消费为目的的写作。要实现这一目的，就得能说服人。说服力的影响因素很多，其中很重要的一条就是是否正确地假设并分析了听众（读者）。正如一位学者所说，"如果我们想要去说服人，那么我们就必须先了解其他人与我们有什么不同。……认为打动我们的东西也会打动其他人的想法可能会使我们失去听众。虽然我们可能会认为自己的论据如钢制的箭头一般锐利，但是它们在我们的听众面前却可能是无足轻重的毛毛雨。"①

曾几何时，由于媒体权力的关系，文艺评论的听众是"沉默"的大多数，他们只能单向地听批评家说话，即便心有异议，也只能"腹诽"或在家人朋友的范围内发发牢骚。少数有能力在大众媒体上发言的人，他们的文章从撰写到刊发，必须经历报刊、电视或广播等媒体的周期。也就是说，在前互联网时代，传受双方是不平等的，大众传播中的"反馈"是一个薄弱环节，要么缺失，要么"延迟"。而且，"延迟"的反馈依然不能及时、准确、全面地反映所有受众的意见。同时，由于所谓"沉默的螺旋"的存在，不随大流的批评之声，往往得不到充分表达，而不可避免地沉没在对方的"大嗓门"之中。在这种情况下，文艺评论

---

① [美] 加里·R. 卡比、[美] 杰弗里·R. 古德帕斯特著，韩广忠译：《思维——批判性和创造性思维的跨学科研究（第4版）》，北京：中国人民大学出版社，2010年，第289页。

第四章　互联网时代文艺评论之新变

家特别是头戴"权威"光环的批评家几乎可以不顾及听众的感受或仅以不耻下问的姿态浏览一下"读者来信"——实际上，他也确实没有渠道可以感知听众的感受——然后把自己的审美判断如滔滔江水般一泻千里，并在心中默默接受文艺爱好者的"崇拜之情"。

但互联网的迅猛发展，使类似于面对面人际交流的双向信息传播模式逐步变为现实，从而把"互动性"尖锐地摆在了批评家的面前。网络传播的互动性，使受众享有了前所未有的参与度，成为媒体的一部分。这种传播特点至少产生了两方面影响。第一，深刻改变了受众获取信息的方式，"受众中心"替代了"传播者中心"，受众的选择面空前扩大了，他们可以主动地从海量信息中找寻自己想要的内容，还可以根据个人偏好想选什么就选什么。第二，深刻改变了受众的反馈方式。美国学者巴隆曾提出了传播学中的"接近权"理论，意思是"大众即社会的每一个成员皆应有接近、利用媒介发表意见的自由"。在传统媒体时代，"接近权"在技术上只能是学者呼吁和向往的一种理想，但在互联网时代，却正在变成受众手中真切的可以行使的权力。①

　　当文艺评论家们面对的是随时可以和自己对话的网民时，他们的优势就不那么明显了。尤其是当网民们背靠网络强大的信息汇聚和提纯机制时，文艺评论家们单枪匹马的智慧有时甚至有些捉襟见肘了。有学者指出，"以草根网民身份出现的普通影视爱好者和影迷，在绝对数量上正在变成影视批评的主体，影视批评群体实现了从精英向平民草根的转换"。"由于自媒体、社交媒体成为发表评论的重要渠道，较之传统批评，互联网时代的批评具有高度的互动性和即时性，作者与读者之间的交流甚至交锋更加快速、直接。"②

　　在这样的情况下，思想前瞻的文艺评论家已经开始转变言说方式了。2014年11月5日，在苏州举行的"第七届当代中国文艺论坛"上，中国文艺评论家协会副主席尹鸿教授在演讲中举了一个亲身经历的例子。他曾在微博上对某部当时正在上映的电影作品发表了简短的评论，结果从未谋面的创作方主动打电话

---

① 参见匡文波《网络传播学概论》，北京：高等教育出版社，2009年，第120—130页。
② 詹庆生：《互联网时代的影视批评》，《文艺报》2014年8月20日。

与他进行了一个多小时的交流，后来，他们的交流发展为在《北京青年报》等平面媒体上的深度对话。这个例子充分说明了在互联网条件下，文艺评论要实现自身价值，就必须主动适应并运用新媒体，以手持麦克风的网民为预设的言说对象。这些穿着"马甲"的人并非群氓，在他们中间，文艺作品的创作者、生产者、营销者都有可能在潜水。

因此，面对网络和网民，以"伯乐"和"啄木鸟"为己任的文艺评论家们，"这儿就是罗德岛，就在这儿跳舞吧"。

其三，说什么：说明书还是判决书？

如前所述，在互联网的冲击下，文艺评论"谁在说""对谁说"的问题都有新解。那么，文艺评论"说什么"呢？这个问题同样值得重新思考。2014年，就有学者在评价当前文艺评论的状况时提出，"以电影为例，今年上半年全国电影票房排位前十名的只有一部在豆瓣评价上超过8分，评论家们对这些影片的态度，甚至还不如普通观众表现得那么坚定鲜明"。"挑战来自专业性危机。作为专业的评论工作者，不能像普通观众用极端的方式，用感觉式的完全个体化的方式去进行评论,那不是职业评论家,那只是一个普通的用户和消费者。"①为什么观众会对专业评论工作者形成挑战呢?除了随着经济社会发展,人们文化素养和审美能力普遍得到提高之外,依然是互联网作出了贡献。

互联网抹平了世界,也抹平了信息垄断带来的不平衡。以电影为例,以前需要进电影院看,后来可以通过录像带、VCD、DVD在任何地方看,现在直接从网络上就可以在线观看或下载,而且几乎所有的经典电影作品都可以从网上获得。电视剧、戏剧、舞蹈、音乐、曲艺也是如此。同样,书法、绘画作品原本藏于博物馆或收藏家手中,现在很多都可以通过互联网欣赏。文学作品就更不用说了,一本电子书足以把值得看的文学经典全部囊括。随着文艺作品资源无法被某些人或机构完全垄断,固然艺术天分还无法随心所欲地获得,但成为一个文艺评论者最需要的艺术感知力和鉴赏力积累则比以前便捷了许多,一个文艺爱好者"养成"或"炼成"一个文艺评论家的时间也就随

---

① 参见《当下文艺评论面临三个挑战》,《中国艺术报》2014年11月10日;《文艺评论者要勇于"尖锐地批评"》,http://jsnews.jschina.com.cn/system/2014/11/07/022491486.shtml。

第四章 互联网时代文艺评论之新变

之大大缩短了。

面对专业性挑战,专业的文艺评论家的应对之道其实只有一条,就是更加专业。文艺评论的类型可以分为两种基本类型,即"外部批评"和"内部批评"。文艺作为上层建筑,以社会生活为素材,并用艺术的形式反映之。虽然同受阳光普照,但社会生活并非哪里都是一派欣欣向荣,总还有些阴暗的角落。"外部批评"解决的主要是在丰富的社会生活中文艺应选取什么来表现的问题,以及它所给予的表现,反过来对社会生活本身起到什么作用?或者说,探讨文艺和它处身其中的社会大系统之间的关系。而"内部批评"解决的主要是用什么样的手法和技巧来表现的问题。当然,这种区分只是为了分析的方便而立的模型,就像现实生活中永远不可能找到一个完全符合"圆"的定义的"圆"一样,"外部批评"和"内部批评"作为文艺评论的两种类型,在现实生活中也不是纯而又纯的,而是互有交叉和重叠的。

"外部批评"所关注的那些问题,看起来有些迂阔,实际上是任何一个社会都需要的。更何况,中国社会处于大转型之中,社会关系深刻变化、社会结构深刻调整、思想意识多元多样、社会共识亟待凝聚。文艺应在社会发展的大关节上发挥作用，也就需要批评家在大是非上给予引导。但，徒善不足以自行。审美和道德、政治毕竟是两回事，是非之别不能取代美丑之分。并不是只要写了一个好人，作品就自然而然地能给人以美的享受。在互联网条件下，尤其如此。很多主旋律作品在现实中遭到冷落、在网上被人嘲讽，艺术技巧的欠缺是重要原因。当然，我这里所说的艺术技巧包括艺术创作、生产和传播等各方面的技巧。面对这种情况，那些仅会哀叹"世道人心"沦丧的文艺评论家其实是真正的懒汉，他们惯于用意识形态化的语言为文艺作品下一纸判决，却不愿意认真分析作品本身的艺术技巧，为广大的欣赏者提供一份说明书。①

　　文艺作品具有教育意义，但人们欣赏文艺，却不仅仅是为了接受教育。朱光潜先生在《谈美书简》中明确提出，不能否定文艺（包括戏剧）的消遣作用。②

---

① 关于这个问题更详尽的论述，可参见笔者的评论集《真话与道理》（杭州出版社，2021年）。
② 朱光潜：《谈美书简》，北京：中华书局，2014年，第120页。

第四章　互联网时代文艺评论之新变

人们欣赏文艺，是为了愉悦自我的身心，让生活增加美感。但欣赏美是需要一定的能力的，越是精致的艺术，越是如此。马克思说过，对于不懂音乐的耳朵，最美的音乐也没有意义。耳朵是天生的，人人都有；欣赏音乐的耳朵却需要培养，文艺评论家就负有这样的职责。作为一个文艺评论工作者，有义务用自己的笔，把艺术作品里的美展示出来，让欣赏者看得更清楚。从某种意义上说，这是批评家的职业道德所在。这就好比旅游，走在西湖边的堤岸上，如果没有人和你讲这是苏堤、那是白堤以及它们的由来，旅行的收获就会少很多。而这些，就不是仅靠外部批评所能实现的了。

尤其是当下，网络上的文艺评论鱼龙混杂、泥沙俱下，甚至已经对大众普遍的审美趋向产生了影响。文艺评论家们尤其不能祭起说教的法宝，希望画地为牢，用几条戒律限制大众的艺术选择，而潜下心来，置身文艺创作前沿，深入作品文本内部，用人们愿意读的文风和语言，把文艺之美详尽地展示出来，做一位人们畅游艺术殿堂时的贴心导游。纵观历史，没有哪一种文体与媒介的关系比文艺评论更密切。同样，也没有哪一种媒介比互联网对文艺的影响更深刻。作为一种现在进行时的书写，文艺评论天然地具有当下性。互联网的崛起又强化着评论的这一特性。一方面，文艺领域不断扩充，新的文艺形态、样态、业态层出不穷，移居网上的文艺与因网而生的文艺，错居杂处，使评论的对象在数量和特质上都发生了前所未有的变化。另一方面，互联网从一种新技术逐渐变成一种新话语，衍生出丰富多样、新奇多变的语言和语法，从深层次影响和改变着文艺评论的语态。此外，互联网对文艺生产创作、传播消费的全链条全方位改造，强化了文艺的媒介属性，推动文艺与资本的融合，从而改变着评论的整体生态。如何正确看待异军突起的网络文艺评论，如何有效引导这股新生力量，如何在文艺事业全局中为网络文艺评论定位，是这些年文艺界特别是文艺理论评论界普遍关心的问题，也是事关文艺评论行业长远发展和文艺事业全局的基础性问题。

　　作为一种新兴的评论样态，网络文艺评论与传统意义上的文艺评论存在较大差别。比如，网络文艺评论占据线上优势，反应更加迅速，形式更加多样，主体更加多元，文风更加活泼，内容也更加芜杂。这是

第四章　互联网时代文艺评论之新变

互联网特性影响文艺评论的必然结果，也是文艺评论适应网络时代的自主变革。在可预见的将来，互联网对社会的影响将更加深刻，覆盖的社会领域、行业和人群将更加广泛，互联网技术与知识生产传播、审美体验积淀的融合渗透将更加深入，网络评论场域的重要性必将进一步凸显。作为"增量"的线上评论，也将持续推动、倒逼线下评论"存量"的变革。但是，线上与线下评论之间不是线性取代关系，也不是互相隔绝的两个世界，线下评论的专业、严谨、深入以及由此而来的长期优势，是线上评论长足发展不可或缺的借鉴资源。二者正是在相辅相成中推动文艺评论的新版图趋于完善。不能孤立、片面地看待线上评论，更不能把线上评论与线下评论分割开来、对立起来，而应着眼于推动新时代文艺繁荣发展，探索把握线上评论的特征和规律，积极运用线上线下两种评论手段，努力发挥线上评论与线下评论的两种积极性，打好评论组合拳，形成引导大合力。

迎接这场互联网带来的变革，文艺评论需要自我调整和改变的方面很多，其中，夯实理论支撑十分重要而急迫。应该说，当前文艺理论迭代创新的步伐及

211

成果，远远落后于文艺创作生产。而作为评论的基础和支撑，理论不但给予评论标准和坐标，而且给评论提供概念、范畴。因为缺乏趁手的理论"兵刃"，使文艺评论进入新媒体场域时，常有左支右绌、捉襟见肘、隔靴搔痒之感。因此，网络文艺领域最新的现象、样态，无法得到及时、有效的剖析。比如，网络游戏规模之大、社会影响之深，在文娱领域首屈一指，但游戏评论微乎其微，权威的游戏评论更付之阙如；① 有的文艺评论满足于以网言网语、俚俗表达自我装扮，追梗卖萌，哗众取宠，落入"标题党""网八股"之窠臼；有的文艺评论缺乏对网络世界运行规则的洞悉，不识艺术真面目，只缘身在算法中，陷入"算法"织就的"审美茧房"……凡此种种，都与新媒体时代文艺评论的理论建设滞后有重要关系。

---

① 有的文艺评论明明是针对网络文艺作品或现象而发，但事实上却恰恰对"网络性"这一最硬核的属性避而不谈或点到即止；有的文艺评论简单地使用网络热词，自觉不自觉地把"流量"等同于"口碑"，把"大众"混淆于"粉丝"，似乎点击率高就是群众喜闻乐见，吸粉多就代表人民拥护，迷失于数据之诺诺，忘记了评论应有之谔谔；有的文艺评论过度重视"网感"，将其作为评价作品主要甚至唯一的标准，以文艺产品传播、接受的逻辑代替创作、评价的逻辑；胡一峰：《网络文艺评论重"网感"更要重"美感"》，《人民日报》2018年4月2日。

第四章 互联网时代文艺评论之新变

因此，构建网络时代文艺评论的新文风、新标准、新语汇，最基础的在于推动理论创新创造，这样才能为文艺评论保持独立品格、客观理性思考奠定基础。而这种新媒体时代的文艺新理论，当然可以也应该借用文学、艺术学、传播学等相关学科的现有范畴、概念和术语，并在改造中赋予新的内涵，毕竟，旧瓶装新酒，从来都是理论前进的重要途径。但是，从根本上说，新理论的形成必须也必然以网络文艺催生和积累的艺术经验为基础。在当下的网络生活中，"新词"不断涌现。如果从评论的角度细加品味，我们会发现，新词背后透露的正是新媒体时代审美多样化、差别细腻化的现状。

比如，"流量"指标的运用，丰富了评论标准的维度，让以往"沉默的大多数"的态度具有了评论的意义，这当然有助于更接地气、更全面客观地评价文艺作品和现象。但是，过分夸大"流量"的价值，以"流量"作为衡量文艺作品、现象的主要甚至唯一指标，把文艺的价值等同于"流量"变现，乃至以"流量"诉求取消美学追求、以"流量"思维取代艺术规律，就会扭曲文艺评价的标准，助长跟风炒作的风气，损害艺术的健康发展。因此，必须客观理性看待"流量"。一方面，评论者不能对"流量"视而不见、以一己之好抹杀"流量"的价值，而应该科学分析"流量"与"口碑"的内在联系，充分理解"流量"的美学价值，发掘其中蕴含的审美的时代特征，洞悉社会审美偏好的变化，在社会群体的意义上尊重和把握艺术趣味的多样性。另一方面，绝不能把"流量"作为评价文艺现象和作品的唯一指标，而应将其纳入文艺评价的标准体系综合考察、统筹使用，同时深刻认识"流量"的产生机制，对人为制造的、虚假的"流量"保持高度警惕，尽最大可能挤出"流量"里的水分，不因盲从假流量而忽略了真艺术，更不能在"流量"的迷思中放弃对真善美的永恒追寻。

再如，"金手指""玛丽苏""坑""梗""萌"等网络词汇，引入评论，能帮助我们更加精准地描绘和分析新媒体时代的文艺现象，当然这些词汇或概念都需要加以提纯、厘定，并沉淀为评论者新的理论共识。

更重要的，则是积极探寻新媒体条件下社会生活的变化在文艺领域的反映及其成果。而其中的重心便是网络时代创作主体观念、情感和心态的新变化。传统的文艺评论讲求"知人论世""以意逆志",互联网的蓬勃发展,改变的正是作为创作生态的"世",与创作主体之"志",因而也要求从新媒体时代文艺创作的基础源头入手,分析并掌握其基本逻辑,有理有据地作出评判和阐释。

第二节 网络文艺评论概念辨析：以"爽感"为例

2020年6月16日,《隐秘的角落》在爱奇艺首播,很快掀起观剧热潮,口碑一路上扬,豆瓣评分一度攀升至9.2,后有所回落,而且,在54万多评价者中,有超过53%的打了五星,五星和四星合计超过90%,实属不易。①宽泛地看,《隐秘的角落》可归入罪案刑侦、惊悚悬疑题材②,但其意义超越了题材本身。

---

① 《隐秘的角落》(豆瓣), https://movie.douban.com/subject/33404425/, 本文用的是写作时(2020年7月4日)的豆瓣数据。

② 网络剧被认为是一种以互联网作为传播媒介、以网络用户为主要受众、禀赋互联网艺术思维的视听叙事艺术形式。2014年被称为"网络剧元年",发展至今形成了五种比较突出的题材类型,即奇幻、科幻、玄幻、魔幻题材,古装宫廷历史题材,青春校园题材,罪案刑侦、惊悚悬疑题材,都市生活题材。参见中国文联网络文艺传播中心编《中国网络文艺发展研究报告(2018—2019)》,北京:社会科学文献出版社,2019年,第66—78页。

在这几年不乏佳作的网络剧中,《隐秘的角落》也可算颇有代表性的一部。分析这部作品,探讨其成功的原因,可为该题材乃至网络剧精品生产提供借鉴。目前,网上关于该剧的评论和讨论仍在继续,绝大部分持肯定态度,认可其社会派悬疑推理的类型特色、有质感的画面、重视细节、精彩的演技,以及对人性的揭示等。① 笔者认为,除此之外,对原著"爽感"叙事模式的改造和超越,是该剧成功更关键的因素。

正如有学者指出的,作为中国网络小说界原创的一个新鲜概念,"爽感"已成为衡量网络文学的重要标尺。② 2015年,腾讯编辑部高级总监、创世中文网总编杨晨直言,"网文三大核心元素"是YY、代入感和

---

① 戴清:《〈隐秘的角落〉里,那些不为人知的社会悲剧》,2020年7月1日,"新周刊"公众号(https://mp.weixin.qq.com/s/fRyFWoopCZmMojv-DxneIIA);李宁:《〈隐秘的角落〉里,"朝阳"正在"东升":少年与恶的距离》,2020年6月22日,"北青艺评"公众号(https://mp.weixin.qq.com/s/4qGHpa8cBV4hAoPpGPkTdA);薛静:《〈隐秘的角落〉:不必看懂的悬疑与中产趣味的突围》,2020年7月1日,"澎湃新闻"客户端(https://m.thepaper.cn/newsDetail_forward_8054840?from=timeline)。

② 曾子涵:《论网络文学"爽感"特征的生成机制———以猫腻的作品为例》,《广西师范学院学报(哲学社会科学版)》2018年第6期,第59—60页。

第四章 互联网时代文艺评论之新变

金手指。所谓"YY",就是要给读者"爽感"。①可以说,在受众期待和产业诉求的交织作用下,网络小说把"爽感"作为核心特征,甚至成了"爽感"生成器,并形成了打怪升级等"爽感"生产技巧和手法。②由"爽感"这个概念,衍生出了"爽文""爽剧"等。而"爽剧"的前身就是"爽文"。《延禧攻略》被普遍认为是"爽剧"的代表性作品。曾担任盛大文学CEO的侯小强认为,"爽剧"就是从故事模型、结构、剧情上触发观众的爽点,调动内心的酣畅情绪。③罪案刑侦、惊悚悬疑题材内在地蕴藏着比较明显的善恶两极对立,也让暴力、血腥场面以及人性中的"恶"具有了某种出场的合法性。而案件侦破过程中必备的悬疑、推理等因素,又有助于营造充满紧张感的叙事节奏。正如影视制片人马珂所言,犯罪题材剧叙事节奏的快速推进与反转,以及"现世报"快感,都让观众感到"过

---

① 郑琳:《好的网络小说要给读者爽感》,《钱江晚报》2015年1月30日第a0019版。
② 黎杨全、李璐:《网络小说的快感生产:"爽点""代入感"与文学的新变》,《海南大学学报〈人文社会科学版〉》2016年第3期,第81页。
③ 何佳子:《"爽剧"进行时》,《中国广播影视》2018年第20期,第37页。

瘾"。[1]这些也成为该题材小说创造"爽感"的独家秘方。

　　《隐秘的角落》的原著《坏小孩》(作者紫金陈)[2]是一部网络小说。展现朱朝阳阴暗的内心,构成了小说"爽感"叙事的主线,而他突出的数学天赋以及这种天赋所暗示的逻辑能力,则承担了"金手指"的角色。《隐秘的角落》虽以《坏小孩》的故事为基本框架,也让观众大呼其"爽",却通过人物和情节的改造,超越了网络小说的"爽感"叙事模式,展现出更具质感的现实气息。有的豆瓣网友说"小说像网文,网剧更高级",确为一语中的。

　　何为"爽感"？简单地说是"过瘾"。有学者把网络小说的"爽感"区分为占有感、畅快感、优越感与成就感等。[3]从本质上看,"爽感"是意志的完全实现,并以此为一切手段的合法性依据。换言之,"爽感"叙事模式下主人公的意志不需要接受任何准则的评判,

---

[1] 何佳子:《"爽剧"进行时》,《中国广播影视》2018年第20期,第38页。
[2] 本文所引小说情节和对话均来自微信读书APP上的小说《坏小孩》;剧集情节和对话均来自爱奇艺平台播出的网络剧《隐秘的角落》。
[3] 黎杨全、李璐:《网络小说的快感生产:"爽点""代入感"与文学的新变》,《海南大学学报(人文社会科学版)》2016年第3期,第81—82页。

不受客观条件的限制,一切外在于意志的障碍只不过是意志实现过程中增加升级乐趣的手段,在这个过程中,任何人或事物又都必须依赖于这一意志的实现才具有价值。故事情节不仅是主人公意志的展开,还表现为以意志的完全实现为结果的一种目的论叙述。在不同题材的要求下,"爽感"叙事里的主人公或救国救民、复仇雪耻,或上位夺权、情场杀伐,但都以个体意志的完全实现为旨归。非如此,"爽感"无法产生。一旦实现过程借助或伴随着某种极端的方式,"爽感"还会加倍产生,人设、情节乃至于场景都以此为中心展开。有的研究者这样描述网络文学写作,"主人公所向披靡,对手也一个比一个高强,死了一个强的,再来一个更强的,人间之外还有天界,天界之外还有其他界,不断推下去,直到作者才思枯竭,或者读者审美疲劳为止。"[1] 这形象地描述了网络小说对意志完全实现这一"爽感"本质的书写。《坏小孩》的整个故事就是朱朝阳意志的完全实现过程,具体表现为一次精心策划、周密部署的谋杀,或者说以"弑父"为形式的

---

[1] 蒋述卓等:《流行文艺与主流价值观关系研究》(下卷),广州:暨南大学出版社,2018年,第10—11页。

复仇。小说紧紧围绕谋杀的缘起、过程和完成而展开，暗黑的人性、极端的性格、巧合的情节，皆为此服务。

然而，带来"爽感"的意志完全实现只存在于虚拟想象之中，现实生活从来都是多种意志妥协的结果，没有哪个意志能够完全伸张，这正是真实的生活总有让人不"爽"之处的原因，也是人们需要文艺的原因。不过，优秀的文艺作品，总是善于描写多种意志的冲突、谈判和协调，并以此来展现人性，进而塑造复杂、丰满的人物形象。《隐秘的角落》也正是从这里入手，完成了对"爽感"叙事模式的改造和超越。

其一，人物的去符号化

如果《坏小孩》中的朱朝阳，面对《隐秘的角落》里的朱朝阳，两人或许都会觉得对方似曾相识，却又不敢贸然相认，因为剧集对朱朝阳的"人设"作了意味深长的改变，使之几乎成了另一个人。小说中的朱朝阳不但亲手把妹妹朱晶晶推落楼下致死，而且杀死了父亲朱永平，如果说"杀妹"是一时冲动，"弑父"却是精心策划。动了弑父之念后，在丁浩和夏岳普的劝说下，朱朝阳也有过动摇和犹豫，但当他发现朱永平追问他是否是杀死朱晶晶的凶手并暗中录音后，就下定决心"让我爸和婊子都消失吧"。值得注意的是，网络剧以暗示的方式表明当日在少年宫中朱朝阳对失足摔出窗外的朱晶晶见死不救，小说中朱朝阳却是"一声大吼，'去死吧！'"，然后"愤然用尽全力，一把将朱晶晶推翻出去"。这一差异极为重要。因为在小说的情境下，朱晶晶确实死于朱朝阳之手，那么，当他遭到朱永平设计追问而起杀心时，除了因父亲不信任而伤心的因素，恐怕也有为掩盖杀妹罪行不惜弑父灭口的考虑。更何况，朱朝阳"弑父"之后，故意到公墓把尸体暴露出来，以确保自己能继承父亲的大部分遗产。这一场构思精巧的谋杀，以逐渐加码的方式，"完美"地诠释了朱朝阳内心的"阴暗"，同时也以符合"爽感"叙事逻辑的方式，"完美"地展现了朱朝阳意志实现的过程。经过网络剧修改后的"朱朝阳"变得更复杂了。在朱晶晶之死中，他的角色从"凶手"变为"见死不救者"；而对朱永平的死，他即便负有一定责任，也只是朱永平被张东升刺伤后，没有及时求救。如果我们把朱朝阳阴暗的人性比作一次天黑，那么，小说更多地描写了夜色之深重，而剧集则展示了天慢慢变黑的过程。

与《坏小孩》给朱朝阳"人设"贴上"阴暗"的标签一样，小说中的朱永平是一个粗俗的商人形象，同时也是"渣男"的代名词。为了向新妇王瑶及女儿朱晶晶示好，他不惜让朱朝阳喊他"叔叔"，全然不顾这对亲生儿子造成多大的心理伤害。《隐秘的角落》里的朱永平多了一些无奈和温情。特别是他教朱朝阳游泳，回到旧家忆起当年在门框上刻下儿子逐年增长的身高，以及帮前妻周春红疏通下水道，都让这个中年离异男的形象变得丰满。张颂文出色的表演更让这个原著中模糊的形象生动地站立起来，给人留下了深刻印象。

周春红和王瑶也是如此。在小说中，二人是纯粹的仇家，而且作为"骄横"和"苦情"两个符号，几乎沦为推动朱朝阳暗黑封王之路的功能性角色。网络剧对此作了极大改编，最明显的是给两人身边各增加了一个角色。王瑶多了个弟弟王立，这个一望而知是黑社会混混的人物，一出场就起到了激化矛盾的作用。在迎接他回家时，朱永平有些尴尬又有些谄媚地说，有了这个小舅子，没有人敢来向他"收债"（即保护费）了。后来，王立绑走朱朝阳时，朱永平歇斯底

第四章 互联网时代文艺评论之新变

里地对王瑶说，要是朝阳有三长两短，就要王立去死。这种对王立既害怕又讨厌的情感，让朱永平以及王瑶的人物前史变得丰厚，似乎暗示观众，朱永平与王瑶的结合或许不仅是喜新厌旧、小三上位这么简单，可能还有生意场上不得已的"苦衷"，从而让人对朱永平的人生多了一点理解。而王瑶和王立这对姐弟，一个混社会，一个做小三，最后双双殒命，又为思考剧中时时点题的原生家庭问题，增多了一种维度。

周春红的身边多了小说中没有的马主任。这是她的领导，但也是个离异的男人，又折射出一个破碎的家庭。周、马虽有上下级关系，但都是单身，谈恋爱本无可厚非，两人的戏虽不多，但王瑶找到周春红工作的景区闹事时，马主任主动为她打掩护，以及两人幽会时穿脱丝袜等耐人寻味的细节，都透露出两人对这段感情一度是比较满意的。然而，周春红却一直让两人的关系处于地下。最后，为了表明自己与朱晶晶之死无关，周春红不惜在大喇叭里把与马主任开房之事公之于众，不料却被朱朝阳听见。后来，周春红与马主任断绝了来往。值得注意的是，这不但显露出周是个内心强硬、有控制欲的人，而且构造了周春红和朱朝阳母子关系的转折点，从此之后，二人的互相猜疑以及控制与反控制的程度变得激烈，直接影响到叙事的走向和节奏感。在"爽感"叙事模式下，王立、马主任这样的人物及其相关情节可能都显得多余，但剧集的改编处理，超越了"爽感"的支配，使原著中有些符号化了的王瑶、周春红等人物，变得立体而耐人寻味。

类似例子还有许多。比如，小说中的"严良"是数学系博导，也曾是警察，但其存在却如画外音一般，在第2章亮相后，到小说结局才实力出场，完成揭开真相的任务。在剧集中，小说中的"丁浩"成了"严良"，创作者"严冠丁戴"的目的，可能是为隐喻这个人物像博导严良那样，承担真相讲述者的角色，而且以正直、善良的内心给故事带来光明。剧集结尾时的灵魂叙事，正说明了这一点。而剧集中的老警察陈冠生，职业虽和小说中的"严良"相似，功能却和剧集中的"严良"一样，也是在暗黑的人性丛林中执拗地捍卫正义和光明的一丝火光。

其二，剧情结构重心的调整

诚如有评论所言，《隐秘的角落》是对原著的"粉碎性改编"。剧集主创把小说还原为碎片元素后，重新加以组织和呈现。①从结构的角度看，最重要的改编是叙事重心的调整，《坏小孩》的叙事重心是朱朝阳，整个故事围绕朱朝阳杀妹、"弑父"展开，基本线索是朱朝阳内心"恶之花"的盛开；丁浩、普普承担了朱朝阳恶念的"诱发器"，而张东升则充当了其恶行的"护法"，这显然符合"爽感"叙事的法则。孩子犯罪具有一种欲扬先抑的反差感，而且更令人感到惊悚，换言之，小恶人比大恶人更能制造强刺激。在剧集中，重心转移到张东升身上，从开始时张东升杀害岳父母，到结束时他杀死朱永平、严良，以及普普因他而死②，张东升一直是创作者为观众设定的焦点；朱朝阳则成了与张东升互为参照的人物。这样的修改使朱朝阳之"恶"从主动变为了从动。

张东升这个人物在剧集中地位的变化，使饰演者秦昊的演技得到了释放的足够空间，《隐秘的角落》之所以广泛地调动起观众的感情，正是在于张东升这个

---

① 李睿：《三流小说如何改成爆款剧》，《齐鲁晚报》2020年7月1日第A13版。

② 由于《隐秘的角落》的开放式结尾，制造了所谓童话与现实两种版本，严良、普普是死去还是存活，网上有许多讨论，本文取二人已死之说。

角色及其表演所具有的表现力，视觉化了人性中的恶与善，这为全剧的品质立下了汗马功劳。而且，重心的调整使悬在观众的观剧期待，从朱朝阳下一个要杀谁、如何杀，转移到这个孩子是否会变成另一个张东升。于是，全剧的内在节奏从意志的张扬转到了人性的挣扎。当朱朝阳人性中的"恶"在父亲的不信任、母亲控制的加深，以及王立的出现等因素的积累下渐渐升腾，张东升心中的"善"却在与三个孩子的交往中慢慢苏醒。在水厂工厂，张东升刺死王立，是一个重要的转折，张东升客观上救了朱朝阳，朱朝阳则为张东升偷了冷库的钥匙；严良和普普因为台风没能离开，住进张东升家，发现他因为借高利贷被逼债，开始体谅张东升，与此同时，张东升也被孩子心中的纯真所感化，希望一切可以重来，回到正常的生活。这时，他们像一群走到悬崖边缘的人，似乎马上就能转身安全回归。然而，朱朝阳和严良在厕所谈论复制卡的事被张东升听见，由此引发的一系列变化，最终把他们带下了悬崖。

　　由于剧集最后部分叙事充满了隐喻和晦涩，有观众从蛛丝马迹中加以解读，认为从这里开始，便进入

第四章　互联网时代文艺评论之新变

了朱朝阳除掉包括张东升、严良和普普在内的所有相关人、结束这个诡谲血腥的暑假的设计；然而，如果把厕所谈话视为巧合，由于故事的重心便始终在张东升的身上，当他经过一番努力，生活仍然无法如其所愿时，开展一系列疯狂报复，也是顺理成章的。事实上，前者恰符合原著的"爽感"叙事逻辑，而后者更体现出剧集的艺术表现力。正如电影批评家钟惦棐先生曾以电影《城南旧事》为例，指出"银幕上不存在'必然的'同情，也不存在'必然的'憎恨。银幕是一个独立的世界，所以银幕效果，是感情积累的总和，而不是导演或演员的主观意图所能奏效的"。① 即便按照所谓"现实"而非"童话"的结局解释，三个小孩"恶意"的再一次暴露也确为压塌张东升人性底线的最后一根稻草。

其三，情节的去粗粝化

比较《隐秘的角落》和《坏小孩》，与人物的重塑和重心的调整同时发生的，还有场景的改写。如果说，小说像一个流传在小城百姓口头的惊悚故事，剧集更

---

① 钟惦棐：《钟惦棐文集》（下），北京：华夏出版社，1994年，第520页。

像一则经过锤炼的文人笔记小说。《隐秘的角落》的故事设定在海滨小城的夏日发生，阳光浸润过的空气十分明亮，市井的慵懒生活也给人以质朴和舒缓之感。经济的发展让人们初步摆脱了贫困，但有钱人的财富积累还没有分化出固化的阶层区隔，小老板的休闲生活以打牌为主，孩子们在少年宫补习奥数，入赘给男子带来的压抑则隐喻着传统观念还在顽固地发生影响。正是在这个充满生活气息、似乎永远不会发生故事的底层世界里，当朱朝阳的暗黑之念图穷匕见，故事显得更扣人心弦。这一切是《隐秘的角落》的视觉呈现给人的感受。

相比而言，小说《坏小孩》对情节描写原始而粗粝。最明显的大概是朱朝阳以"大婊子""小婊子"称呼王瑶和朱晶晶，这充满了底层气息，民间"有仇"的双方确实喜欢把对方"污名化"。剧集里的语言变得文雅，在双方尚能和平相处时，朱朝阳称王瑶为"阿姨"，称朱晶晶为"妹妹"。这应该与网络视听的审查要求有关，但饰演朱朝阳的小演员较好地表现出"言为心声"的特点，以称呼的改变以及低头的神情、躲闪的眼神和诺诺的语调，折射出这个角色内心懦弱的

第四章　互联网时代文艺评论之新变

一面,而在底层的生活经验里,一个孩子"乖"、善良或懦弱又有多大区别呢?这和"人设"的改变形成呼应,丰富了朱朝阳的性格层次,并赋予了其在小说中缺失或被压缩了的成长性。再如,小说中描写王瑶找到朱朝阳、周春红母子寻仇的场面,以及王瑶指使人向母子二人泼大粪,活脱是底层民间斗殴的速写,剧集里的这一场戏也给人深刻印象,尤其是周春红与王瑶之间从说理争吵到爆发肢体冲突的过程,让人看到的却是走在绝望和压抑边缘的两个女人忍无可忍的情绪爆发。这些不同,并非仅是由于视觉和文字的载体差异,更是叙事和情节丰富的结果。

《坏小孩》的作者紫金陈接受采访时说,小说灰暗色调,剧集对"人设"的改动,以及新人物新情节的增加,注入了温情。[①]确如其言,《隐秘的角落》经过个体重塑和群体再造,给每个人物都注入了新的内涵。他们每个人都背负着生活的重担,个个心里都有隐秘的角落,谁要敢贸然冲撞,就要付出沉重的代价。他

[①] 李俐:《紫金陈:朱朝阳的原型就是我,没想到〈隐秘的角落〉这么火》,2020年7月1日,"艺绽"公众号(https://mp.weixin.qq.com/s/6c4qUmAbP6I9uL3NY1TUfw)。

们不再是"爽感"制造流水线的员工，也不再为了完成既定的主题而直线狂奔；而是变成了一张复杂的人际关系网上的大小绳结，你牵着我，我连着你，牵一发而动全身。自从严良和普普突然"降临"这座小城，敲开朱朝阳家的门，平静的生活被打破，或者说貌似平静的生活下潜藏的狰狞显露出来，这张网无法停息地颤动起来。

人性是天下最复杂的东西，也正因为如此，文艺才有了不竭的题材。创作者为了突出主题或叙事的需要，当然可以格外显露人性的某一面相，但这样做时必须同时明示或暗示观者，他的眼前是多棱体的一个面，而不是一块平板玻璃。在"爽感"叙事模式下，人物经常是脸谱化的，人性成为依照主题建构起来的奇观。一旦把人物从"爽感"叙事中解放出来，重置回现实的社会之中，人性奇观就相应地弱化乃至消散了。就像《隐秘的角落》里的周春红，生活被王瑶定义，而王瑶的生活又有一部分掌握在周春红手中，主要人物互相构成了别人的世界，而在这个属于作品的世界中，所有人是一个整体。即便有的人物在一些场景中没有出场，我们也能感受到他的气息。于是，冲突的发生、情绪的变化更加自然，网络文学追求的强刺激和持续紧张感被弱化，情节以细腻的方式铺陈、流动，让人在张弛之间获得愉悦。

其四，意义的衍生与确认

"爽感"及相关概念诞生以来，一直处于毁誉参半的地位。抛开对网络文艺的偏见不谈，不少批评家都客观地指出过"爽感"对创作的伤害。比如，杨俊蕾、戴清在《延禧攻略》《如懿传》的批评中提出这两部作品都存在单纯追求爽感体验的问题；[1] 也有人认为，这是审美"降级"。付李琢对《我是余欢水》的批评更直指该剧在现实题材叙事中植入了网文的"爽感"，指向漂浮的白日梦，抽空了现实的所指。[2]

确实，"爽感"是网络文艺的标志是一回事，是否应成为其核心要素和评价尺度又是另一回事。如周志强所言，网络文学的写作伦理，不是换个评价体系就

---

[1] 参见戴清《从"权谋"到"宫斗"的畸变——对历史剧的类型演变、内涵缺陷及审美变异的反思》，《中国电视》2019 年第 6 期；杨俊蕾《类型化的宫斗剧，降低了怎样的人格底线——从古装剧〈延禧攻略〉〈如懿传〉热播说开去》，《文汇报》2018 年 8 月 29 日，第 10 版。

[2] 付李琢：《网文"爽感"对现实题材叙事的一次植入》，《文汇报》2020 年 4 月 22 日。

能解决的。① 究竟什么是好的网络文艺，终究要通过创作实践及对作品的分析来回答。近年来网络剧创作呈现出新的气象，"在现实主义转向中积极关注、介入火热的时代生活，并把艺术地反映时代生活变革和社会现实发展作为自己的美学追求"。② "爽感"的超越是这一趋势的内容之一。这几年创作者对"爽感"的看法也在发生改变。《天衣无缝》的导演李路接受采访时，明确把自己的作品与"爽感"加以区分，认为"它是一部有'阅读感'的谍战剧，不是一枪爆头的爽剧，没有一上来就要把你摁下来强行看完的霸道感。它不是快餐，而是清明上河图式的群像大餐"③。改编自同名小说电视剧《九州缥缈录》的创作者更坦言，不要求男主角承担"爽感"，而是把重点放在了发掘作品中的情怀和理想主义上。④ 从最近的罪案刑侦、惊悚悬疑题

---

① 周志强：《爽生活与反现实》，《中国图书评论》2016年第12期，第1页。
② 中国文联网络文艺传播中心编：《中国网络文艺发展研究报告（2018—2019）》，北京：社会科学文献出版社，2019年，第78页。
③ 蔡丽怡：《〈天衣无缝〉不是快餐式的爽剧，而是一部有'阅读感'的谍战剧"》，《南方都市报》2019年1月18日第GB02版。
④ 刘玮：《〈九州缥缈录〉不要求刘昊然承担"爽感"》，《新京报》2019年7月17日。

材网络剧来看,《三叉戟》受好评的重要原因也是在真实的现实中刻画人物。①换言之,得益于以"生活感"对"爽感"的改造和超越。

值得一提的是,《隐秘的角落》在超越"爽感"之后,找到了新的符合网络时代的愉悦生长点,也就具有了新的意义生成空间。《隐秘的角落》悬疑感并不强,而《坏小孩》中老警察严良对朱朝阳日记的分析在剧集中又被删去,"反转"技法也变得无法运用。正如有的评论所说,该剧不但开篇就介绍了凶手,作案手法也清晰明了。吸引观众的关键,不再是"凶手是谁"或者"手法如何",而成了"下个谁死"。②但是,这部剧开辟了意义的剧外衍生与确认的模式。综观该剧掀起的观看和讨论热潮,人们对剧情的"解读"热情远远高于评析。这正是互联网时代用户生产特性的体现。作为"网络时代突出的内容生产方式",用户生产好似一个"开放的集市","组织方负责搭建基础设

---

① 李雅琪:《电视剧〈三叉戟〉:中国式硬汉形象的一次重塑》,《中国艺术报》2020年6月24日第2版。
② 薛静:《〈隐秘的角落〉:不必看懂的悬疑与中产趣味的突围》,2020年7月1日,"澎湃新闻"客户端(https://m.thepaper.cn/newsDetail_forward_8054840?from=timeline)。

施、制定生态规则,真正的主体是在集市中'闲逛'或'入驻'的用户。用户在集市里进行生产、展示、消费、评论等各种活动,并与其他用户进行丰富的人际互动"。[1]《隐秘的角落》看似以12集的篇幅讲述了整个故事,但更是提供了一个未完成的文本,并以各种有意无意的暗示或隐喻,为文本设置了多个开放入口,邀请观众一起来完成这次文艺创作,或说把观剧行为变成一次剧外狂欢。人们乐此不疲地"挖掘"剧中隐藏的内容,从剧中人的一句台词、一个眼神,乃至于剧中的一件道具入手,重新拆解和组装剧情。这部剧仿若池塘的水面,每一个参与讨论的人,都如向池塘投掷石子。不论是在公众号或论坛写一个帖子,还是在视频网站剪辑或拍摄一段短视频,也不管是对剧情的解读,还是对演员的吐槽,甚至只是寥寥数字的评论,好比石子击碎水面,激起一圈圈或大或小的涟漪,并终在互相冲撞中汇成波光粼粼的一片。我们的目光都被这炫目的波光所吸引,水面本身反而隐退于后了。而这正是该剧在意义延伸和确认中自我赋能

---

[1] 秦兰珺:《用户生产内容——激发文化创造活力》,《人民日报》2020年6月26日第8版。

的表现。

这部作品也因此溢出了刑侦罪案、惊悚悬疑的题材类型，原生家庭、校园欺凌、青春躁动、教育问题等各种内置元素，都因用户的进入和解读，演变为多线索欣赏的起点。比如，朱朝阳刚穿上新鞋就被朱晶晶踩脏了，虽为晶晶无意之举，但在朝阳心中不啻于抢走父爱的示威，他脸上的表情有伤心愤怒，又有无法言表的沮丧。再如，朱朝阳在周春红的逼视下，喝下了他并不想喝的牛奶。这些场景，都让人想起2018年广受好评的青春片《狗十三》里的李玩。朱永平在前妻和新妇之间的丧气和绝望，又仿佛《狗十三》的结尾，李父忽然掩面哭泣的样子。这是一种情感的相似性，说明作品触及了生活最本质的意义。

20世纪50年代初，钟惦棐先生就指出，"艺术所显示的生活，不应该只是生活的场景，而更重要的是生活的意义。艺术家的职责，就在于要在那些常见的和不常见的事物中，显示出生活中最本质的意义。"[①] 当然，那个时代网络剧还没诞生，但艺术的道理是相通

---

① 钟惦棐：《钟惦棐文集》（上），北京：华夏出版社，1994年，第165页。

的。人性的变化有多么缓慢，艺术创作规律的意义就有多么深远。自《延禧攻略》以来，"爽剧"在刑侦、宫廷以及商战等多个题材领域频频出现，成为一种广谱适用的创作模式，一定程度上契合了这样一种现实：网络生活兴起初期，作为意志实现替代品，为现实生活中无法释放的情绪和想象找到安置的场所。然而，当网络越来越成为生活不可或缺的部分甚至生活本身，其替代意义将逐渐淡去，网络生活本质内涵则慢慢凸显，并吁求属于自己的文艺形态。网络时代的文艺不仅要符合时代对文艺的形式要求，更应契合网络生活的内在本质，这样才能构建新的美学形式。作为文艺样态的网络剧方兴未艾，精品的产生必然也有多样化的道路，但《隐秘的角落》表明，"爽感"叙事的改造和超越，以及意义的剧外确认和衍生，是重要路径之一。

第五章　网络游戏与文艺评论话语扩容

时至今日，网络空间已不再是"青年部落"，也不是某些专业群体的领地，而是广大社会成员共建共享的精神家园。网络文艺在国人文化生活中的地位也日益重要。2015年，"网络文艺"出现在中共中央《关于繁荣发展社会主义文艺的意见》中。这是"网络文艺"第一次作为一个概念在中央文件中正面提及，为其赋予了更强大的合法性。"网络文艺"这个名词在学术及大众媒体上的使用，当然就更早了。那么，当我们说网络文艺时，我们究竟在说什么？在实践层面，新事物的发展经常是"草鞋没样，边打边像"；在理论层面，对一事物的内涵作出清晰界定，则是学术探讨的前提，即便这种界定会随着实践的进展而重新界定，也依然如此。应该说，关于网络文艺涵括的内容，人们心中已有大体的看法，网络文学、网络剧、网络电影、网络综艺、网络动漫……或许还有网络游戏？

我赞同把网络游戏归入艺术之列的。这不仅是因为"艺术"到底如何界定尚无定论，而且因为网络游戏这种文化形态（如果我们姑且不称其为艺术门类的话）实际上综合了多种传统文艺门类及其网络化形态。譬如，《浮世冲浪》这个游戏运用了大量浮世绘的图案；《尼山萨满》综合了萨满音乐、服饰、图案，以及民间故事，更不用说《妙笔千山》对中国古代美术作品的网络化与游戏化呈现……更重要的是，从把"网络游戏属于网络文艺范畴"这一假设（姑且看作一种假设）入手，可以更清晰地看到当代中国文艺发展的诉求和趋向，由此也可以为文艺评论话语建构提供一种开放性的维度。

第一节　网络游戏艺术学研究范式初探

有人说，网络文艺就是"互联网＋文艺"的一切，但这"一切"又如何厘定，是在网络上传播的文艺，

第五章　网络游戏与文艺评论话语扩容

依托网络生产的文艺，或者计算机"创作"的文艺（比如电脑写的诗），依然需要探究。有人说，网络文艺是传统文艺的网络延伸，重在"文艺"；也有人说，它是一种新出现的文艺类型，重在"网络"；更有人另辟蹊径地提出，网络文艺重心既非"文艺"也非"网络"，而在于"新"。然而，"新"是一个相对的概念，网络之外，文艺就没有新的发展了吗？或者说，我们无法祈望比网络更"新"的东西了吗，网络竟是"新"之终结者吗？看来，把"新"作为网络文艺的本质属性也未必妥当。当我们把"网络游戏"纳入讨论的视野，又会发现新的、把思想引向深入的问题。这就是：一款网络游戏与一部网络小说的差别，远远大于一部网络小说和一部传统小说的差别。既然如此，我们是从哪里来的底气把网络游戏和网络小说归为一类，而不是把网络小说和传统小说归于一类呢？举这个例子，只是想说明，简单地因为某些文艺形态是诞生于网络、传播于网络、发展于网络或消费于网络，而就将其一并称为或笼统归入"网络文艺"，在互联网发展初期可能是一种方便的权宜之计，到今天却已经越来越捉襟见肘了。下面，以几个作品为例，对此略加展开。

239

歌曲《小村微信群》是荣获全国第十五届精神文明建设"五个一工程"奖的一首歌。词作者徐会锋是一位农民，他自述创造灵感来源于日常的微信聊天。"左邻的网店开张生意忙不忙，右舍的果园树苗长势壮不壮，小村微信群天天聊得人气旺，邻里街坊多少打算手指尖来讲。东家的养殖项目前景广不广，西家的大棚蔬菜销路畅不畅，小村微信群人人传递着向往……"显然，这首歌的题材来自网络生活，描述的是网络给乡村生活带来的改变。同期获奖的作品还有一部"电视剧"《大江大河》，值得注意的是，《大江大河》的原著《大江东去》是晋江原创网连载的小说。有意思的是，这部网络小说2009年获得了第十一届精神文明建设"五个一工程"奖，这也是网络小说首次跻身国家级文艺奖项。不论是小说《大江东去》还是电视剧《大江大河》，描写的都是改革开放波澜壮阔的历史，从题材上和互联网并没有太多的关系。只是因为《大江东去》是在网络平台发布的，所以它一直被列为网络小说，即便当年获奖后的宣传也多关注到这一点。而电视剧《大江大河》改编自《大江东去》，虽然在网络上也播出过并引起了讨论，却并不被视为

第五章　网络游戏与文艺评论话语扩容

"网络剧",或许就是因为它的首播平台不是网络。同样,2020年播出的电视剧《创业时代》,扎扎实实地讲述了互联网人在互联网时代开办互联网公司研发互联网产品改变互联网生活和互联网发展生态的故事,虽然该剧好评不少,网味昂然,但也没有被认为是"网络剧"。

可以与这些例子对比的是2018年上映的电影《网络谜踪》。这部电影讲了一个父亲拯救离家出走的女儿的故事。应该说,这个故事本身并不新奇。新奇之处在于,父亲的救援之路主要是依靠女儿在网上活动的痕迹为线索而展开的。换言之,父亲通过进入女儿的网络世界完成了这次活动。更新奇之处在于,整部电影展示给观众的主要是一块液晶屏,在这块屏幕上,我们看到视频电话、搜索引擎、Facebook、ins、视频报道……一切网络生活的载体形态都在电脑桌面上变换、呈现。《网络谜踪》并非个案,类似的电影比较成熟的至少还有《解除好友2：暗网》。这种电影被称为"桌面电影"。在这类电影中,人物之间的交流主要通过网络形式——打字、语音聊天、视频通话等方式来实现,而人物的动作也大量的是电脑操作。就电影

241

语言以及演员表演而言,"桌面电影"都是具有颠覆性的。举个简单的例子,在传统的电影中,演员要表现内心的状态,可以通过表情、动作、神情。但在桌面电影中,可能就是通过演员在聊天框里打上一行字又删掉或者在微信里发了一段文字又撤回这样只有在互联网情景下才会发生的动作。湖南的文学刊物《芙蓉》刊发的小说《爱情、死亡与账单》或许可以在形式上与桌面电影形成共鸣。这部小说讲了一个爱情故事,但通篇没有传统意义上的叙事。全部小说由 37 份文本构成,其中不乏网络生活独有的文本,比如微信对话框截图、网络商品与服务的订单、网络交易评价截图,以及网上购物、转让等活动的评论和留言等。这部小说似乎还没有引起评论界的足够注意。笔者认为,从网络文艺发展史的角度看,它的意义是革命性的。在此前的小说中,也有文本拼贴的使用,但那些被使用的文本,并不承担主线的叙事功能,而只是一种额外的解释甚至点缀而已。但在《爱情、死亡与账单》中十分不同。在这部小说中,一个个独立的网络文本具有了强大的叙事功能,它们聚合起来,就可以不依赖于哪怕一个字的"画外音",完整地讲完一个故事。这不但说明，互联网的纵深发展已经使网络生活本身的叙事能力大大提升，而且还表明，网络文艺已经在生产自己独有的形式语言了。而艺术，只有真正具有了自己独立的形式，或者说文体，它才称得上真正具有了独立的地位。

综合来看，这四个文本恰好反映了三种网络时代的文艺或者说网络时代文艺的三个面相：（1）以网络生活为创作题材的文艺；（2）以网络平台为创作手段的文艺；（3）以网络审美为创作形式的文艺。就目前的情况来看，第一种网络时代的文艺不被认为"网络文艺"，比如《小村微信群》就没有被冠以"网络文艺获奖"的宣传；第二种网络时代的文艺则被确认为"网络文艺"；第三种网络时代的文艺，目前还缺乏足够的关注和研究，但笔者认为，这是更值得关注的网络文艺。因为它们体现了网络文艺的媒介性和开放性特征。

或许，我们也可以把第二种网络时代的文艺视为广义的"网络文艺"，第三种则视为狭义的"网络文艺"。狭义的网络文艺传递了一种深刻的"网感"，因为它没有把网络简单视为传播平台或信息手段，而是将其看作一种改变整个世界面貌以及人的思想精神世

243

界的物质力量。而碎片化、节奏快、娱乐性等并不是本质的网感，只是一种浅表的表现罢了。麦克卢汉说过，任何技术都逐渐创造出一种全新的人的环境。同样，任何技术也在创造全新的艺术语言。在互联网的时代，互联网导致的"虚拟"的真实与"真实"的真实一样，不但影响着人们的情感和心理，而且改变着人的审美方式、审美趣味。而且，有的时候虚拟世界的影响和改变比现实世界更强烈更持久也更潜移默化，不但表层的、世俗意义上的生活被改变，沉浸于此种生活之人的心理心态、趣味爱好、思想情感等深层精神世界也在发生变化。对于这个被网络改变的世界而言，我们既是剧作者也是剧中人，不断提供着全新的生活体验，也在刺激和推动艺术以全新的方式对这种生活加以表达。笔者认为，这种表达把网络文艺推向了一个新阶段，网络与文艺不再是简单的物理相加，而是发生了"触动灵魂"的化学反应，孕育出全新的艺术形态。

这个过程是网络文艺的艺术性逐渐生产或积累的过程，也是互联网属性向作品的艺术内涵演化的过程。到底什么是艺术，什么叫艺术性，本身就是一个开放性的问题，目前还很难定于一论。正如王一川所指出的：

> 历史上的艺术定义问题，实际上主要表现为如何确认艺术本质的问题，也就是追求如何给艺术下一个绝对本质性的定义。艺术的本质是什么，也就是如何给艺术下定义，是古希腊以来艺术理论或美学的核心问题之一。这种执着地追究艺术的绝对本质的传统，在今天早已受到怀疑和消解，但在西方自古希腊起的漫长岁月里却充当了艺术理论的主流。鉴于中国古代并不关心精确界定艺术的本质，没有形成艺术定义的传统。

他把西方对艺术的定义概括为"艺术即摹仿、美的艺术定义、艺术即无意识升华、艺术即直觉、艺术无法定义"这样五类，并指出：

> 今天去继续寻找一种唯一正确的艺术定义已经是不可能和不必要的了，同理，今天去继续谋划唯一正确的艺术理论构架也是不可能和不必要

的了。这本身也就等于宣告，人们从此没必要继续为绝对的艺术定义及绝对的艺术理论构架而费神了，应把更多精力用于具体艺术作品及其相关现象的跨学科或多学科研究上，从而朝向更加开放、包容和务实的艺术理论的构建。①

庞井君则从社会价值论的角度反思了"艺术是什么"这个问题，认为艺术是审美的外化和对象化，是以术显美，是人类审美感受性的制作、呈现和传达。②这些论断都是一种开放性的解读，具有启发性。就网络游戏研究而言，与其用所谓"艺术的定义"去估量网络游戏是否属于艺术，不如务实地分析网络游戏对人类精神及文化产业的影响，以及已有的研究成果，并从中找到理论建构的路径。

在学术研究的意义上看，任何"知识"不过是"共识"。网络游戏是不是艺术、是否具有艺术性，与其说是一个需要从理论上界定的问题，不如说是一个

---

① 参见王一川《构建中国式艺术理论的若干思考》，《中国文艺评论》2019年第8期。
② 张兰芳：《改革开放四十年与中国艺术理论发展回顾和展望——2018中国艺术学理论学会年会综述》，《中国文艺评论》2019年第2期。

第五章　网络游戏与文艺评论话语扩容

如何在学界和业界达成共识和默契的问题；与其说是被"认定"或"宣布"的，不如说是在历史中生成与确认的。从艺术史看，多次发生过某种新的文化现象从被认为"非艺术"到形成共识被接纳为"艺术"的案例，当艺术和科技相遇时，尤其如此。这为我们理解网络游戏的艺术性提供了借鉴和启发。

20世纪初，摄影术在中国已经不新鲜了。照相馆在北京也十分常见，有一首竹枝词这样形容当时的情景："明镜中嵌半身像，门前高挂任人观；各家都有当行物，花界名流大老官。"[1] 第一次世界大战后，欧美国家的摄影器材大量向亚洲倾销。中国人玩摄影的也越来越多，20世纪20年代初的北京，照相馆就已有近70家了。但直到彼时，摄影依然被许多知识分子所贬视。1927年10月出版的《半农谈影》中，刘半农开篇就说：

> 我友疑古玄同说："凡爱摄影者必是低能儿。"旨哉言乎！旨哉言乎！夫摄影之为低能玩意，正

---

[1] 陈申：《北京早期照相馆史料概况》，收入北京市文史研究馆编《京都忆往：北京文史集萃》，北京：北京出版社，2006年，第464页。

不待不爱的人说,便是我这冒充爱的人,也肯大承而特认。问其故,则因"摄影太容易了:无论何人,五分钟之内保可学会"。五分钟之内可以学得会的东西,当然进不得艺术之宫,因此,我们这班背着镜箱的特种"皮带阶级",当然也就没有披起长头发,戴起阔边帽的福缘!①

疑古玄同就是钱玄同。他是否真的说过"低能儿"的话,不易确考。但即便刘半农只是假托钱玄同之口,类似观点想来在当时也是真实存在的。比如,画家陈师曾发表于1921年《绘学杂志》第2期的《文人画的价值》中说:"殊不知画之为物,是性灵者也,思想者也,活动者也;非器械者也,非单纯者也。否则直如照相器,千篇一律,人云亦云,何贵乎人邪?"②可见,在陈师曾看来,当时的照相谈不上什么艺术性。不过,到了1931年,蔡元培在《三十五年来中国之文化》这篇具有文化史意义的文章中就列入了摄影术,并认为

---

① 刘半农:《半农谈影》,收入龙憙祖编著《中国近代摄影艺术美学文选》,天津:天津人民美术出版社,1988年,第173页。
② 陈师曾:《陈师曾中国绘画史(彩图珍藏版)》,北京:北京联合出版公司,2016年,第244页。

"本是一种应用的工艺",经过"美术家的手,选拔风景,调剂光影","与图画相等"。[1]可见,摄影术从传入中国到被文化界认可为具有艺术的价值,经过了近百年的漫长历程。

摄影并非孤例,电影也是如此。1896年8月11日,上海徐园内的又一村放映"西洋影戏",这是中国的第一次电影放映。1905年北京丰泰照相馆创办人任庆泰拍摄了由谭鑫培主演的《定军山》片段,这是中国人自己摄制的第一部影片。然而,在电影传入中国十余年后的1920年,清华大学却发生过一场大学生是否应该看电影的争论,有不少人认为电影并非艺术,大学生看电影有害无益。[2]当时还是学生的闻一多说:"我们有三层理由可以证明电影决不是艺术:一、机械的基础,二是营业的目的,三、非艺术的组织。""艺术与机械是冰炭一样的,所以艺术最忌的是机械的原质。""电影底营业目的是人人公认的。营业的人只有求利底欲望,那能顾到什么理想?他们的唯一目的就

---

[1] 蔡元培:《我们的政治主张》,北京:光明日报出版社,2013年,第168页。
[2] 参见李道新《"有害"甚或"有罪":1920年前后清华学校的"电影问题"——以〈清华周刊〉为中心的探讨》,《文艺研究》2018年第3期。

是迎合底心理——这个心理是于社会有益的或是有害的,他们管不着。"① 此时,电影传入中国已经20多年的历史了。但在清华大学这样一个充满洋味儿的学堂里,依然在讨论电影是不是艺术、该不该看电影这样的问题。

今天回头看艺术史上这两个案例,可能会觉得充满了荒诞感。因为,时至今日,没有人会轻视摄影的艺术价值,也不会有人认为进电影院看电影是一种有害的低级趣味,相反,在很多时候,我们甚至把摄影作为生活艺术化的象征,把电影的普及看成是一个群体的艺术生活水平乃至一个地区的文明程度提高的标志。

虽然,历史现象不能简单类比,但以上述两个例子来对比今日之网络游戏及其处境,却启人思考。从网络游戏出现之日起,否认其为艺术之一种的观点,以及这些观点建构的逻辑,比如浓厚的技术色彩、带有经济目的等,其实和一百多年前人们对摄影和对电影的批评,具有惊人的一致性。这似乎构成了一种历史的再现。或许,一百年后,网络游戏和摄影、电影

---

① 闻一多:《电影是不是艺术》,《清华周刊》1920年第203期。

第五章　网络游戏与文艺评论话语扩容

一样，终究会被接受为一种艺术的形式，也会被看成是文明进步的标志。到那时，人们回过头来看现在关于网游的一些争论的时候，或许就像我们今天看前人关于摄影、电影的争论一样，感到不可思议。

这充分说明，艺术的边界本身是不断变化，而技术正是推动这种变化的重要力量。一部艺术发展史，在某种意义上是技术改变艺术的历史。技术是推动艺术变革的深刻动因，艺术也总是在时代最新奇、最前沿的技术催生下，自我革新、自我变化，为人类文化生活增添新的声响和色彩。摄影、电影、电视等艺术门类，一度也曾是技术发展下诞生的艺术新形式。再宽泛一点讲，书法、美术的诞生又何尝不与技术的发展有关。时至今日，互联网技术已经成为改变艺术最大的力量。诸如网络文学、网络电影、网络音乐，都是这股力量冲击和改变下的产物，而其最典型最综合的成果，则是网络游戏。作为技术发展对艺术的又一次改造，网络游戏是互联网时代最综合的艺术形式，文学、美术、戏剧、电影等文艺门类都可以在网络游戏中找到自己的影子。同时，它们也都在其中找到了自己的网络化存在形态。

可以说，网络游戏集中反映了人类艺术精神与文化娱乐在当下最新的变革趋势及方向，也提供了观察网络化时代的艺术的最可靠窗口。作为网络时代最新的一种文化形态，网络游戏是互联网技术深入发展并全面形塑社会、改造精神文化生活的产物。就像摄影、电影一样，随着它嵌入社会生活和精神文化的程度不断加深，终将被人们欣然接纳进"艺术"的大家庭。由此也可以看到，网络游戏是否属于艺术的问题，是一个生成性的问题。它不依赖于某个权威或机构的认可，也不依赖于修改艺术教科书上的某个定义，而是取决于网络游戏如何为自我赋能，让自己在发展过程中越来越具有艺术性。而在这个过程中，文艺评论理应发挥应有的作用，积极参与网络游戏研究、建构网络游戏研究的艺术视角，并以此为概念工具，加强网络游戏评论。

建构"游戏学"，是伴随着网络游戏产业发展而兴起的呼声。近年来，我国网络游戏行业快速发展，不断有学者提出应对网络游戏重新认识和评估。[①]《2017

[①] 孙佳山：《从网络游戏到网络文艺》，《红旗文稿》2017年第18期，第10页。

年中国游戏行业发展报告》显示，中国游戏市场实际销售收入达到 2036.1 亿元。①中国自主研发游戏的海外影响力和市场地位也在提升，中国已经成为名副其实的游戏输出大国。但网游也不时爆出品味低俗、价值混乱等问题，屡遭批评，比如 2018 年六一儿童节前夕，新华网对腾讯等的批评就引起了舆论极大关注。这一切都说明，网游发展面临着一个新节点，亟待构建科学的治理格局。从网游研究的角度来看，既遭遇新课题的挑战，也显露出学术范式转型的可能。②2019 年 1 月，北大新媒体研究院、腾讯研究院等机构联合主办的"游戏学研讨会暨游戏学研究共同体成立发布会"，国内首部游戏学研究专著《游戏学》首次亮相，标志着中国的游戏学建构又迈出重要的一步。我在为该书所写的推荐语中说，"今日之中国，已是游戏大国，但游戏研究还很薄弱。有'游戏'而无'学'不

---

① 《2017 年中国游戏行业发展报告》发布，新华网（http://www.xinhuanet.com/info/2017-11/29/c_136786870.htm）。

② 需要指出的是，"电子游戏"与"网络游戏"概念的相近，但"电子游戏"涵括的范围比"网络游戏"更广，产生的时间也更早。一些以"电子游戏"为研究对象的文章也可能涉及网络游戏。鉴于本文聚焦于"网络游戏"的研究状况，对"电子游戏"研究中涉及网游的内容，只作必要的讨论。

能不说既是游戏的遗憾，也是学术的遗憾。《游戏学》像初生者的第一声啼哭，虽然还有些刺耳，但宣示了学术新领域的开拓，也带给我们希望与喜悦。"[1]同时，一些分支学科的专著也陆续面世，姚晓光等主编的《游戏设计概论》（清华大学出版社，2018年）。任何一种学术研究，一旦上升为"学"，就必须明确自己的学科归属。游戏学也是如此，否则从一起步可能就已经荒腔走板了，比如，从维护网络游戏企业利益出发，一门心思回应社会舆论对游戏的批评，而变成"游戏宣传"或"游戏公关"；只关注网络游戏产品的开发，单纯探讨游戏开发中的技术问题，而变成"游戏设计"；画地为牢地把游戏学研究局限在网络游戏玩家圈子内，以复述和交流游戏玩家的体验为游戏学的全部，而成了"游戏经验"，这些都只能是游戏学之研究内容或研究对象，而不能替代游戏之"学"本身。

对网络游戏研究的学术史梳理可知，从20世纪90年代以来，法学、经济学、社会学等学科均已介入网络游戏的研究，并形成了若干研究范式。下文对此做

---

[1] 北京大学互联网发展研究中心：《游戏学》，北京：中国人民大学出版社，2019年。

第五章　网络游戏与文艺评论话语扩容

一些梳理和归纳。

一般认为，中国网络游戏的发展之路始于1998年。[①] 这样算来，至今恰好20年。进入新世纪后，网游发展真正走上正轨。此后三年间，出现了多个网游发展中具有节点意义的事件。2000年，新闻出版总署根据国务院《互联网信息服务管理办法》和《出版管理条例》，开始对包括互联网游戏出版在内的互联网出版活动进行监管。同年，召开了首届中国网络游戏发展研讨会，会上提出要走有中国特色的网络游戏之路。2001年，有人撰写了《中国网络游戏发展大事记》，此稿虽不算完备，但表明了中国网络游戏"史"的意识之萌生。2002年，我国网络游戏收入首次超过了电影票房，迎来了一个新的发展阶段。2003年，发生了"中国网络游戏第一案"。同年，成立了中国出版工作者协会游戏工作委员会。

再看网络游戏研究的轨迹，与网游的发展步伐十分合拍。这方面的专著相对较少，比较重要的有《游戏东西：电脑游戏的文化意义研究》（米金升、陈娟，

[①] 参见张震《中国网络游戏发展大事记》，《财会月刊》2001年第19期。

广西师范大学出版社，2006年）、《互动媒介论：电子游戏多重互动与叙事模式》（关萍萍，浙江大学出版社，2012年）、《网游：狂欢与蛊惑》（鲍鲳、马中红，苏州大学出版社，2012年）、《游戏学：符号叙述学研究》（宗争，四川大学出版社，2014年）等。在论文方面，笔者以"网络游戏"为"主题"在"中国知网"进行检索，得到27000余条结果。从1990年开始就有这一主题的文章发表，但整个20世纪90年代文章总量不足50篇。2000年以后，文章数量有了三位数的突破，尤其是2003年以来研究成果陡然增多，文章的学术性不断增强。2002年"网络游戏"主题文章为420篇，2003年提升到1230篇，增长了3倍。如果以"网络游戏"为"关键词"检索，结果为8000余条，开篇之作发表于1997年。考虑到网络游戏某种意义上也可视为"互联网+电子游戏"，笔者又以"电子游戏"做"主题"检索，得到结果3600余条，最早的是1982年，而其中网络游戏研究仍是从20世纪90年代末起步。进入新世纪，网络游戏主题的文章从报道、评议逐渐转变为严肃的学术研究。从此，网络游戏被视为一种社会现象或文化现象受到学术界的持续关注。到

第五章 网络游戏与文艺评论话语扩容

了 2008 年,第一次有人对电子游戏的研究状况作了比较系统的学术综述。①

知网虽未实现网络游戏研究成果全覆盖,但基本反映出学术基本面和动向。20 多年在人类历史长河中只是沧海一粟,对于网络游戏而言,却构成了一部"有声有色"的历史。综合网游研究的数量和学术水准这两个指标,大体上可以把这段历史以 2003 年②为界分为两个阶段。第一阶段是 20 世纪 90 年代后期至 2003 年,这是网络游戏研究的起步阶段;③第二阶段是 2003 年至今,为网络游戏研究的发展阶段。从这两大阶段的学术史又可发现,网游研究与网游实践契合度极高,网游发展的每一个节点性年份,都会对网游研究提出新的问题,也会刺激网游研究出现一

---

① 白志如、宋若涛:《电子游戏研究的现状、问题和趋势——基于中国期刊全文数据库的核心期刊论文》,《东南传播》2009 年第 9 期。

② 2003 年是网游研究文章数量激增的一年,同时也是数种网游研究范式萌芽的年份,时至今日,关于网游讨论的不少议题乃至理路,都是在这一年奠定的。这一点,后文还将详述。

③ 国外有人把 1996 年作为"中国游戏研究元年",理由是这一年出版了《游戏东西:电脑游戏的文化意义研究》(米金升、陈娟,桂林:广西师范大学出版社),但这种说法已经受到质疑。(参见孙静《西学东渐:中国游戏研究元年已经到来了吗?》,《中国图书评论》2016 年第 10 期)笔者认为,网络游戏研究的起点很难明确界定为某一年,故定为 90 年代后期。

次关键性发展，不论研究成果的数量还是质量，都会出现一个新的峰值。经过二十年来的发展，网络游戏研究已经形成了一些相对稳定的学术范式，不同范式的研究旨趣、重点及目标各有差别，可分为"病""财""法""文"四类。

"病"的范式是指围绕网络游戏对玩家身心影响及社会后果而开展的研究。网络游戏的"成瘾性"是其研究重点。这是网络游戏研究学术化的第一波，也是至今为止最强势的声音之一。早在1981年，国外就有人研究过"电子游戏机"癫痫（VGE）[1]，此后，相关研究被介绍到国内，认为由于电子游戏的普及，电子游戏引发癫痫可能成为一个较常见的医学问题。[2]1999年，当时网络游戏在我国的发展还刚刚起步，就已有人担忧"成瘾"问题，认为"像卖座电影剧本般的优秀题材、精良的电脑制作和玩家随意发挥构成网络游戏容易上瘾的三大要素"。[3]但也有人预言"以后所有

---

[1] 熊兰:《"电子游戏机"癫痫》,《国外医学（儿科学分册）》1991年第3期。

[2] 王佩君:《电子游戏与癫痫发作》,《国外医学（神经病学神经外科学分册）》1985年第1期。

[3] 程新潮:《网络游戏时代的瘾君子》,《微电脑世界》1999年第43期。

的游戏都将是网络上的游戏","如果您发现自己已经开始沉迷于游戏之中了,请不要责怪游戏,记住'游戏没有罪过,错在玩游戏的人本身'。"[①] 后来,"成瘾"问题果然成为网络游戏研究领域最受关注的问题之一,而"游戏主责"还是"玩家主责"也恰是争论的焦点所在。因为网游最早和最主要的用户主要是青少年,青少年研究领域的学者构成了这一范式的主力军,这一范式的问题意识也主要建立于青少年"成长中的烦恼",理论工具则主要是青年社会学和青年亚文化研究的相关概念和框架。2001年田宏碧以学术的方式和语言探讨网络游戏对青年人格形成的影响。[②]2003年张轶楠从青少年人格心理特征出发,分析了网络游戏对青少年心理的积极和消极影响,提出青少年、家庭、学校、社会、媒体应该采取的措施。[③] 同年,《中国青年研究》杂志陆续刊文多篇,在青年亚文化的视野下考察网络游戏,提出网络游戏构成了一种"亚文化",是

[①] 晓晖:《以后所有的游戏都将是网络上的游戏》,《电子计算机与外部设备》2000年第5期。

[②] 田宏碧:《网络游戏中的角色类型与现实人格的关系及影响》,《青年探索》2001年第6期。

[③] 张轶楠:《网络游戏对青少年人格心理发展的影响》,《现代传播》2003年第5期。

青年人的"亚生活方式","网络游戏之于青年,一定程度上是作为逃避、放纵的精神场所,但同时也是青年融入成人社会的缓冲地带,是青年同辈群体互动的特殊渠道,是青年成长的学校"。① 同时又提出,"网络游戏"容易"上瘾","可以预料的是,随着时间的推移,'网络游戏'迟早要继'电脑游戏'和'网吧'之后,成为第三个被戴上'电子海洛因'帽子的东西"。② 值得注意的是,"病"的范式因为和青少年教育等社会大众普遍关心的问题联系在一起,时常成为舆论争论的导火索和参与方。本文开头提到的"新华网批腾讯"就是如此。从学术研究的角度来看,这一方面让网游现象保持了必要的"关注热度"和现实感,促使人们对其不断进行深入思考,另一方面则有陷入以情感取代逻辑、以道德批判妨碍理性思考的误区之可能。

"财"的范式即产业或经济角度的研究。2000 年,全球电子游戏相关产业的产值第一次超过长久以来居

---

① 杨鹏:《网络游戏:在幻境中成长》,《中国青年研究》2003 年第 11 期。

② 曾坚朋、杨长征:《青少年"网络文化"现象调查报告》,《中国青年研究》2003 年第 2 期,第 53 页。

第五章 网络游戏与文艺评论话语扩容

于娱乐产业价值榜首的影视业。[①]2000年下半年，世界各大网络游戏公司抢滩中国市场，2001年，网络游戏发展出现"燎原之势"[②]，国内有将近十家公司陆续推出30余款网络游戏，"网络游戏作为一种商业模式正在真正地产生商业价值"。当时有人预计，网游市场规模将达到10亿。[③]到了2002年，我国网络游戏收入超过了电影票房。有人预测，网络游戏将是22世纪最主要的精神文化阵地。政府相关部门对此更加关注，开始作出更全面的调控部署。这不但给产业研究提出了新的要求，而且推动了与产业发展相关的社会、文化等方面研究课题。2002年8月8日，网络文明工程组委会主办了"网络游戏与网络产业研讨会"，对网络游戏产业发展及政府监管等开展讨论。这次讨论中提出的问题，基本上涵盖了后面十多年产业视角研究的论域。[④]2003年，又有学者明确提出了产业模式意义上

---

① 张鹏：《网络游戏：神话还是陷阱》，《IT经理世界》2001年第22期。
② 《网络游戏牵动中国互联网》，《国际商报》2001年8月3日第8版。
③ 熊熙玲：《网络游戏冲出起跑线》，《互联网周刊》2001年6月25日，第49页。
④ 参见《网络游戏管理要"五管齐下"》，《光明日报》2002年8月9日；《各界热议网络游戏》，《光明日报》2002年8月14日。

261

的"网络游戏业"概念,并对其作了论述。[①]如孙佳山所言,网游已经成为文化产业的核心部分。[②]"财"的范式和网游产业发展结合最为密切,或也因此而获得强劲的推动力。但需要看到,网游毕竟是一种文化产品,其发展越深入,文化的属性及其对经济属性的制约会表现得越强烈。终有一天,网游要走到"不文化,无收益"的地步,从这个意义上说,"财"的范式捕捉到了网游作为文化产品之经济的一翼,但仅依靠这一范式又无法获得对网游的全面认识。

"法"的范式是指从法律层面对网络游戏的研究。这一范式也是从2003年起步的,体现出"冲击—应对"的思维方式,因为正是网游发展对现有法律生活带来的冲击以及法律界的应对策略,构成了"法"的范式的基本内涵。最初引起法学界关注的是盗窃、诈骗网络游戏内使用的虚拟财产如"货币""宝物""武器"等。2003年,发生了被称为"中国网络游戏第一

[①] 参见陈柳、周勤《网络环境下的新兴产业:网络游戏业——基于网络经济框架的分析》,《经济前沿》2003年第3期;陈柳、周勤《从网络游戏的产业模式看信息业的新趋势》,《产业经济研究》2003年第5期。

[②] 孙佳山:《网络游戏:第九艺术与大产业》,《团结报》2016年7月2日。

第五章 网络游戏与文艺评论话语扩容

案"的河北玩家李宏晨因虚拟设备丢失起诉北京北极冰科技公司的案件。^①接下来，随着此类现象越来越多，虚拟财产的法律性质该如何界定，形成了争议的话题。于志刚的《论网络游戏中虚拟财产的法律性质及其刑法保护》是较早的深刻的学术研究，他指出，"较为合理的方式，是在立法上和刑法理论上及时承认计算机网络空间的虚拟财产的合法性问题，加强有关于此的理论前瞻性研究，进而对此种虚拟财产建立独立的法律保护体系。"^②这一年，也有研究生把网络游戏的法律问题作为学位论文选题。^③这也说明了这一范式在法学界受到的关注程度。当然，网络游戏带来的法律问题是多种多样的，至少包括价值（虚拟财产）、外挂、私服、黑客盗号及攻击、网络赌博等方面。^④但从现有研究来看，虚拟财产问题始终是法学界网络游戏研究的重点所在。"法"的范式实用性最强，也是最具独立性

---

① 《中国网络游戏第一案》，《电脑报》2003 年 11 月 17 日第 A01 版。
② 于志刚:《论网络游戏中虚拟财产的法律性质及其刑法保护》，《政法论坛（中国政法大学学报）》2003 年第 6 期。
③ 简锐:《论网络游戏中玩家权益的法律保护》，四川大学，法律硕士学位论文，2003 年。
④ 马民虎、张雁:《网络游戏若干法律问题研究》，《信息网络安全》2004 年第 8 期。

的。这一范式的深化，无疑将为网游提供更加规范有序的制度环境。

"文"的范式即文化研究，也就是将网络游戏作为一种文化现象进行批评和研究的范式。2003年，刘泓的《虚拟游戏的身份认同——网络游戏的文化体验之反思》是这一范式的早期代表作。文章提出，"游戏构成一种文化秩序，也就是说，在多种多样的游戏形式中建构了某种社会结构。在游戏的叙事中，它总是承载着某种特定的文化和意识形态功能，承担着对我们日常生活的重新建构，让游戏者在'日常'生活以外的、'不当真'的社会空间中去达到暂时的自我认同。"而在网络游戏世界中，游戏者可以通过扮演不同的角色，对不同的身份进行虚拟和想象。① 同年，还有学者提出，从网络游戏这一个案分析当代审美文化中的青年文化，可以看出三个主要特征，即狂热的政治热情、戏说与虚拟性和历史意识的深度消失，并认为"网络游戏的发展使青年进化朝非正常方向发展，应引起社

---

① 刘泓：《虚拟游戏的身份认同——网络游戏的文化体验之反思》，《福建论坛（人文社会科学版）》2003年第3期。

会的高度重视"。①

以上四大范式的概括，只是就网游研究已成气候者而择其大端，在具体的研究中，各大范式也有可能交汇重叠。比如，青年审美文化视野下的研究有时似乎就为"网瘾"提供了新的佐证。②而除此四种范式之外，还有教育学、社会学、传播学角度的研究。③网游研究的多学科、跨学科景观恰说明了这一课题的复杂性，吸引着更多的学科进入该领域之中。

实际上，近年来网游研究中美学、艺术学的声音正悄然兴起。2003年施进华的《当代审美文化中的网络游戏》一文，第一次把网络游戏置于审美文化的视野中作了分析。④ 2016年，诞生了第一篇从美学角度

---

① 施进华：《当代审美文化中的网络游戏》，《海南广播电视大学学报》2003年第2期。
② 施进华：《当代审美文化中的网络游戏》，《海南广播电视大学学报》2003年第2期。
③ 肖尧中：《文化传播视野中的网络游戏》，四川大学，硕士学位论文，2005年；吴小玲：《网络、游戏和网络游戏》，《当代传播》2006年第1期；杨莹：《网络游戏中的人际交往探析》，华中科技大学，硕士学位论文，2004年，等等。
④ 施进华：《当代审美文化中的网络游戏》，《海南广播电视大学学报》2003年第2期。

研究网络游戏的博士论文。[1] 由此上溯，还可以勾勒出艺术学和美学网游研究的"前史"。早在 1995 年就问世过一篇名为《电子游戏艺术观》的文章，明确提出电子游戏是一种艺术。[2] 而在 2001 年，《e 代游侠》上曾刊发过《月儿为什么这样红——大型科幻 ARPG 网络游戏〈红月〉赏析》，从艺术的角度对《红月》作了分析，实际上是一篇以网游为对象的艺术评论。

在此，我们必须提到的汪代明和廖祥忠这两位学者。汪氏发表于 2003 年的《全球化语境中的中国游戏艺术》明确提出，包括网络游戏在内的电子游戏是一种艺术，可以说在国内真正开启了游戏艺术学研究的序幕。[3] 次年，他又发表《关于电子游戏艺术的思考》，认为"纵观艺术发展的历史，每一次大的技术革命必将催生新的艺术形式，工业革命催生出了影视艺术，信息革命必将有它的艺术产儿，电子游戏已经具备了信息时代新艺术的雏形"。"正是技术和艺术的融

---

[1] 张星晨：《中美网络游戏暴力美学特征比较研究》，上海大学，博士学位论文，2016 年。
[2] 边晓春：《电子游戏艺术观》，《电子出版》1995 年第 7 期。
[3] 汪代明：《全球化语境中的中国游戏艺术》，《西南民族大学学报（人文社科版）》2003 年第 12 期。

第五章 网络游戏与文艺评论话语扩容

合，使得技术创造精神世界成为一种可能，电子游戏正是高科技与人类审美需求的完美结合。作为艺术的电子游戏应该从光盘游戏开始，而网络游戏则标志着游戏艺术发展到了新的高度。""传统艺术经过上千年的发展日益精湛，灵感之泉已经枯竭，艺术迫切需要'一个唤醒它的吻'，这个伟大的唤醒者就是电子游戏。电子游戏艺术在后现代语境中借助高新技术走向前台，敲响了传统艺术的警钟。"[1]在另一篇文章中，则进一步指出电子游戏区别于其他艺术形式的特征包括交互性、开放性和虚拟现实。[2]

如果说汪代明因为把研究主题聚焦在电子游戏，而更具一般意义，廖祥忠则更加直接和"精准"地提出把网络游戏作为艺术来研究。早在2005年，他就提出要从分析网络游戏自身的审美特质与艺术特征入手，探寻其发展的策略。如他所言，"提高网络游戏的文化品位和艺术品位，把网游做成艺术品，如今已成为业界的共识。网络游戏的这一发展走向，已经为理论研

---

[1] 汪代明、刘志荣：《关于电子游戏艺术的思考》，《涪陵师范学院学报》2004年第2期，第67—70页。
[2] 汪代明：《论电子游戏艺术的定义》，《西南民族大学学报（人文社科版）》2005年第12期。

究者准备了空前繁富的话语资源,新兴的网游艺术正迫切地需要公正的理论支持和健康的文化批评。如同当时人们质疑电影的商业动机和技术由来一样,那些指责好莱坞对暴力和色情太过偏好的人,曾经以强硬的态度否定电影造就永恒艺术的可能性。但随着电影的普及和广受欢迎,不久便有一些开明人士发出了重新评估电影审美价值的呼吁。我们是不是正在重蹈历史的覆辙?什么时候人们才能相信这样一个事实:网游代表了一种新的鲜活艺术,如同机器时代的电影,她是数字时代的艺术!"①这些思想即便放到今天来看依然是具有前瞻性的。

实际上,从那时以来,游戏的艺术属性已逐渐被认可。有论者将其视为"第九种艺术","游戏是一种集剧情、美术、音乐、动画、程序等为一体的复合技术,一名游戏从业人员必须兼具软件行业专家和艺术家的创造力。"游戏从业人员应有"艺术家的恒心毅力"。②有的学者指出,电子游戏具有虚拟的真实性、

---

① 廖祥忠:《网络游戏——带刺的玫瑰》,《现代传播》2005 年第 5 期,第 60 页。
② 李哲:《游戏—第九艺术》,《中国现代教育装备》2004 年第 10 期,第 56、59 页。

第五章　网络游戏与文艺评论话语扩容

互动参与性、综合性、丰富多样性、高科技时代性，而且在这些方面都超越了以往的艺术形式。[1]有的学者分析了电子游戏的艺术表现力，认为存在着至少六个方面的重大缺陷，即脚本策划先天不足、人文精神聊胜于无、3D效果泛滥成灾、美学观念极端落伍、表现手法粗糙简陋、指导思想落后保守。[2]还有学者探讨了网游中的"现实主义"。[3]应该说，这些研究都已进入艺术学研究的典型论域。有学者梳理了网游的艺术理论资源，分析了康德、席勒的游戏与艺术内在统一的思想、荷兰现代文化史学家胡伊青加提出的"人是游戏者"的命题，以及我国朱光潜等学者的相关论述。[4]有的学者对欧美国家关于电子游戏的审美研究的历程作了梳理。[5]值得注意的是，除了对网游的理论研究外，还有学者把网游视为艺术品进行了分析和批评。

---

[1] 路海燕：《论游戏的艺术特性》，《首届中国国际动漫产业高峰论坛演讲汇编》（未正式出版），2005年。
[2] 安静、路由、杨正：《当代电子游戏的艺术性》，《2005年工业设计国际会议论文集》（未正式出版），2005年。
[3] 王宏昆：《电子游戏中的现实主义》，《山东艺术学院学报》2011年第5期。
[4] 王连功、周婷：《网络游戏艺术论》，《宿州学院学报》2005年第5期。
[5] 吴玲玲：《从文学理论到游戏学、艺术哲学——欧美国家电子游戏审美研究历程综述》，《贵州社会科学》2007年8月号。

特别是三国题材因为较多被网游使用，受到关注较多。吴玲玲以《吞食天地 Online》和《三国策 Online》为例，分析了网络游戏对三国文化的借用和改写，指出"网络游戏消解了三国文化中的宏大叙事和话语霸权，抬高了游戏者的主体地位，满足了游戏者征服、荣誉、感情的欲望，有利于缓解现实的压力，给现实困境中的人提供了一条逃避之路"。同时，网络游戏又确立一种新型的权力话语，"以更生动形象的方式，以影像、文字、音乐等多种形式吸引游戏者去参与、体验和创造，去沉浸在与现实隔离的虚拟空间之中，游戏者从中体会到的三国文化显然比从民间故事、书籍或电视中得来的三国文化更为真切和深刻"[1]。李国强和宋巧玲则以三国 IP 为例，探讨了电子游戏作品的科技性、审美性和跨界性。[2] 这些无疑都为构建网游研究的"艺"的范式打下了基础。而在笔者看来，加快实现网游研究的艺术学转向既是网游发展的题中应有之义，也是方兴未艾的艺术学实现自身发展的下一个"风口"，意

---

[1] 吴小玲:《网络游戏对古典作品的重构——以〈吞食天地 Online〉和〈三国策 Online〉为例》,《当代传播》2005 年第 2 期, 第 77 页。
[2] 李国强、宋巧玲:《作为新型艺术形态的电子游戏：科技、审美与跨界》,《中国文艺评论》2018 年第 1 期。

第五章　网络游戏与文艺评论话语扩容

义极为重大而深远。

其一，从网游的行业发展角度看，网游属于文化产业也应纳入文艺行业，但是与其产业化程度相比，目前网游行业化程度明显薄弱，这是网游治理缺乏"抓手"的重要原因。从 2003 年开始，网络游戏被纳入到出版行业进行管理。同年，经新闻总署批准，成立了中国出版工作者协会游戏工作委员会，在该委员会成立大会上，中国版协主席于友先明确提出了"行业自律"的要求。①但是，随着网游的迅猛发展，它的体量、能量和诉求，都已溢出了"出版"的范畴，亟须找到更广阔的空间。正所谓，工欲善其事，必先利其器。从艺术的角度看，网游具有极强的综合性，对影视、戏剧、美术、设计、音乐、摄影、舞蹈乃至曲艺等艺术门类以及文学都有或多或少的涉及，在网游研究领域引入"艺"的范式，从文艺创作生产的维度对网游进行研究，探讨其满足人们审美需求方面的作用和价值，对于密切网游与文艺行业的联系，加强网

---

① 赖名芳：《桂晓风—于友先出席并讲话—谢明清当选第一届游戏工作委员会理事长—中国版协游戏工作委员会成立大会在京举行》，《中国电子与网络出版》2003 年第 8 期，第 5 页。

271

游从业者的行业管理、行业自律和行业服务，开辟网游治理的新空间，无疑提供了新的可能，或许能把网游行业纳入国家审美治理的高度作出新的规划。①

其二，从网游设计开发看，网游研究的艺术学转型也有利于强化我国网游的民族特色。早在 2000 年，首届中国网络游戏发展研讨会上就提出要走有中国特色的网络游戏之路。2004 年，《新华每日电讯》刊文指出 70.16% 的受访者认为中国应大力发展国产网络游戏。这表明，开发民族化网游，不仅是一以贯之的追求，也具有广泛的社会共识。而所谓"特色"就意味着价值观念、艺术风格上有较高的民族文化识别度。因此，深入研究网游的艺术特性，在设计开发中融入中国艺术元素、彰显民族特色，是"特色"之路的题中应有之义，也是网游市场规模空前庞大后深化发展

---

① 实际上，早在 2012 年，已有人从美学角度对电子游戏沉迷作出了分析，并由此反思了游戏管理制度，提出应从游戏的基础理论中寻找分析"沉迷"现象的方法。"当今，电子游戏的内容多姿多彩，作为主体的游戏者，自由地选择能够让自己沉迷的游戏，并沉迷于无尽的叙事欲望，抑或者沉迷于满足欲望的抒情欲望，抑或者在互动性和体验性都如此真切的虚拟世界获得永生，而这些正是游戏的自由特性使然，也正是这种脱缰的自由造成了影响社会的种种事件，根据这种理论，那么防治'沉迷'就需要从审美角度下手。"参见王怡林《电子游戏沉迷的美学分析和应对策略》，南昌大学，硕士学位论文，2012 年，第 40 页。

的必然要求。

其三，从艺术学研究的角度看，2011年艺术学升格为学科门类之后，正在沿着自己的逻辑伸展学术枝叶。推动艺术学的发展壮大，既需要在现有的学科"精耕细作"，更需要在那些富有新意和生机的领域"放火开荒"。党的十九大报告明确指出，中国特色社会主义进入新时代，我国社会主要矛盾已经转化为人民日益增长的美好生活需要和不平衡不充分的发展之间的矛盾。这都要求艺术学更加关注现实，加强对艺术供给侧，以及新现象和"增量"的研究。[1]而网游正是当代最新的一种艺术现象，在满足民众文化艺术需求中起着重要作用。更何况，我国网游发展现状又处于世界领先地位。构建网游研究的艺术学范式，不但有利于让艺术学更接地气，而且还有可能催生新的具有世界意义的学术生长点，从而推动我国艺术学的发展和国际学术话语权建设。

需要说明的是，加快网游研究的艺术学转向，并不是对其他范式的否定或取消，而是通过引入新的学

---

[1] 胡一峰：《美好生活新期待呼唤文艺供给新变革》，《中国社会科学报》2018年3月30日。

术工具，更科学、透彻地对网游进行认识和把握。这就要求挖掘中西美学史和艺术史以及各门类艺术研究的理论资源，找到网游研究的学理脉络，接续学术史"家谱"。实际上，游戏与电影的交融发展态势近年来不断受到艺术学界的关注，《当代电影》《中国文艺评论》等杂志都曾陆续刊发一批文章。[1] 开掘网游的艺术之矿也需要"趁手"的概念工具。这些概念工具可以从文学、影视、设计、传媒等相关学科借用和改造，但更重要的是从我国网游发展实践中、在网游用户体验中归纳、凝练和创造，这样才能构建网游艺术的理论体系和学术话语。另外，艺术评论是联通艺术创作与理论的桥梁，越是被评论深刻把握的创作，越可能为理论发展作出贡献。加强"现象级"网游的艺术评论，对其情节、人物、画面、音乐等进行多方面多角度分析，也可以为网游艺术理论的建构提供必要的支撑。1997年，有位网名cooky（灵隐君）的游戏玩家以资深玩家的身份撰写了《略谈网络游戏》系列文章，

---

[1] 参见曹渊杰、李亦中《现代电影与电子游戏的交互趋势》，《当代电影》2008年第9期；何志钧、秦凤珍《电子游戏与当代电影的审美新变》，《当代电影》2008年第9期；聂伟、杜梁《泛娱乐时代的影游产业互动融合》，《中国文艺评论》2016年第11期。

对当时国内网络游戏的情况作了扫描式的记述。①同年，还有一位作者历数当时流行的《红色警报》等网络游戏后不无遗憾地写道，"虽然国外的游戏已经如日中天，但国内的网络游戏发展可以说还远没有起步。尽管台湾的一些公司也做过这方面的尝试，但可惜几乎浪静，终未形成气候，单机游戏我们没有辉煌过，可千万别再错过网络游戏这班车了。"② 1998 年，"联众网络游戏世界"的创建者鲍岳桥说，我们有个宏伟的目标：要建设一个全世界最大的中国人自己的娱乐和游戏网站。③ 2001 年，还有人提出，10 年之后大陆的网络游戏或可"争霸世界"。④到了今天，言犹在耳，但有的梦想已被证明不过是历史的预言，中国网络游戏的发展已经走在了世界前列，也创造出了王者荣耀这样"名满天下谤亦随之"的现象级作品，为此，我们也更有理由应该加快对网络游戏的学术研究。

在"游戏学"建构的历程中，网络游戏的作品化

---

① 灵隐君：《略谈网络游戏》，《中国计算机用户》1997 年第 26 期。
② 安柯：《纵谈网络游戏》，《电气技术》1998 年第 6 期。
③《创造网上新生活》，《软件报》1998 年 10 月 17 日。
④ 温波能：《大陆网络游戏争霸世界需十年磨一剑》，《Internet 信息世界》2001 年第 12 期。

以及把网络游戏作为艺术作品来评价和研究,并在此基础上探索"游戏美学",是最重要的也最迫切的一个问题。众所周知,网络游戏产业化程度极高,早已超过了电影,2000年,全球电子游戏相关产业的产值第一次超过长久以来居于娱乐产业价值榜首的影视业。到了2002年,我国网络游戏收入超过了电影票房。而从用户规模来看,也已经超过了网络文学。[1]网络游戏研究具有强烈的实践性,决定了游戏学的体系应是对外开放的而不是封闭自我循环的,其建构的逻辑主要是归纳而不是演绎,建构的路径应立足于本土的游戏发展实践而不是外来的某种经验或理论。游戏学所处理的问题应来自实践而不是某个抽象的概念或理论。建构"游戏学"不是书斋里的纸面游戏,必须整合业界与学界的多方力量,这就需要在网络游戏实践发展的层面上找到一些可以多方对话的共同课题。笔者认为,推动网络游戏的"作品化"乃是最重要的。

作品是艺术研究的最基本的单元。不论是艺术理论、评论,还是史论,都建立在对艺术作品的确认和

---

[1] 第44次《中国互联网络发展状况统计报告》,http://www.cnnic.net.cn/hlwfzyj/hlwxzbg/hlwtjbg/201908/t20190830_70800.htm。

分析之上。如果离开了艺术作品，或者说，缺乏将某项精神劳动确认为艺术作品的机制和手段，那么一切艺术学的分析均无从谈起。从现实来看，虽然现在也有不少人将网络游戏视为艺术，但更多的还是将其作为一个文化产品来看待。比如，我们提到游戏的时候，总会说"一款游戏"，提到艺术作品一般却不用"一款"。在日常用语中，"款"往往是产品的量词，艺术作品则一般不以"款"来计量。这只是一个小问题，但表达了一种下意识的分类标准。在这种分类下，网游更多的是被看作产品的，即便冠以"文化"的帽子，也于事无补。而当网络游戏被定性为"产品"，市场规则就是其最重要的活动法则，经济利益就是其价值实现的最高甚至唯一目标。当下关于网络游戏的研究报告大都以用户规模、市场规模为衡量网络文学的发展标准，就充分说明了这一点。[①]对于"产品"的生产者来说，经济利益是贯彻其从创意到设计制作、宣传推介的一条红线，在这一逻辑下，通过快感刺激让玩家"爽"，乃至"上瘾"是具有某种"合理性"的，这

---

① 2019年，笔者曾在深圳腾讯公司做过一次主题演讲，提到这个话题时，得到了在场业界人士的共鸣。

也正是网络游戏广受诟病的原因。对于"作品"的创作者来说，艺术价值、美学目标的达成，才是其活动的根本目的。如果把网络游戏视为"作品"，就意味着以艺术的、美学的标准对其加以评价。按照这一逻辑，给予玩家美感享受、精神愉悦才是更值得追求的。

需要指出的是，笔者所说的网络游戏"作品化"并非否认网络游戏的产品属性。在艺术史上，那些在市场上笑到最后的作品，恰恰不是创作时就打算占领市场的作品。相反，在当前网络游戏用户群体扩张速度变缓的情况下，精品化的策略更符合网络游戏的发展方向，而"作品化"正是精品化的题中应有之义。从这个意义上说，推动网络游戏的"作品化"，不但是游戏学建构之需要，也是网络游戏产业健康发展的必然要求。因此，作品化及其进展，可以为游戏学界与业界游戏的对话搭建论域。围绕这一主题，游戏学界则应探索对网络游戏进行作品研究和分析的可行路径。游戏企业特别是领军企业则应树立"做游戏是做产品，也是做艺术品"的观念，生产创作出真正具有艺术作品意义的网络产品。以笔者所见，这样的作品并非没有，比如2019年很火的手游《尼山萨满》，就具有强烈的"作品属性",其创意、叙事以及音乐、画面,都具有艺术作品分析的潜质。

与此相应的是推动网络游戏的美学化,把网络游戏给人的快感提升为美感,探索一种"游戏美学",并建立网络游戏的美学标准,这是除了产业标准、技术标准、伦理标准之外的又一个重要的标准。如果我们把目光放得长远,就会发现网络游戏不但给人以美感,而且还承担着审美启蒙的重任。今天,有相当多的青少年的美感体验来自于网络游戏,从《妙笔千山》中,他们领略到了中国山水画之雄阔秀美;从《浮世冲浪》中,他们感受到葛饰北斋独特的风情;从《尼山萨满》中,他们熟悉了萨满文化的服饰与音乐;而在《绝地求生》中,他们发现了武器装备的设计之美。笔者曾经问一个小学生为什么着迷于"吃鸡"游戏,他的回答不是"刺激"或"爽",而是"画得逼真、细致"。这或许只是一个个案,却透露出网络游戏将对未来的美学生活的巨大变革。因为,今天的网络游戏用户群体正是明日社会之塑造者和担当者。他们的美学经验和口味深度影响着今后社会的美学标准。有的游戏研究者还提出,当下的游戏正在向"无限"迈进,"一些内容分享类的 APP 逐渐地游戏化，用游戏中的任务、等级和成就体系，来激励和引导用户生产更多优质的互动，还有广告行业使用互动游戏来增强目标观众的代入感，各行各业的'游戏感'纷纷体现"[1]。游戏对人的精神世界的改变还将继续加深。

同时，网络游戏还对文学、电影以及其他艺术形式发生着"反哺"作用。黎杨全研究了网络游戏与文学的关系后认为，网络的游戏对中国网络文学的"世界"想象、主体认知及叙述方式这三大方面产生了深刻影响。网络社会带来了虚拟世界，而网络文学的写手们对虚拟时空的感知主要是以游戏为中介的。[2] 聂伟等则早已对网络游戏与电影的"联动""共生"作出过深入分析。[3] 其实，还有一个值得注意的现象，这些年，我们在文艺作品中已经时常能看到游戏及游戏玩家的身影。这说明，游戏嵌入社会的程度正在不断加深。不过，有的文艺作品把游戏本身作为题材，借此探讨

---

[1] 姚晓光等主编：《游戏设计概论》自序，北京：清华大学出版社，2018年。
[2] 黎杨全：《中国网络文学与游戏经验》，《文艺研究》2018年第4期。
[3] 聂伟、杜梁：《泛娱乐时代的影游产业互动融合》，《中国文艺评论》2016年第11期。

一些哲学或社会问题,最典型的如美国大片《头号玩家》(2018)。有的则对游戏持批评态度,实际上起到了加固社会对游戏刻板印象的作用。

2021年1月公映的赛车题材的电影《叱咤风云》(陈奕先执导,周杰伦监制,昆凌等主演)尤为典型。电影故事并不复杂,LIONS车队的车王李一飞因为年纪体力等原因,渐渐从自己的巅峰状态走下坡路,与新崛起的女车手吕莉莉形成了竞争。两人的矛盾,让本已走下坡路的LIONS车队更加陷入困境。吕莉莉在一次比赛中受伤,为了帮助车队完成比赛,她从网上找来了虚拟赛车高手宅男杜杰克。经过一番训练,杜杰克成为一匹黑马,帮助车队重新夺回了辉煌。显然,这是一个赛车手代际更替的故事,加入了误会、冲突等,凸显人性中的坚韧和真情。不管哪个领域,后浪总是超越前浪,每一代后浪总会携带着时代赠予的"秘密武器"。影片中的杜杰克的武器就是从游戏中习得的赛车技术。有意思的是,他是模拟器赛车高手,也仅是游戏高手,毫无实战经验。从虚拟赛车到现实赛车,杜杰克至少要通过两重关卡。一是从模拟器习得的技能如何变成现实的赛车本领,二是模拟器比赛获得的荣誉如何换算为职业赛车资质。这两道关卡，虽不构成《叱咤风云》的主要线索，却是全片重要的冲突设置，也是推动影片情节进展的动力来源。

我们常说，文艺是生活的镜子。这不仅是说文艺作品的内容反映社会现实，而且是说文艺创作手法及其包含的潜台词，也反映着大众对事物的态度。一部文艺作品所"讲"出的道理，有时一打理论文章更有感染力和说服力。《叱咤风云》中的杜杰克，如实地映射了游戏与现实的碰撞。而这个人物形象也集中体现了当前文艺创作中游戏因素的介入和运用。因此，分析这个人物形象以及相关情节，对于思考游戏融入社会有不少启发。在影片中，我们看到杜杰克是个典型的"宅男"，他在赛车游戏中游刃有余，也一直想象自己在街头赛车中一展身手，进入现实却十分腼腆且不善言辞。显然，这符合社会对游戏迷的刻板印象。影片中的"反派"宋杰直白地说，模拟器和赛车场是两回事，指斥杜杰克没有参加比赛的资格，并说 LIONS 车队让杜杰克参赛，是对职业赛车手生命的蔑视。当杜杰克开着车，在赛车道上七扭八歪地训练，更招来他"到底会不会开车？"的一片质疑。有人嘲笑杜杰

第五章　网络游戏与文艺评论话语扩容

克是个"移动路障",还有人直接开骂:"不会开车滚回去。"而当吕莉莉询问杜杰克,模拟器和赛车"不是一样东西吗?"呕吐连连的杜杰克苦笑着回答:"哪里有一样啦。"这些场景告诉人们:游戏和现实不一样。游戏技能无法直接搬用到现实中,充分地表现出游戏虚拟世界与真实生活的冲突。这种冲突既有技术层面的,也有观念层面的,还有体制层面的。影片中,这些冲突的解决也从这些层面展开。LIONS车队的管理者阿申找到了国际赛车组织的有关规定,帮助杜杰克把虚拟赛车的成绩转化为了职业资质。这个看似"刚性"的体制壁垒,却是最先得到解决的。但资质只是给杜杰克提供了一张进入赛车比赛的门票,并不意味着技术问题获得了自然解决。而影片重点表现的,也是技术从虚拟到现实的转换。比如,虚拟赛车没有赛道上那些杂音,也没有真车的震动感。于是,吕莉莉给杜杰克戴上了耳塞,有了这个模仿"虚拟"的环境,杜杰克的"车技"突飞猛进,在赛道上复制了自己在游戏中发明的开法,一举拿下冠军。再如,杜杰克开车时刹车力度不够,是一个大问题,因为游戏虽重视"驾驶"技巧,但不像真实的赛车必须包含筋肉力量的

283

因素。为此，吕莉莉给杜杰克设计了健身训练，帮助他适应赛车的要求。又如，真的赛车场地遇到下雨会有水，水流对车辆的影响，是模拟器无法完全模拟的，必须依靠反复实战中积累的临场经验来判断。影片中有一个情节，李一飞凭借多年经验，神奇地预测下雨的情节，提前换胎，赢得了先机。从一个侧面说明人类在现实生活中积累的经验的重要性。这些情节似乎启发和提醒着人们，应该从深度技术的角度，考虑游戏与社会的碰撞，或者说，游戏被社会的深度接纳，并不仅是观念改变或获得某种"资质"，真正重要的东西还是技术本身。循着技术路线回答"社会为何需要游戏"或"游戏能给社会提供什么"，或许才是游戏面临的最根本的考验。

《叱咤风云》以一个完整的故事，告诉人们，游戏中习得的技能，可以通过一定的方式，转化为现实技能。我想，这可能不是影片创作者的本意，但确实在客观上以一个完整的故事，回应了游戏能带给人们什么以及如何达成的问题。而且，对这一问题的探讨是影片主体内容之一，在华语电影中，也可能是破天荒第一次。影片中提出的技术、观念和体制壁垒，以及技术优先的解决路径，也值得引起游戏特别是功能游戏产行业从业者的重视和思考。《叱咤风云》里的杜杰克成功完成技术由虚到实的转轨后，从发功时的末位跑到了第一，获得了"大满贯"。游戏作为新生事物，在社会进程的赛道上，也可以认为是末位起跑，能否像杜杰克那样跑出"大满贯"，我们不妨拭目以待。而文艺在推动游戏与社会深度互动中的作用，也值得我们深入思考。

这些都说明，网络游戏在文艺版图中引发的变革深刻而广泛。对它的研究不但要关注具体的网游案例、网游产业、网游政策等层面，还应深入分析它对人的认知、心理、情绪以及审美判断的影响，而且要探究这种影响发生的机制，在此基础上追踪美感在网络游戏语境下产生和变化的轨迹，最终实现人民大众在网络时代的审美新启蒙并由此获得文化解放。

第二节　评论介入网游行业的尝试：
　　　　以网游从业者素养建设为例

如前所述，网络游戏在文化版图中的扩张，既是客观的现实，可能也是一种趋势。珍妮特·H.穆雷（Janet H.Murray）曾宣称游戏将成为21世纪的电影，"游戏化的数字戏剧将接管20世纪电影所享受到的文化地位，因为数字技术可以在流行电影所确立的叙事实践基础上增加交互性的维度"①。从我国的情况来看，截至2019年6月，我国网络游戏用户规模达到4.94亿，占网民整体的57.8%。②虽然网络游戏话题不断，负面新闻时有所闻，但近年来中国网游的整体品质、全球影响以及行业治理都有较明显的提升，特别是网游企业更加注重网游的正向社会功能的发挥，无论是开发功能性游戏还是在游戏中植入功能性元素，都在推动社会以更加积极的态度和发展的眼光看待网络游戏。可以说，产业体量大、用户规模大、文化影响大，已成网络游戏的基本特征。而《王者荣耀》这样现象级网游的出现，则进一步深化了网络游戏与现实世界之间的关系，把网络游戏的社会影响力提升到一个新

---

① 转引自徐立虹《"无限游戏"的哲学隐喻：交替现实游戏（ARGs）研究》，《北京电影学院学报》2020年第5期，第17页。
② 参见第44次《中国互联网络发展状况统计报告》（全文），中共中央网络安全和信息化委员会办公室，（http://www.cac.gov.cn/2019-08/30/c_1124938750.htm）。

第五章 网络游戏与文艺评论话语扩容

的阶段，也使其游戏体验对玩家产生了更实质的意义。这一切，都让网游的人文政治属性进一步凸显出来。网游是人造的产物，网游创意生产者的素质直接影响甚至决定网游的品质。从这个意义上说，一款游戏的人文政治内涵，从根本上取决于网游从业者的人文政治素养。

正如有学者所概括的，网络游戏的创作生产与传统的文艺创作有明显区别，团体协作特性更加凸显。"除了前期的市场调研外，网游的制作流程大致分为策划、程序开发、美术制作、音乐和音效，以及游戏测试、运营上市等阶段。网络游戏制作的团队构成，包括项目经理、游戏策划、程序员、美术人员、音乐师等。大多数网络游戏都是集体智慧的结晶，文本中的故事背景、文案、系统策划、主题取向、创意设计、角色形象、游戏引擎、原创音乐等，是集体协作的结果"。[①] 这一庞大的团队分工细致，每一个环节都有独特的素质要求，但是人文政治素养，是渗透贯穿其中的一种普遍性素养，对全行业和所有环节都具有基础

[①] 蒋述卓等:《流行文艺与主流价值观关系研究》(下)，广州：暨南大学出版社，2018年，第110页。

性意义。因此，构建当代中国网游从业者的人文政治素养体系，提升网游从业者人文政治素养，已成为网游行业健康发展新的重要引擎。

2020年，《王者荣耀》聘请复旦大学教授葛剑雄担任学术顾问，引发了不少的舆论争议，其背后反映的其实是网游价值观的焦虑和公众对网游的文化期待。近年来关于网络游戏的争论不断，最大的焦点实际上正是如何看待和评价网络游戏对玩家思想观念的影响和塑造。而在网游已蔚为大观，客观上不可能将其驱逐出社会之外的前提下，这个问题在本质上又是网络游戏应具有何种人文政治内涵的问题。[①]可以说，不论是欣赏网络游戏对于社会文化建设贡献的人，还是网络游戏的激烈批评者，都会赞同应该重视网络游戏所承载的价值观念，推动网络游戏在弘扬主流价值观念上发挥更大的作用。网络游戏确实带来了许多人文和政治问题的考量。其中，除了涉及意识形态底线的大是大非问题之外，还有大量属于关系到政治规矩、法

[①] 孙佳山：《网络游戏好玩更要有担当》，《光明日报》2017年7月13日；孙佳山：《网络游戏与传统文化传承、发展的现代路径》，中国社会科学网（http://www.cssn.cn/wlwh/201707/t20170720_3585670.shtml）。

第五章 网络游戏与文艺评论话语扩容

律伦理、公序良俗等领域的争议性问题。

比如，现代法治理念不支持私人复仇，但在文艺作品中却有大量以古代或现代社会为背景的复仇故事，在网络游戏中也经常出现武力解决私仇的情节。而有的游戏允许玩家花钱购买道具来抵消角色的"罪恶"，似乎映射着现实社会中犯罪分子花钱免去法律惩罚。这是否会对人们的价值观产生误导？必须承认，作为创作的虚构，文艺作品或网络游戏具有打破现实秩序等级、法律制度和道德规范的合理性，但"度"在何处，如何把握？由于真实生活的不可逆性，个体的差异，以及生命不可重启等原因，此类问题或许永远无法以实证的方式找到答案，最好的解决办法可能是推动网游从业者人文政治素养的提升，从而与一定历史时期和政治环境下的社会共识形成最大程度的契合。

再如，有的战争类网游以角色消灭"敌人"数量的多少作为得分的依据，并以此作为玩家获得荣誉以及整个游戏向前推进的条件。这一内嵌的规则和现代格斗以及战争中应有的人道主义精神存在一定的出入。即便古人，也不赞成杀降或消灭已没有对抗能力的敌

289

人，白起坑杀降卒，留下了千古骂名，那么，在现实的现代战争中，是否要对没有反击能力的个体赶尽杀绝呢？这或许是战争意识形态中需要持续讨论的问题。网络游戏完全可以也应该以自己的方式参加讨论，并提出自己的模拟解决方案。

又如，邪不压正，正义终将战胜邪恶，这是人类最基本的政治信念之一；好人一生平安，则是人们最具普遍性的祝愿。然而，在艺术作品中，不乏正义失败的优秀作品，也常见好人受尽磨难的感人之作，它们以悲剧独有的美学力量，同样折射出人性的光辉，给人带来艺术享受和情操陶冶。那么，网络游戏作为一种新兴的文化样态，又如何建立符合自身特性的艺术伦理并将其表现在游戏之中呢？无疑，这也与网游从业者的人文政治素养密不可分。

而在宣传文化部门有关网络游戏的法规中，人文政治素养也是具有决定意义的内容。我国第一部专门进行网络游戏进行管理的部门规章《网络游戏管理暂行办法》（2010年）中，明确要求"弘扬体现时代发展和社会进步的思想文化和道德规范"，网络游戏"不得含有"的十项内容①几乎全部与政治规范和意识形态有关。应该说，作为当代文化领域的一支生力军，网络游戏归属于文化生产的范畴，与社会意识形态建设密切相关，必然也应该接受主流文化及相关法规的制约。同时，作为富有生气的新兴文化业态，网络游戏也应该积极主动参与主流意识形态建设。而这一切都对网游从业者的人文政治素养提出了要求。因此，加强网络游戏从业者的人文政治素养建设，其意义是多方面的，不但直接决定着网络游戏的品质、网游行业的形象和可持续发展能力，而且关系到当代中国文化和意识形态建设。

所谓人文政治素养，一般是对政治立场、人文素养、文化水平等的。需要指出的是，人文政治素养是个历史概念，在不同历史时期、不同社会条件下有着不同的具体内涵。对于个体而言，人文政治素养是一

---

① 即（一）违反《宪法》确定的基本原则的；（二）危害国家统一、主权和领土完整的；（三）泄露国家秘密、危害国家安全或者损害国家荣誉和利益的；（四）煽动民族仇恨、民族歧视，破坏民族团结，或者侵害民族风俗、习惯的；（五）宣扬邪教、迷信的；（六）散布谣言，扰乱社会秩序，破坏社会稳定的；（七）宣扬淫秽、色情、赌博、暴力，或者教唆犯罪的；（八）侮辱、诽谤他人，侵害他人合法权益的；（九）违背社会公德的；（十）有法律、行政法规和国家规定禁止的其他内容的。

个人在社会化的过程中获得的一种基本品质，它长期而稳定地作用于其心理和言行，潜移默化地表现于其工作和生活之中。不同的行业，对政治素养的要求各有侧重。对于文化艺术创作生产者而言，人文政治素养既表现为其参与创作生产的文化产品或艺术作品中传递的政治立场、文化主张和人文情感，也表现为这一产品或作品中暗含的思想倾向、价值取向；这些内容既可能通过直白的语言、文字、图像等显性的方式呈现出来，也可能以隐喻、暗示、心理诱导等方式得到体现。从我国网游行业的实际状况、有关部门对网游的规范要求，以及行业发展趋势来看，网游从业者人文政治素养的内涵是十分丰富且与时俱进的，但至少应包括以下三个方面。

其一，以"四个自信"为基本内核的政治理念

"四个自信"即中国特色社会主义道路自信、理论自信、制度自信、文化自信。正如有学者所言，"四个自信"是一种"国家共识"。"在推进社会主义伟大实践的历史进程中，我们始终着力发挥独特的道路、理论、制度、文化优势，形成了以'四个自信'为核心内容的国家共识。这一国家共识是世界社会主义实践运动和近代以来中国历史发展的必然结论，是推动我国社会主义事业不断发展的丰沛能量，是实现中华民族伟大复兴的不竭动力。"[1]"四个自信"也因此构成网游从业者政治理念的内核。网络游戏作为当代中国文化工业的产物，必须恪守"四个自信"的要求，使游戏的主题、内容和逻辑符合中国特色社会主义道路、理论、制度和文化的基本要求。每一个网游从业者都应当认识到，"四个自信"在网络游戏评价中具有"一票否决"的决定意义。偏离"四个自信"的网络游戏，既无法完成社会效益，也无法实现经济效益。网游从业者是否真正了解和确立"四个自信"，不但决定了一款游戏是否能顺利面世，而且决定了一款游戏能在文化产业中占据何种地位。因此，网游从业者应该以"四个自信"为基础，构建起关于中国发展道路的历史、现状和前景，以及中国与世界关系的系统化认识，并以此作为网游创意设计生产以及评价的基本遵循。

其二，以"家国情怀"为基本内涵的民族情感

"家国情怀"是指尊重和传承中华民族历史和文

---

[1] 姜迎春:《坚定"四个自信"增强国家共识》,《红旗文稿》2019年第11期。

化，以及对祖国悠久历史、深厚文化的理解和接受。中华民族具有五千多年连绵不断的文明历史，创造了博大精深的中华文化，为人类文明进步作出了不可磨灭的贡献。中华文化积淀着中华民族最深沉的精神追求，包含着中华民族最根本的精神基因，代表着中华民族独特的精神标识，是中华民族生生不息、发展壮大的丰厚滋养。"家国情怀"作为对民族情感的凝练表达，带有强烈的民族性和本土性，也是网络游戏民族和文化识别度的表征。网络游戏的"家国情怀"不仅表现在内容上，更重要的是体现在其带给人的心理感受和情感变动上。钱穆先生曾说过，对本国的历史应有"温情与敬意"。对于当代中国的网游从业者而言，同样应抱有此种温情和敬意，并通过游戏创作生产，把这种温情和敬意传递给玩家，推动社会成员形成和巩固共同的情感纽带。尤其是在中华文化走向全面复兴的今天，"民族风"在网络游戏中方兴未艾，从前几年广受称赞的《尼山萨满》到最近炫舞版的《雀之灵》，民族文化的游戏化，越来越受到关注。[①] 在文

---

① 胡一峰：《野蛮生长的网游需要更多"雀之灵"》，《科技日报》2020年6月5日。

第五章 网络游戏与文艺评论话语扩容

化主管部门的政策导向中，民族原创网络文化产业也是重点扶持对象之一。腾讯等游戏企业也在积极寻求游戏与传统文化艺术的结合模式和路径。可以预计，随着中华民族伟大复兴进程的推进，人们对中华民族历史、文化的认识将更趋成熟和理性。一款网络游戏是否能从外在形象到内在理念恰当地表现出家国情怀，不但决定了游戏的品质，而且直接影响其在玩家情感塑造方面的价值。因此，对于网游从业者而言，应注重在网络游戏中渗透和体现对祖国的热爱、对中华民族基本道德观念的恪守、对社会公序良俗的尊重。

其三，以"中华美学"为基本内涵的美学标准

网络游戏具有艺术属性，承担着审美功能，也是当代中国人特别是青少年美育的重要手段。[1]作为一种审美意识形态，网络游戏从本质上要求其从业者具有一定的审美素质。党的十八大以来，习近平总书记多次强调，要结合新的时代条件传承和弘扬中华优秀传统文化，传承和弘扬中华美学精神。中华美学讲求托物言志、寓理于情，讲求言简意赅、凝练节制，讲

---

[1] 胡一峰：《构建互联网时代美育新格局》，《人民日报》2019年3月12日。

求形神兼备、意境深远，强调知、情、意、行相统一。要坚守中华文化立场、传承中华文化基因，展现中华审美风范。这虽然是对文化艺术领域的普遍要求，但对于网络游戏行业同样适用。实际上，早在2000年，首届中国网络游戏发展研讨会上就提出要走有中国特色的网络游戏之路。2004年，《新华每日电讯》刊文指出70.16%的受访者认为中国应大力发展国产网络游戏。这表明，开发民族化网游，不仅是一以贯之的追求，也有广泛的社会共识。① "中华美学"正是"特色"的题中应有之义。而且，当下网络游戏发展依靠用户扩张的"人口红利"正呈递减之势。人类对美的追求永远不会停息，对美的创造也永无止境。真正能够推动网游可持续发展的是美学提升所释放的"品质红利"。如朱光潜所言，"媒介与风格不相称时则难以引起美感"。② 中华美学在网络游戏中的呈现，是一个仍待开拓的课题。只有不断提升网络产品的艺术质量和美学品格，才能实现促使游戏行业从依靠用户数量

---

① 胡一峰：《网游研究：艺术学的下一个"风口"》，《中国社会科学报》2018年9月20日。
② 朱光潜：《文艺心理学》，合肥：安徽教育出版社，1996年，第208页。

的单纯扩张向以精品增强用户黏性的战略转变，进而提升中国游戏的整体品质。因此，增强网游从业者的审美素质，可谓网游市场规模空前庞大后深化发展的必然要求。

总之，以"四个自信"为基本内涵的政治理念、以"家国情怀"为基本内容的民族情感、以"中华美学"为基本内涵的美学标准，分别从政治、民族和审美三个向度，共同构成网游从业者的人文政治素养的基本要素，也提供了当代中国网游从业者人文政治素养建构的基本维度。

不同的文化产品都承载和传递着人文政治内容，但承载、传导的方式和机制并不相同，因而对受众或用户产生的影响也不相同。只有掌握并通过各不相同的承载机制，创作生产者的人文政治素养才能传导到文化产品的生产创作之中，网络游戏也不例外。网络从业者人文政治素养真正对网游产品发生实质作用，必须借助于网络游戏的独特承载和传导机制才能完成。这一机制可概括为以下三个层面。

其一，影像编码与表达机制

文化产品生产是一个编码的过程，包括信息的加工和符号化，意识形态是其中十分重要的内容。在网络游戏中，政治理念或价值观念等意识形态要素主要不是以文字的形态传递，而是更多地采取影像的方式加以表达。影像"不立文字"，但比文字更能吸引人的注意力。影像具有的艺术冲击力，可以诉说更加丰富的内容，并以直观、整体的方式给人留下深刻印象。而且，相较于文字，影像的内涵更具多义性，相对模糊的意指使其开辟了更加开放和多维的解释空间。影像给人的不只是视听感受，而且从根本上改变我们感知、思考自身的方式。[1]图像史研究者则以历史事实表明，图像让人们更加生动地"想象"过去，就像斯蒂芬·巴恩所说的，尽管文本也可以提供有价值的线索，但图像本身却是认识过去文化中的宗教和政治生活视觉表象之力量的最佳向导。[2]与美术、摄影作品、影视相比，网络游戏因为其互动性、沉浸性等特征，其影像包含了更加丰富、复杂的意识形态内涵。游戏的世界当然与真实世界有距离，但它又以科技手段最大

---

[1]［法］吉尔·德勒兹著，谢强等译：《电影2：时间—影像》，长沙：湖南美术出版社，2004年，第106页。

[2]［英］彼得·伯克著，杨豫译：《图像证史》（第二版），北京：北京大学出版社，2018年，第10页。

限度地逼近真实世界，比如，CS（反恐精英）以美国9·11事件为背景；《海湾战争Ⅱ》模拟出战争场面的血腥与恐怖，游戏中的武器可以在现实中找到影子，而地形、地貌、环境也和伊拉克的现实情况十分相似。《地球帝国》更是以人类战争史作为基本背景设定。这种"拟真性"增强了网络游戏对玩家的影响，并让其潜移默化地接受游戏中暗藏的意识形态内容。正如有的研究者所指出的，暴雪旗下的游戏，背景往往设定灾难、战争、英雄主义等主题，虽然游戏中没有出现具象的"国家"，但游戏的整体设计参考了现实的国家构成以及国际问题，玩家在参与游戏的过程中潜移默化地会接受"国家""种族"等政治概念。[1]因此，网游从业者必须善于把意识形态编码为游戏化的影像，并通过有效的表达和指引，让玩家在网络游戏中"捕获"这些理念，进而唤起他们对社会文化历史、现状和前景的思考。

其二，场景建构与体验机制

互动性是网络游戏的基本特性之一。迄今为止，

---

[1] 魏立杰：《由抵抗到服从：电子竞技游戏玩家爱国主义情感建构》，南京大学，硕士学位论文，2019年，第20页。

网络游戏可能是人类历史上互动性、参与性最强的一种艺术形态。伯克曾这样描述:"在摄影时代,对特殊事件的记忆越来越依赖于可视的图像。……进入电视时代以后,人们对当前事件的认识已经无法摆脱屏幕上的图像。……在电影时代,观众甚至可以想象他们正在亲眼观看希特勒的上台。"① 时至今日,在网络游戏的时代,借助于虚拟游戏世界中过去、现在和未来的时间融合,我们还可以想象正在参与某个曾经发生、正在发生或尚未发生的重大事件,并以身体感受而非知识学习的方式,体会甚至践行某种意识形态,并形成政治认识和判断。"数码媒体因其程序性、参与性而特别适合玩游戏,又因其是包含静止图像、活动图像、文本、音频、三维可航行空间等在内的媒体,可以比单一媒体提供更多建构游戏世界所需要的叙事板块。"② 网络游戏提供的深度浸入某个场景的可能,又使玩家对游戏的内容及其暗含的理念的感受更加深刻。比如,战争场面能让人体会到和平与安定的可贵。古往今来,

---

① [英]彼得·伯克著,杨豫译:《图像证史》(第二版),北京:北京大学出版社,2018年,第212—213页。
② 黄鸣奋:《西方数码艺术理论史第五册:数码现实的艺术渊源》,上海:学林出版社,2011年,第1526页。

许多文学艺术作品即以此为题。三国时期曹操的名篇《蒿里行》,"白骨露于野,千里无鸡鸣",让人"脑补"出战争带来的创伤。而在以唐王朝的兴衰转折为历史背景的《剑网3》中,玩家却可以"身临其境"地感受和平之可贵,正如玩家"公子墨殇"所说,他在游戏中"真实的感受到当时中原大地各处的战火烽烟,民不聊生的感觉"。① 再如,有的游戏设计了高等级玩家与低等级玩家之间的互助,让人们场景化地体验人的社会化需求及其实现路径。比如在《洛奇》中,"每一个大地图与另一个大地图的连通点一开始都是被封印石挡住的,封印石的血量非常高,正常情况下需要很多人一起打很久。但是一旦封印石打开了,也是开启了新世界。"② 因此,网游从业者应当通过场景建构,把政治素养转化为网游的场景设计,并让玩家在体验中形成正确的价值观念。

---

① 访谈参见徐靓《微观赋权:网络游戏玩家的文化消费与文化生产——〈剑侠情缘网络版叁〉玩家群体个案研究》,南京大学,硕士学位论文,2015年,第26页。
② 徐炜泓:《游戏设计:深层设计思想与技巧》,北京:电子工业出版社,2018年,第223页。

其三，规则内嵌与操练机制

人们早就认识到，相比于其他媒介，游戏对于玩家的价值观塑造被隐藏在游戏规则之下。而且，相比直白的文字、直观的影响，内嵌于网络游戏的规则本身对玩家的影响或许隐蔽而长远。在网络游戏的意义上，规则具有二重性，即游戏内部的规则和游戏社群的规则。从内部规则而言，网络游戏总要依据一定的规则来展开，玩家在虚拟世界中扮演不同角色，而角色与角色之间以某种规则开展合作或对抗。越是大型的游戏，规则越复杂多维。内部规则是现实世界规则的映射和模仿，也是一种改编。不论是战争、和平、投票、谈判、认同、结盟、背叛等政治生活的基本要素，抑或交友、恋爱、婚姻、家庭等家庭生活的基本要素，不但在网络游戏中"真实"存在，而且由于被置入"人造"的情境之中，其呈现方式和效果更加夸张和极端化。玩家在网络游戏中完成文本再创造的过程，实际上也是把内嵌于游戏的规则内化于自身的过程。从社群规则而言，网络游戏总是会构成属于自己的社群，或者说按照一定的规则、语言运行的小社会。荷兰学者胡伊青加早在1938年就提出，游戏"按照固

第五章　网络游戏与文艺评论话语扩容

定的规则并以某种有序的方式活动在它自己的时空范围内。它促进社会团体的形成，这些团体喜欢用诡秘的气氛围绕自己，同时倾向于以乔装或其他方式强调他们与普通世界的不同"[1]。胡伊青加说的是一般意义上的游戏，网络游戏显然更是如此。双重规则共同内嵌于网络游戏，形成规约玩家的文化秩序。网络游戏中的角色是虚拟的，但角色间的关系对于玩家而言有时是真实的，有的玩家表示，"网游对我来说是个更自由的表达空间。在网游中大家感觉会比较平等"。[2]可见，网游空间中角色间的关系，影响着玩家对现实生活中相应内容的理解。当下许多网络游戏内置了社交系统，可以在游戏中进行实时交流，为游戏中的关系转化为现实的社交提供了可能，有学者研究过《王者荣耀》的粉丝群，认为构成了如安德森所言的"想象的共同体"。[3]这种群体归属和认同客观上对社会群体

---

[1] 刘泓：《虚拟游戏的身份认同——网络游戏的文化体验之反思》，《福建论坛（人文社会科学版）》2003年第3期，第39页。

[2] 徐靓：《微观赋权：网络游戏玩家的文化消费与文化生产——〈剑侠情缘网络版叁〉玩家群体个案研究》，南京大学，硕士学位论文，2015年，第46页。

[3] 张旖：《符号消费与身份建构：手机网游〈王者荣耀〉粉丝群体研究》，《传播力研究》2018年第19期，第237页。

的忠诚建构产生着影响。尤为值得一提的是，当下的网络玩家，大多数是所谓"数字原住民"。如果说"数字移民"更多把互联网作为一种工具，那么对于"数字原住民"而言，网络约等于世界本身。网络不但改变他们对世界的看法，而且教会他们生活的规则。如果说以前青年在学校、社区等空间完成政治社会化的过程，那么，网络游戏在当代青年成为"政治人"的过程中发挥着巨大的作用。网络游戏在制造出一个世界的同时，也在改变着现实世界在人们头脑中的认识，并在这个过程中传输政治理念，研习政治生活的规则，塑造人们的政治态度和立场。而且，这种塑造不是知识化的学习，而是在场景化体验中通过情绪和思想的训练，完成的身体记忆。较之诉诸理性思辨的政治理念或知识，在网络游戏中培育的政治取向和情感，更深层地作用于人的意识之中。对于个体而言，当现实生活中出现与网络游戏的场景、影像或规则相似的情况时，潜藏于身体之中的体验会被激活，并投射为现实行为选择。而对群体而言，网络游戏的经历作为一种集体记忆，深刻地形塑着一代人的文化选择。

总之，网络游戏以历史或时代背景、故事原型、情节叙事、环境场景、画面氛围、服饰道具、音乐声响，以及关卡设置、规则逻辑、社群建构等，共同构成一个复杂多维的虚拟世界，传播并折射出网游从业者的思想观念、价值取向和美学追求。以重要的游戏企业为示范，从政治、民族、审美等向度，建构网游从业者人文政治素养标准和体系，推动网络游戏整体品质和正向影响的大幅提升，引导网游行业驶入健康发展的快车道，是我国作为当之无愧的网游大国的文化使命和职责所在。

主要参考文献

书中引用已用脚注形式列出,此处只罗列部分参考文献。

(一)著作

习近平:《论党的宣传思想工作》,北京:中央文献出版社,2020年。

瞿秋白:《瞿秋白文集》(政治理论篇)第2卷,北京:人民出版社,1988年。

李长之:《李长之文集》,石家庄:河北教育出版社,2006年。

朱光潜:《谈美》,北京:中华书局,2014年。

朱光潜:《谈美书简》,北京:中华书局,2014年。

朱光潜:《文艺心理学》,合肥:安徽教育出版社,1996年。

贺敬之：《贺敬之文艺论集》，北京：红旗出版社，1986年。

钟惦棐：《钟惦棐文集》，北京：华夏出版社，1994年。

李泽厚：《中国思想史论三部曲：古代、近代、现代》，天津：天津社会科学院出版社，2007年。

龚和德、黎中城主编：《京剧〈曹操与杨修〉创作评论集》，上海：上海文化出版社，2005年。

毛时安、单跃进主编：《京剧〈贞观盛事〉创作评论集》，上海：上海文化出版社，2005年。

龚和德、单跃进主编：《京剧〈廉吏于成龙〉创作评论集》，上海：上海文化出版社，2018年。

龚和德、单跃进主编：《"尚长荣三部曲"研究评论集》，上海：上海文化出版社，2018年。

蒋述卓等：《流行文艺与主流价值观关系研究》，广州：暨南大学出版社，2018年。

吕艺生等：《舞蹈学基础》，上海：上海音乐出版社，2013年。

冯双白：《新中国舞蹈史（1949—2000）》，长沙：湖南美术出版社，2002年。

李道新:《中国电影批评史》,北京:北京大学出版社,2007年。

吕澎:《中国当代艺术的历史进程与市场化趋势》,北京:北京大学出版社,2010年。

许道明:《中国现代文学批评史新编》,上海:复旦大学出版社,2002年。

徐炜泓:《游戏设计:深层设计思想与技巧》,北京:电子工业出版社,2018年。

金雅主编:《中国现代美学名家文丛·朱光潜卷》,北京:中国文联出版社,2017年。

中国文联网络文艺传播中心编:《中国网络文艺发展研究报告(2018—2019)》,北京:社会科学文献出版社,2019年。

北京大学互联网发展研究中心:《游戏学》,北京:中国人民大学出版社,2019年。

[英]维多利亚·D.亚历山大著,章浩、沈杨译:《艺术社会学》,南京:江苏美术出版社,2013年。

[德]莱辛著,张黎译:《汉堡剧评》,上海:上海译文出版社,2002年。

[美]罗纳德·英格尔哈特著,张秀琴译:《发达

工业社会的文化转型》，北京：社会科学文献出版社，2013年。

［日］原研哉著，朱鄂译：《设计中的设计》，济南：山东人民出版社，2015年。

（二）论文

田本相：《论中国现代话剧的现实主义及其流变》，《文学评论》1993年第2期。

廖祥忠：《网络游戏——带刺的玫瑰》，《现代传播（中国传媒大学学报）》2005年第5期。

仲呈祥：《艺术学升格为门类背景下的文化自觉和文化自信》，《艺术教育》2011年第12期。

全妍：《生活·直觉·艺术——兼论舞蹈审美的世俗性》，《北京舞蹈学院学报》2012年第3期。

路侃：《文艺批评最需要什么》，《光明日报》2014年8月11日。

陆贵山：《文艺批评的"四大观点"：马克思主义文艺理论新发展》，《中国文艺评论》2015年第1期。

陈振濂：《"文艺评论"的语源学追溯与学科定位》，《中国文艺评论》2015年第1期。

张世英:《艺术生活化、生活艺术化》,《中国文艺评论》2015年第2期。

王芊霓:《污名与冲突:时代夹缝中的广场舞》,《文化纵横》2015年第2期。

尤西林:《以文学批评为枢纽的文学理论建构》,《文艺理论研究》2015年第3期。

吴义勤:《文学批评何为?——当前文学批评的两种症候》,《文艺研究》2015年第9期。

房伟:《消费市场影响下的当下文学批评》,《长江文艺评论》2016年第1期。

冯宪光:《中国当代文论话语体系建构的主导结构》,《中国文学批评》2016年第4期。

陈旭光:《电影批评:瞩望多元开放评价体系》,《中国文艺评论》2016年第8期。

陈思和:《关于文学批评的几点思考》,《上海戏剧》2016年第12期。

邓晓芒:《论文学批评的力量》,《湖北大学学报(哲学社会科学版)》2016年第6期。

黎杨全、李璐:《网络小说的快感生产:"爽点""代入感"与文学的新变》,《海南大学学报(人文社会科学版）》2016年第3期。

周志强:《爽生活与反现实》,《中国图书评论》2016年第12期。

王昌忠:《百年中国"审美"概念的历史沿革及其意义》,《文学评论》2017年第1期。

黄霖:《应当重视民国话体文学批评的研究》,《复旦学报（社会科学版）》2017年第3期。

李艳丰:《审美治理——当代审美文化研究的实践转向》,《中国社会科学报》2017年4月18日。

李国强、宋巧玲:《作为新型艺术形态的电子游戏:科技、审美与跨界》,《中国文艺评论》2018年第1期。

孙佳山:《从网络游戏到网络文艺》,《红旗文稿》2017年第18期。

王一川:《构建中国式艺术理论的若干思考》,《中国文艺评论》2019年第8期。

仲呈祥:《道艺统一　褒优贬劣——新中国70年文艺评论断想》,《中国文艺评论》2019年第7期。

付李琢:《网文"爽感"对现实题材叙事的一次植入》,《文汇报》2020年4月22日。

王一川:《当代中国文艺评论的跨性品格》,《中国文艺评论》2020年第5期。

夏潮:《党领导文艺评论的历史启示》,《中国艺术报》2021年6月4日。

后 记

本书的大部分内容曾以论文或评论的形式，在《人民日报》《光明日报》《中国艺术报》《文艺报》《中国文化报》《中国社会科学报》《北京青年报》《深圳特区报》等报纸，《艺术评论》《艺术教育》《艺术广角》《长江文艺评论》《东方艺术》《北京舞蹈学院学报》《戏曲研究》《粤海风》等刊物，以及"江苏网络文艺观察"等微信公众号原发，有的篇章被《人大报刊复印资料》《中国社会科学文摘》等转载摘发，得到各位编辑老师和同行的指正。书中部分内容曾在清华大学、北京师范大学、北京理工大学、首都师范大学中国戏曲学院、北京舞蹈学院、中国文联文艺研修院、中国艺术研究院、内蒙文联四川省文化厅、临沂文联、上海大学、新疆大学、浙江工商大学以及腾讯游戏学院等处做过学术交流，得到学界业界朋友们的批评指教。

中国文联的领导和同事给予了诸多帮助。本书的研究和出版得到了中宣部全国宣传思想文化青年英才项目"新时代文艺评论话语体系研究"课题的资助。中国文联出版社的尹兴、邓友女、阴奕璇等老师为本书的出版付出了大量工作。在此一并致谢。

人到中年，杂事繁多。本书是我迈进不惑之年后完稿的第一本学术专著。写作占用了大量本该属于家人的时间。感谢家人特别是我的夫人尹媛萍、女儿胡思玖的包容与支持。由于学力、时间和精力等缘故，书中必有不少错漏之处，欢迎来自各方的批评指正。

2021年冬